Martin Kandau

Ebenholz & Elfenbein

Erotischer Roman

Blue Panther Books

Blue Panther Books Taschenbuch
Band 2287
1. Auflage: Januar 2019

Vollständige Taschenbuchausgabe
Originalausgabe

Lektorat: Jasmin Ferber

Cover:
AA-W @ depositphotos.com
kiuikson @ depositphotos.com

Umschlaggestaltung: MT Design
Gesetzt in der Trajan Pro und Adobe Garamond Pro

Printed in Germany
ISBN 978-3-86277-359-6
www.blue-panther-books.de

1

Angefangen hatte diese Geschichte erst in diesem Jahr. Marion und ich waren seit drei Jahren verheiratet. Aber etwas, das sehr aufregend war, sehr verwirrend und bereichernd, begann erst an jenem Tag im Frühjahr. Ich dachte, es wäre ein schwarzer Tag. Es gab diese Szene zwischen Marion und mir. Meine Frau hatte die Oberhand. Sie hatte etwas entdeckt, und ich schämte mich dafür in Grund und Boden. Ich fühlte mich total entblößt in einer Heimlichkeit, die nichts Faszinierendes an sich hatte.

»Da muss jeder irgendwann durch«, sagte ich mir, »das passiert jedem irgendwann mal. Und danach gibt es in der Beziehung etwas weniger Unschuld und etwas weniger Vertrauen vielleicht …«

Dass unserer Beziehung so etwas Gewöhnliches einmal passieren würde, hatte ich auf jeden Fall vermeiden wollen. Aber jetzt war es geschehen. Ich saß da mit verlorenem Gesicht, und Marion stand über mir in der Mitte des Wohnzimmers und sah mich aufgebracht an, eine Hand fordernd aufgestützt in der Hüfte, in der anderen Hand hielt sie mit spitzen Fingern diese Disc. Sie hielt sie demonstrativ in die Höhe – und ich hätte nicht tiefer fallen können.

»Das ist wohl das, wonach du gerade gesucht hast«, stellte Marion fest. Sie sagte es mit einer natürlichen Strenge, der nicht zu widersprechen war. Sie hatte die Disc im Rekorder unter dem Fernseher entdeckt. Ich hatte vergessen, sie nach ‚Gebrauch‘ zu entfernen. Marion hatte sie gefunden und in ein Buch gelegt, um sie jetzt hervorzuholen.

»Sie ist nicht mehr im Rekorder«, erklärte sie, »ich hab sie rausgeholt. Und weil ich nicht wusste, was das hier für ein Film ist, hab vorher ich reingeschaut …«

»So«, murmelte ich mit einer einzigen zerknirschten Silbe. »Ach, … das«, sagte ich in schlechtem Schauspiel und ohne es zu wagen, Marion dabei anzusehen. »Das ist doch nichts. Das bedeutet nichts, wirklich. Das ist nur etwas Erotik …« Ich war nicht überzeugend, eher so, wie man eine Ausrede vor einem Richter erfindet und hofft, dass sie von ihm anerkannt wird, auch wenn man schon lange überführt ist. Aber meine Frau war ein sehr harter Richter, der mein Gestammel mit einem Blick verstummen ließ. Ich litt und wollte nur, dass sie der Szene bald ein Ende machte. Ganz gleich, ob sie nun Stress machte oder nicht. Die Situation war hässlich im Gegensatz zu Marion mit ihrem langen blonden Lockenhaar. Schön wie immer stand sie vor mir. Ihre Natürlichkeit und Stärke waren etwas, gegen das ich jetzt nicht ankam.

Sie sprach frei heraus. »Sag mir: Was findest du an Pornos?«, fragte sie mich ins Gesicht.

Wieder senkte ich den Kopf. Ich hatte mir die Frage selbst oft genug gestellt. Ich bin Schriftsteller und suche nichts so sehr wie die Wahrheit. Ich hatte mal gelesen: »Pornographie ist die rasche und harte Erfüllung derer, die im Leben zu kurz gekommen sind. Die schöne Frau, die sich ihnen nie zugewandt hat – nun legt sie vor den Augen des Betrachters ihre Kleider ab und gibt alles. Pornographie ist das Glück von denen, deren Wünsche und Sehnsüchte einfach unerfüllt geblieben sind.«

Das war vielleicht etwas einseitig, aber ich konnte dieser Definition nicht viel hinzufügen. Seit ich denken konnte, war ich immer ein atemloser Bewunderer weiblicher Schönheit gewesen. Mir kam es manchmal so vor, als könnte kein anderer sie so empfinden, sich so zu ihr hingezogen fühlen, sich mit solcher Träumerei und Lust danach strecken.

Irgendwie war die weibliche Schönheit, die sinnliche Venus,

meine Krankheit geworden. Ich wollte ihren Duft aufsaugen, mit meinen Händen die Form ihres Körpers beschreiben und schreien dabei. Sie schien einfach unerreichbar für mich.

Als ich Marion zum ersten Mal sah, war es der pure Tagtraum: Man sieht eine schöne Frau und malt sich aus, wie es wäre, ihr zu begegnen, ihr näher zu kommen und in ein Leben mit ihr einzutreten. Es war der Traum, den ich tausend Male geträumt hatte und der genauso süß wie schmerzhaft war.

Ich stand gebannt hinter einem Regal des Schuhgeschäftes, in dem sie arbeitete, und betrachtete diese Frau verstohlen, betrachtete sie ganz erfüllt von süßen Versprechungen, andererseits ohne die geringste Erwartung und Hoffnung. Dann sah sie mich, und sie erkannte die Wirkung, die sie auf mich hatte, und sie trat auf mich zu und etwas fand zusammen – irgendetwas, das sich gesucht hatte. Mein Schicksal hatte ein Ende. Das Leben überschüttete mich mit Glück! Ich schöpfte aus Schönheit und Liebe. Marion tauchte mich ein in ihre warmherzige, alles verstehende Seele. Sie befreite mich aus einem einsamen Dasein, das aus seinen fruchtlosen Träumereien schon lange keine Befriedigung mehr schöpfen konnte und das nur noch schal und traurig war. Und im Gegenzug befreite ich sie aus einer langen, kinderlosen und leidenschaftslosen Ehe mit einem viel älteren Oberinspektor des Amtes.

Marion war mit den meisten ihrer Bedürfnisse und Sehnsüchte einfach allein geblieben. Unser Leben wurde nun zu einer einzigen gemeinsamen Freude. Zwischen uns war Witz, Neckerei, Romantik und Innigkeit. Wir hatten das Lachen wiederentdeckt. Und inmitten von all dieser Freude lag das Glück unserer sexuellen Beziehung, die am Anfang noch leicht verspielt und übermütig war und sich dann, im Lauf dieser drei Jahre, in der Missionarsstellung einpendelte, einmal in der Woche und fast immer am Sonntag.

Marion war mein Traum vom ersten Augenblick an, und sie ist es geblieben. Ich bin vollkommen glücklich mit ihr. Und doch hatte sie mich mit einem Pornofilm erwischt. Also war da etwas, über das wir nicht gesprochen hatten.

»Hast du manchmal Sehnsucht nach anderen Frauen? Gefallen sie dir besser als ich? Erregen sie deine Lust?«, fragte Marion jetzt, ihren fordernden Blick noch immer auf mich gerichtet.

»Nein«, rief ich aus und schüttelte energisch den Kopf. Seit ich ihr begegnet war, interessierte ich mich überhaupt nicht mehr für andere Frauen. Sie war die Vollkommene für mich. Mehr konnte man sich nicht wünschen. Marion war mein Traum, meine Fantasie, meine Begierde. Sie erfüllte alles. Was ich in Pornos sah, war nichts anderes als Wünsche, die ich an meine Frau hatte. Die Frauen, die ich in diesen Filmchen sah, waren eigentlich Marion. Also gab es Dinge, die ich ihr sagen wollte, aber nicht wagte, es zu tun. Und sie hatte dieses Schweigen mitgemacht.

Ich bin Mitte Dreißig, Marion ist fünf Jahre älter als ich, doch in sexueller Hinsicht waren wir ein wenig unreif. Die Wünsche, die es da noch gab, diese Sehnsüchte geisterten nur in unseren Köpfen herum. Über die Lust auf neue erotische Erfahrungen hatten wir in den vier Jahren unserer Beziehung nie gesprochen.

Nun stand Marion da und stellte mir Fragen. Ich wusste, dass sie das Recht dazu hatte. Ich wusste, dass ich ihr Antworten geben sollte. Aber das war nicht leicht. Ich wand mich und schämte mich für die ganze Schäbigkeit meiner Heimlichkeit, die gerade entblößt worden war.

»Also, dann sag mir«, fragte sie weiter, »was findest du an Pornos? Ist es etwas anderes, als wenn wir Sex miteinander haben? Was fehlt dir bei unserem Sex?«

»Es bedeutet nichts«, sagte ich wieder.

»Es bedeutet genug, dass du es versteckst«, erwiderte Marion postwendend.

»Ich kann dir nicht sagen, was es bedeutet. Es ist nicht viel. Man versteckt es. Es ist, als würde man zur Toilette gehen. Es ist nichts Großes, verstehst du? Nur eine kleine Heimlichkeit. Und ich denke, jeder Mensch darf ein paar kleine Geheimnisse haben.«

»Geheimnisse machen Menschen interessant, aber Beziehungen uninteressant«, entgegnete sie in jener Klugheit, die ich im Grunde an ihr so schätzte.

»Verdammt«, sagte ich und grub meine Hände in die Haare. Und dann gestand ich ihr, dass sie recht hatte. Es brauchte in einer glücklichen Beziehung keine Geheimnisse zu geben. Ich wusste nicht, was ich ihr noch sagen sollte und meinte darum: »Ich kann es nicht genau beschreiben. Ich brauche das manchmal. Ich kann dann abschalten. Ich denke, ich benutze es als Entspannung.«

Aber Marion hatte in dieser Situation die absolute Oberhand. Und wieder erwiderte sie etwas, was sehr klug war. Ich glaube, sie hatte sich sehr gut auf diese Situation vorbereitet, mit der sie mich total überraschte. »Aber sag mir: Wie kann etwas, das so viel Spannung hat, entspannend sein?«

Ich schnaufte. Denn wieder legte sie den Widersinn in meinen Worten offen. Ich schnaufte erneut und gab fast auf, als ich sagte: »Irgendwie ist es so. Es ist weniger aufwendig, als wenn ich Sex mit dir habe. Ich lehne mich zurück und betrachte nur – es läuft quasi alles nur in meinem Kopf ab. Ich trete hinter das Geschehen zurück. Ich bin nur der Betrachter, der es genießt …«

»Soso«, entgegnete sie nachdenklich, »nur in deinem Kopf. Aber wenn du keine andere Frau im Kopf hast, bin ja ICH es, die du vor dir siehst …«

Ich stöhnte, denn allmählich nahm sie mir mit ihrer Logik den Atem. Marion lächelte nun zum ersten Mal. Es war ein fremdes Lächeln, tiefgründig und rätselhaft, voller sinnlicher Melancholie oder melancholischer Sinnlichkeit. Ich konnte diesen Ausdruck kaum deuten. Er ängstigte mich ein wenig, aber ebenso faszinierte er mich. Er bannte mich und erregte mich. Er gab mir das Gefühl, dass es mit dieser Frau noch viel zu entdecken und zu erleben gab.

Und nun hatte dieser Ausdruck ein Lächeln bekommen. Ein abgründiges, dunkel wissendes Lächeln, in das meine Frau sich gleichsam fallen ließ. Wenn die schöne Marion jetzt an einer Klippe gestanden hätte, dann hätte ich meine Arme ausgebreitet, um sie aufzuhalten. Aber wir waren ja nur in unserem Wohnzimmer. Hier durfte sie sich fallen lassen, und sie tat es. Sie überraschte mich. Kniete sich zu dem Rekorder hin und legte die Disc ein. Dann, mit einem schicksalhaften Blick zu mir, drückte sie auf »Start«.

»Was tust du?«, fragte ich beunruhigt, als wäre es eine Sache, die plötzlich verboten war, nur weil ich dabei nicht mit mir allein war.

»Lass uns zusammen diesen Film sehen!«, sprach Marion ebenso bestimmend wie sanft und setzte sich zu mir aufs Sofa.

Meine Überraschung nahm mir beinahe den Atem. Ich wollte etwas dagegen tun, wollte aufspringen und es aufhalten. Aber da war noch etwas anderes in mir, das mich bewegungslos innehalten ließ und den Drang hatte, es geschehen zu lassen. Ich war entblößt in einer ordinären und schäbigen Heimlichkeit. Andererseits war es so, dass die Vorstellung, mit meiner Frau zusammen einen Pornofilm zu sehen, mich schon oft erregt hatte. Aber es war undenkbar gewesen, ihr den Vorschlag zu machen. Wir waren doch wie die meisten anderen Leute auch. Harmlos verheiratet und allein mit unserer Lust. Die wilden dunklen Triebe zeigte man sich nicht, man hielt sie tief versteckt. Zeigte immer nur die beste, die berechenbare, die verlässliche Seite. Beschränkte sich auf die harmlose Vertrautheit miteinander. Die helle, freundliche Häuslichkeit hatte die finstere Romantik sexueller Fantasien und Sehnsüchte vertrieben. Wir waren gefangen in der gegenseitigen Anständigkeit und Scham eines erregungslosen Lebens. Sicher, wir liebten uns sehr, und wir waren glücklich miteinander. Aber unsere dunklen Leidenschaften und Begierden verschlossen wir vor dem anderen. Die lustvollsten unserer Gedanken hielten wir voreinander verborgen und machten sie mit uns allein ab.

Doch selbst unsere Liebe und unser gemeinsames Glück konnten die dunklen Begierden in uns nicht endgültig in uns begraben. Sie wollten ans Licht, und sie wollten bis ins Letzte ausgekostet werden. Es war dieser unwiderstehliche Drang, der sich wünschte, mit Marion einen dieser Filme zu sehen. Ich wollte, dass sie es sah. Ich wollte sie dabei beobachten. Es gab mir den Kick, sie damit zu konfrontieren. Ich wollte wissen, wie es für sie ist. Was denkt sie dabei? Was fühlt sie? Erregt es sie? Kann sie darüber sprechen? Was wird sie sagen? Was wird sie tun?

Ich merkte, wie Marion sich neben mir überwand. Wie sie um uns kämpfte. Sie versuchte, mir entgegenzugehen auf einem Weg, den wir noch nie gegangen waren. Sie hatte mich nie wirklich gefragt, was mich erregte. Und ich glaube, ich hatte das auch nie wirklich getan. Jetzt wagten wir in unserer ehelichen Unschuld etwas Schamlosigkeit. Ohne zu wissen, wohin sie uns führte. Es brauchte Mut, sich neu zu begegnen. Mut, uns neu zu sehen, uns neu zu erleben. Wir spürten die Angst vor dem Fremden im Vertrauten. Wir wollten, dass sich zwischen uns nichts änderte, wir wollten nichts verlieren.

Ich war verwirrt und konnte nicht sagen, ob es richtig oder falsch war, nur dazusitzen und zuzulassen, dass sie die Disc in den Rekorder schob. Marion war etwas weiter. Sie wusste, dass eine Sache, die uns nicht verband, uns trennte. Also wollte sie die Verbindung herstellen. Sie wusste, dass wir es wagen mussten. Um unsere Beziehung zu sichern, mussten wir uns auf dem unbekannten Gebiet begegnen.

Ich sah an Marions Gesicht, wie sie sich fallen ließ. Wie sich dieser ganz besondere Ausdruck auf ihre Züge legte, der mich so an ihr faszinierte. Etwas Aufregendes oder Gefährliches in ihrem Wesen zeigte sich – etwas, das nie erweckt, gelockt, gereizt worden war. Nicht einmal durch mich. Doch nun drängte es durch all die Schichten der Angepasstheit, der Scham und des Verleugnens an die Oberfläche. Die Disc begann ihr Spiel. Das Abenteuer nahm seinen Lauf.

Auf dem Bildschirm berührte ein schwarzer Mann eine weiße Frau. Er berührte sie zunächst wie etwas Unerhörtes, etwas vollkommen Kostbares oder wie ein Wunder. Dann streichelte er sie, noch zögerlich und zärtlich. Er spürte sich auf sie ein. Und sie sich auf ihn. Dann, von ihrer und seiner Lust getrieben, fasste er sie mit seinen starken Händen. Schwarze Haut auf weißer Haut. Immer kraftvoller packte er sie. Sie atmeten hörbar, schauten sich wild in die Augen und öffneten gierig ihre Kleidung. Sie ließen die Hüllen der Zivilisation zu Boden fallen. Meine eigene Atemlosigkeit steigerte sich. Ich sah Marion im Augenwinkel und spürte, wie etwas in unsere eheliche Unschuld eindrang. Etwas Gefährliches und Aufregendes und Schönes. Mein Kopfkino wurde ersetzt durch das Reale. Ich spürte den Kick. Mein Herz dröhnte durch meinen Körper wie eine Trommel, noch nicht sehr schnell, aber sehr stark. Erreichte jeden Winkel meines Körpers. Ein dunkler Takt, der in mir bebte. Ich sagte nichts. Und auch Marion war still und ließ den Blick auf dem Bildschirm. Zwischen dem starken Schwarzen und dieser sinnlichen, nackten weißen Frau mit den vollen Brüsten und dem vollen blonden Lockenhaar – einem perfekten Abbild Marions – gab es jetzt nur noch pure Lust. Sie hatten alles andere fallen lassen. Sie waren leidenschaftlich und verlangend. Beide waren sie laut in ihrer Atemlosigkeit. Jetzt erhob sich die Frau und setzte sich an den Rand des Bettes, ließ sich langsam zurücksinken und öffnete erwartungsvoll ihre Schenkel. Der Mann folgte ihr. Er kniete sich vor sie hin, vergrub seine starken Hände in ihrem Fleisch und begann, sie zu lecken. Die Frau stöhnte getroffen auf. Der Schwarze wurde immer intensiver darin, sie mit langer Zunge gierig zu verwöhnen. Er naschte in ihrem Schoß wie in einer ewig ergiebigen, niemals aufgezehrten Frucht. Steigerte die Lust der Frau immer weiter. Ihr Stöhnen wurde nun zu wilden und hemmungslosen Schreien. Sie hatte die elementare, archaische Stimme einer Lust, die von allen Zügeln losgelassen war. Sie ließ sich einfach fallen und aufnehmen von dieser Kraft, der sie in ihrer Erregung vollkommen ausgeliefert war. Und wenn diese Kraft sie nehmen und verschlingen wollte, dann war sie damit einverstanden!

Ich hörte Marion neben mir atmen. Und plötzlich entfuhr ihr ein Laut. Ein Laut aus den Tiefen ihres Körpers, der sie verriet. Mich erregte er maßlos. Marions innere Bewegung zu spüren, gab mir noch mehr den Kick. Zu spüren, dass es sie gepackt hatte. Dass es sie vielleicht genauso geil machte wie mich. Ich musste mit ihr sprechen, wollte es aus ihrem Mund hören. Ohne sie zu bedrängen, fragte ich sie sachte: »Und? Was sagst du? Wie ist es? Gefällt es dir?«

Ich sah sie an. Ihr Gesicht war still und offen und dennoch abwesend. Ihr Blick vollkommen gebannt von den Bildern vor uns. Ging er ins Bodenlose? Begegnete meine Frau hier ihren tiefsten Wünschen? Wie weit war sie bereit zu gehen? Wie viel ließ sie zu? Ich musste es unbedingt erfahren.

Nach einer langen, fast lähmenden Pause antwortete sie mir. »Ich habe nie solche Filme gesehen, weißt du …« Es klang kontrolliert, fast sachlich. Doch Marion sprach weiter: »Aber gestern Abend – als du nicht da warst und als ich diesen Film entdeckte – da konnte ich nicht anders und hab reingeschaut. Ich hab mir diesen Film ganz angeschaut …«

»Das hast du getan?«, fragte ich sie. Das Wörtchen ‚ganz' überraschte mich. Bedeutete es, dass Marion nicht anders gekonnt hatte? Dass sie es hatte tun müssen? Weil die Erregung ihr keine Wahl ließ?

Sie antwortete, ohne dass ich weiter fragen musste. »Ja, es hat mich geil gemacht. Es hat mich wie mit Händen berührt. Es ist mir die Beine hochgeglitten und mit Fingerspitzen in all meine Fasern hinein bis in die Enden meines Körpers. Es hat in mir vibriert, und es hat mich unglaublich erregt.«

Ihre Stimme war dunkel und entschlossen. Ich glaube, ich habe sie nie so sprechen gehört. Sie offenbarte mir eine bisher tief verborgene Seite. Ich ahnte, wie viel das für uns bedeuten konnte.

»Es hat dich also genauso erregt wie mich«, stellte ich mit sanfter Stimme fest, mich vorsichtig herantastend, um diesen kostbaren Moment nicht zu zerstören.

»Ja. Es hat mich wirklich unglaublich erregt«, gestand sie.

Es lief mir heiß durch den Körper. Das hatte ich mir immer gewünscht, dass Marion die gleiche Erregung empfand wie ich. Ich war immer überzeugt, dass es keine großen Unterschiede zwischen der männlichen und der weiblichen Lust gab. Keine von beiden war weniger lustvoll, keine von beiden weniger hart und derb und fordernd.

Marion bestätigte das nun, indem sie weitersprach. »Und dann hab ich mich gerieben. Ich konnte nicht anders – ich hab›s mir selbst gemacht …« Sie sah mir kurz in die Augen, verschämt aber direkt.

»Das hast du getan?«, fragte ich sie wieder, irritiert bis fast zur Sprachlosigkeit.

Sie nickte. Und sie war mit ihrem Geständnis noch nicht am Ende. »Es war so geil! Es war so gut! Ich sah diese Frau in dem Film. Und ich hab mir vorgestellt, das wäre ich selbst. Ich bin dir untreu geworden und hab mich in diesem Moment mit einem fremden Mann eingelassen …«

Ich starrte sie an. »Das hast du getan?«, stammelte ich erneut. Es waren nur Bilder und Gedanken und Worte. Aber ich spürte, wie etwas in unsere eheliche Unschuld eindrang. Ein Riss kam in den ehelichen Ring unserer Intimität. Etwas Elementares in unserer Beziehung war dabei, sich zu ändern. Ich war ziemlich irritiert und wusste nicht mehr, ob es gut war, dass sich etwas zwischen uns öffnete. Es war ein Gefühl von Glück und ein Schock zugleich, dass Marion nun an meinen heimlichen Fantasien teilhatte. Ihr Geständnis übertraf alles, was ich für möglich gehalten hatte. Meine geliebte Ehefrau schaute sich einen Porno an – und es erregte sie!

Der Schock spiegelte sich auf meinem Gesicht, denn sie fragte, noch immer mit dieser fremden Stimme: »Geschockt?«

Ich zuckte mit den Schultern. Nach einer Pause, in der sie nicht den Blick von mir wandte, antwortete ich: »Überrascht, dass du den Film so gesehen hast wie ich … ganz.«

Sie lächelte abgründig. »Gut, dass wir darüber gesprochen haben«, erklärte sie und legte mir die ihre Hand liebevoll um die Schulter. Wir spürten eine neue Bindung und eine neue Freiheit, die wir durch diese Worte gewonnen hatten. Vielleicht noch etwas fremd, aber darum nur umso aufregender. Und dann tat Marion etwas sehr Aufregendes und Großartiges. Sie stand vom Sofa auf und schob nun den runden Lederhocker vor unseren großen Fernseher. Noch immer ließ sie mich mit ihren Blicken keinen Augenblick los.

»Versuch, dich jetzt mal ganz auf deine Fantasien und auf mich einzulassen«, bat sie mich mit dieser weiblichen Stärke und inneren Sicherheit, die ich so an ihr liebte. Dann begann sie, sich auszuziehen.

Sie tat es tatsächlich. Vielleicht spontan aus dieser neuen Offenheit zwischen uns heraus, vielleicht aber auch aus einem lange gehegten Wunsch. Sie tat es, und sie tat es aufgeregt und geil. Sie ließ ihr Kostüm langsam zu Boden gleiten, bis sie in ihren besten Dessous dastand. Ihre vollen Rundungen waren nur noch mit himmelblauer Seide geschmückt. Sie sah mich an, als wäre sie einem Schicksal unterworfen, ausgeliefert, und doch war sie die treibende Kraft – lasziv und unwiderstehlich. Sie leckte sich über die Lippen und lächelte mich aus einem finster schimmernden, lockenden Abgrund an. Sie streifte den Slip von ihren Hüften. Ich sah ihre nackte Vagina. Es gab nur noch diesen straffen, ausgelasteten Büstenhalter, der die Fülle ihres Busens trug, und ihre hochhackigen, offenen weißen Schuhe trug sie noch. Sie hielt inne, fast, als wäre sie unsicher, diesen letzten Schritt zu tun.

Marion sah mich an. Unsere Augen verbanden sich zu einem Moment gemeinsamer Stärke. Darin lag unsere ganze Liebe, unser Vertrauen, unser Zusammenhalt, der für das ganze Leben geschworen war. Zustimmend senkte ich meine Lider. Dann löste sie den Büstenhalter. Er sprang von ihren großen, festen Naturbrüsten ab und fiel. Ich sah sie an – Wunder, das sie war.

»Die Schuhe werde ich nicht ausziehen. Die lass ich an für dich. Ich weiß doch, was du magst, wenn ich ganz nackt bin«, hauchte sie. Nun drehte sie sich langsam auf ihren hohen Absätzen um ihre eigene Achse, so als wäre es schon lange her, dass ich sie bewundert hatte. Es war wohl wirklich schon lange Zeit her. Dabei war Marion einmalig, sie war umwerfend, und in diesem Moment nahm sie mir einfach den Atem! Sie stand da in ihrer busenvollen Nacktheit und stemmte die Arme sinnlich in die Hüften. Sie war geradezu skulptural in ihrer nackten Schönheit. Lächelnd das sandige Blau ihrer Augen und diese Aura aus blonden, langen Locken. Ihr sanfter Nacken und ihre schönen breiten Schultern. Der göttlich geschwungene Schoß. Und als größter Reiz: ihre Brüste. Voll von starkem, natürlichem Stolz. Wie sie sich in ihrer satten Schwere nach unten auswölbten. Sie prangten. Warm und reif. Sie hingen wie schwere, weiße, seidene Glocken. Groß und rein und fest. Mit straffen Nippeln, die frisch und stark wirkten, unberührt und neugierig. Diese Nippel blickten einen in ihrer erregten Unschuld an wie ein Paar wunderbare, traumhafte Augen. All das war Marions wunderbares Geheimnis. Das mir geschenkt war. Ihre Blöße, ihre wunderbare Nacktheit. Mit diesem Ausdruck völliger Unschuld und Verletzlichkeit, etwas nie Entdecktes, etwas, was in privatesten Stunden nur mir allein bestimmt war. Ihre Brüste waren die Symbole meiner sexuellen Geborgenheit, meine Heiligtümer, mein größtes Geheimnis. Marions Nacktheit. Fast zu groß in ihrer Schönheit. Als hätte ich sie bis zu diesem Moment nie ganz erfassen können. Als hätte es noch einer anderen Sichtweise bedurft, einer anderen Perspektive, sie zu erleben, um sie ganz zu verstehen.

In all der Unschuld, die diese Nacktheit ausstrahlte, sah ich doch auch Neugier. Ich erkannte Lust und Erwartung darin, vielleicht sogar etwas Provozierendes und Forderndes, zugleich etwas, das voller Opfermut und Hingabe war. Da gab es noch so vieles zu entdecken und zu erfahren. Ich hatte es immer geahnt und nun war es Gewissheit: Wir standen noch am Anfang unserer sexuellen Entdeckungsreise.

Auf dem Sockel ihrer spitzen, hohen Schuhe stehend ging Marion mit einem Mal sacht in die Knie. Langsam ließ sie sich auf dem ledernen Hocker vor dem Fernseher nieder, ohne mich auch nur einen Moment aus den Augen zu lassen. Sie platzierte sich so, dass es aussah, als würde sie an die Stelle der Frau in dem Film treten. Sie lehnte sich nach hinten, hob ihre Beine und spreizte sie. Sie bot ihren nackten Schoß dar, ihre fleischig nackte, die Lippen leicht öffnende Vagina. Es sah nun so aus, als würde der Schwarze sie lecken, sie mit langer Zunge begierig verwöhnen. Ein schwindelerregender Anblick. Es nahm mir den Atem, meine Frau so zu sehen. Ich begegnete hier meiner tiefsten und dunkelsten Fantasie – dem Wunsch, sie einmal so zu erleben. Nur der Beobachter zu sein.

Marion erkannte meine Erregung und meine Lust. Sie sah mir tief in die Augen, hielt intensiven Kontakt, während der schwarze Mann sie wild leckte und verwöhnte. Marion stöhnte getroffen auf. Ihr Atem wurde laut. Sie keuchte, während ihr Körper sich rhythmisch der Zunge des Schwarzen öffnete. Fast atemlos fragte sie mich: »Na? Gefällt dir das, was er mit mir macht? Hast du es dir ungefähr so vorgestellt? Ist es gut für dich?«

Ich starrte sie an. Und der Eindruck brannte sich in mich hinein, ob ich wollte oder nicht. Hatte ich dem hier entgegengefiebert; oder hatte ich die Erfüllung meiner verbotenen sexuellen Wünsche gefürchtet? Doch es gab keine Antwort, es gab jetzt nur Geilheit, die uns um den Verstand brachte. Beide hatten wir nie eine so verzehrende Erregung erlebt. Ich zog mich hastig aus und begann, meinen erregten Schwanz zu reiben. Marion sah es, und ein Lachen schwappte wie ein Krug roten Weines über ihr Gesicht. Ich rieb mich begierig, während ich sie betrachtete.

»Sag mir, Schatz: Ist es gut? Verwöhnt er dich schön? Genießt du es?« Ich trieb meine Erregung mit eigenen Worten weiter an.

»Es ist so gut! Er verwöhnt mich so schön! Ich genieße es so sehr! Er macht mich so heiß«, antwortete sie wie ein Spiegelbild.

Wir hatten nie so geredet. Nicht mit solchem Worten, nicht mit solcher Stimme. Es war geil und tief und ehrlich. Weit außerhalb unseres kleinen, häuslichen Raumes. Noch nie hatten wir unsere Geilheit einander so offen gezeigt wie in diesem Moment.

»Gleich will der Schwarze ficken!«, rief ich Marion zu.

»Oh, ja. Ich spüre es. Gleich will er mich ficken. Und nichts wird ihn aufhalten können. Er nimmt es sich einfach!«, keuchte sie im lauten, glückseligen Rhythmus ihres Atmens.

Ich hatte nie zuvor gehört, dass Marion das Wort »ficken« gesagt hatte. Meine große, volle, frauliche, warmherzige Blonde. Ich hatte nie erlebt, dass sie so sehr die Beherrschung über sich verlor. Es war großartig, sie so zu erleben. Es war ein wenig irritierend, es war unbekannt, aufregend und gut – Glück und Schock zugleich. Es war eine kraftvolle, entfesselte Lust, die ich in ihr sah und die mich mitriss.

Marion erhob sich nun von dem ledernen Hocker und schritt zu mir ans Sofa. Wir packten einander. Sie vergrub ihre Hände in meinem Haar und ich die meinen in ihrem. Wir spürten vor Lust den Schmerz nicht. Marion setzte sich auf mich. Ich drang hart und tief in sie ein. Unsere Hitze verschmolz miteinander, während im Hintergrund der Pornofilm wie ein Gedanke mitlief. Der schwarze Mann begann nun, seinen mächtigen afrikanischen Schwanz in die weiße Frau zu treiben. Er nahm sie tief, er füllte sie ganz aus. Und dann nahm er sie so rhythmisch und kraftvoll, dass sie nur noch schreien konnte. Er fickte sie ganz und gar. Ich spürte Marion, sie war so heftig und heiß. Sie ließ ihren göttlich geschwungenen Schoß auf mir wippen, ich packte fest ihr rundes Gesäß und sah an ihrer schweren, wippenden Titte vorbei den rhythmischen, starken Schwarzen. Ich sah dieses übermächtige Bild: eine schöne, üppige Frau, die die Stärke eines großen, exotischen Schwanzes erfährt.

»Sieh dir an, wie sie sich von ihm bumsen lässt!«, verlangte ich von Marion.

Sie riss den Kopf herum und starrte mit offenem Mund den Schwarzen an. »Er ist so stark!«, hauchte sie überwältigt.

»Und sie gibt sich ihm radikal hin«, keuchte ich.

»Sie gibt sich ihm ganz. Er bumst sie durch, bis sie nicht mehr weiß, wer sie war!«, hauchte Marion mit dunkler, unbekannter Stimme, die eine warme, innige Derbheit hatte.

Es war ein unglaubliches Erlebnis. Marion und ich waren in unserer Lust so inspiriert, dass wir brutal einander packten! Wir stürzten uns aufeinander und hielten uns aneinander fest wie atemlose Verzweifelte und Getriebene. Wir waren entgrenzt und am Rande der Besinnung. Wir schwitzten vor Intensität. Ich spürte die Heftigkeit und Kraft in Marions Emotionen und Bewegungen. So stark hatte ich ihre Lust bei Weitem noch nie erlebt. Wir hatten die Tür zu einem neuen Erleben unserer Lust aufgestoßen.

2

Wochen danach gab es einen dieser herrlichen Sommermorgen, an denen wir ausschlafen konnten und Marion nicht zur Arbeit musste.

Sie stand auf und schlich ans Fenster, öffnete es und ließ die Morgenfrische hinein. Marion trug ihr vom Schlaf faltiges, langes Shirt, das sie nun genießerisch auszog. Sie streifte es langsam über ihren Schoß, über die Brüste und den Kopf und warf es von sich. Sie spürte die warme Frische auf ihrer nackten Haut. Stand still da und schaute verträumt hinaus. Draußen strotzte die gewucherte Natur in einer herrlichen Lebendigkeit. Marion stand in ihrer ganzen Sinnlichkeit da, als hätte sie Lust, einfach aus dem Fenster zu steigen und dann durch die Bäume und Büsche zu spazieren, nackt wie sie war, und ohne etwas dabei zu denken oder ängstlich zu sein. Ja, das hätte sie genossen. Zärtlich still und mit offenen Sinnen stand sie am Fenster und schaute ins dichte Grün. Schweigend und unschuldig und wunderschön, eins mit der sie umgebenden Natur. Sie lauschte dem aufsteigenden Licht und der aufsteigenden Wärme des Tages.

Ich beobachtete sie gebannt vom Bett aus. Sie erschien mir wie eine Fotografie – wie das Kunstwerk eines ganz besonderen Momentes. Ich vergötterte den Körper meiner Frau, ich betete ihre gereifte Schönheit geradezu obsessiv an, und ich war mir sicher, sie nie zuvor so wundervoll gesehen zu haben. In Marions Nacktheit lag magische Vollkommenheit. Sie hatte die Brüste angehoben. Es sah aus wie ein einziger erfüllter Atemzug.

Als sie sich vom Fenster abwandte, begegnete sie sich im Spiegel des Kleiderschrankes und schaute sich lange an. Sie fragte sich, ob sie zufrieden mit sich sei. Zweifelnd umfasste sie ihre Brüste und hob sie etwas an und presste sie aneinander.

»So waren die früher mal«, sagte sie.

»So waren die noch nie«, behauptete ich, »nicht als du siebzehn warst und auch nicht, als du schlanker warst!«

Sie schaute mich zweifelnd an, dann ihr Ebenbild im Spiegel. Wieder wog sie ihren Busen mit den Händen.

»Die waren nie schöner als jetzt«, bestätigte ich noch einmal. Ich liebte diese vollen, reifen Brüste und ihr natürliches Gewicht. Große, schwere Naturbrüste, übervoll, satt ausgewölbt, mit birnenhafter Form und mit draller, seidiger Zärtlichkeit. Diese Brüste waren für mich der Inbegriff einer Göttlichkeit, die ich berühren konnte, obwohl sie etwas Unfassliches hatten. Sie versprachen ein süßes Geheimnis, das sich entblößte, aber das ich nie so ganz und gar beschreiben konnte.

»Du träumst ja«, meinte sie selbstkritisch, »ich bin zu dick!«

Ja, sie hatte über den Winter ein paar Pfund dazugewonnen, aber ich liebte ihre Üppigkeit. Ihre naturvollen Rundungen betonten sich umso mehr, Marion war reich geformt. Sie wog bei einem Meter fünfundsiebzig nun achtzig Kilo. Ihre Körbchengröße war fünfundneunzig D.

»Die Maße einer Göttin«, versicherte ich ihr.

Sie entgegnete nur: »Jede Göttin braucht einen, der an sie glaubt …«

»Nein«, sagte ich ihr aufrichtig, »so wie du, genauso sieht die vollkommene Frau aus. Das ist so. Ich sehe deine Formen und habe den Eindruck, mehr Weiblichkeit kann es nicht geben. Etwas Schöneres als dich kann ich mir einfach nicht vorstellen!«

Marion lächelte wie beschenkt.

»Hadere doch nicht so mit dir«, fuhr ich fort, »dein Körper ist ein Traum. Und deine Titten, die sind wunderschön …« Ich genoss, wie das derbe Wort sich in der Unschuld ihrer Nacktheit spiegelte.

Marion blickte mich mit einem diebischen Lächeln an. Sie schlich auf ihren nackten Füßen zu mir hin. Ich setzte mich auf den Rand des Bettes und legte meine Arme um ihre Taille, meine Hände umfassten ihr traumhaft frauliches Gesäß. Ich liebte es, sie so vor mir zu haben und sie zu berühren.

Sanft ließ sie die Frage fallen: »Willst du mich spüren?«

Ich berührte sie fester und stimmte ihr zu. Auf allen vieren bestieg Marion das Bett. Rekelte sich in ihrer wunderbaren Nacktheit und lockte mich auf ihre Haut. Ich tauchte in sie ein. Bei allem, was ich ihr je sagte, gab es keinen Kitsch, keine Romantik, deren Glanz keinen wirklichen Wert hatte. All meine Worte waren die glückliche Wahrheit. In all meinen Gedanken gab es nur diese Frau. Ich liebte sie und betete sie an …

Als Marion ein paar Tage später wieder einen freien Tag hatte, wiederholte sich die sinnliche Szene am offenen Fenster. Es war wie ein unbewusster Drang, der Marion führte. Sie schien von der offenen Natur, die vorm Fenster lag, wie magisch angezogen zu sein, und sie widerstand dieser Anziehung nicht, sie folgte ihr mit nackten Füßen. Sie zog ihr langes Schlafhemd über den Kopf und stand dann in wundervoller Nacktheit da und schaute schweigend heraus in das dichte sommerliche Grün. Ich lag da und sah sie an, atmete ihren schönen Anblick ein. Ihre Sinnlichkeit und Verletzlichkeit in diesem Moment berührten mich tief. Dann hielt es mich nicht länger, und ich schlich mich aus dem Bett, kam hinter sie und legte meine Arme um ihre Nacktheit. Legte sie um ihren Schoß und um ihre Taille, dann umfasste ich ihre prangenden Brüste.

Marion schmiegte sich in meine Berührungen. Sie lächelte. »Ich spüre deinen Schwanz – er ist wach und sagt mir guten Morgen!« Ich grinste. »Es würde mir guttun, von ihm gefickt zu werden«, sagte sie schlicht und natürlich. Wir spürten, dass wir an Offenheit gewonnen hatten und dass es nicht nur in der sinnlichen Raserei der Sexualität solche Worte gab, sondern nun auch dann, wenn uns der Sinn danach stand.

Ich drang sanft in sie ein, während sie mit gewölbter Hinterseite dastand, die schönen, leicht gebräunten Beine und die Zehen etwas nach hinten gestellt und leicht gespreizt. Ich bewegte mich behutsam. Harmonisch. Es war verträumter Sex. Marion atmete hörbar, aber ruhig.

»So ist es gut. Fick mich schön durch«, sagte sie tief und entspannt. Sie stützte sich auf ihren Armen ab und schaute aus dem offenen Fenster in den sonnigen Morgen. »Meinst du, dass uns jetzt jemand sieht?«, fragte sie lustvoll.

»Da ist nur Grün«, meinte ich, »nur Bäume und Büsche. Ist ‹ne ziemlich dichte Natur hinterm Haus.«

»Wär aber doch möglich«, erwiderte Marion leicht stöhnend.

»Wär schon«, gab ich zu und ergänzte, während ich mich langsam in ihr bewegte: »Irgendwo in einem Busch lauernd sieht uns vielleicht jemand zu …« Marion lächelte. »Würde dir das denn gefallen?«, fragte ich dicht an ihrem Ohr.

»Könnte schon sein. Könnte sein, dass das sehr aufregend wäre«, meinte sie, während sie den Kopf nun weit nach hinten bog und ihre Brüste sich wollüstig vorwölbten.

Ich fasste fester zu. »Der Unbekannte sieht deine ganze Schönheit. Wie du sie zeigst. Und sie bewegst. Und sie hingibst. Das macht mich an …«

Sie lachte lüstern auf. »Und dabei hast du meine Reize doch immer eifersüchtig bewacht«, meinte sie neckend.

»Wenn ich geil bin, dann reizt mich der Gedanke, dass ein Anderer etwas von dir sieht, das muss ich gestehen«, sagte ich. Und atmete nun stöhnend wie sie. Wieder spürte ich den Kick in dem, was wir wagten. Den Reiz in dem Unbekannten, das wir gerade entdeckten und erlebten.

Marion genoss mich eine Weile wie selbstvergessen, dann sagte sie: »Wir müssen unbedingt mal Sex in der Natur haben. Findest du nicht? Würde dich das nicht reizen? Stell dir vor: Wir sind irgendwo im Wald. Ganz tief in der Natur. Wir sind ganz nackt. Und bewegen uns frei. Wir streifen nackt durch den Wald. Das Laub knistert unter meinen

Füßen, hohe Gräser streifen meinen Schoß und belaubte Zweige berühren meine Brüste. Das stell ich mir aufregend und schön vor!«

»Das ist es bestimmt«, meinte ich. Tatsächlich erregte mich die Vorstellung. Erlebt hatten wir Sex in der Natur leider noch nie.

»Wir fühlen uns herrlich frei«, beschrieb sie weiter, »wir streifen durch den Wald, über Lichtungen, durch Wiesen. Und wo es uns gefällt, da machen wir Liebe. Vereinigt mit der Natur, sie ist unsere Intimität. Wir genießen es. Es ist, als wären wir die einzigen Menschen auf der Welt. Wir fühlen uns wie Tarzan und Jane. Um uns ist nichts als die grüne, ewige Wildnis …«

»Nun ja, wenn es der Dschungel von Tarzan und Jane ist, dann gibt es da wohl noch einen Stamm wilder und stolzer Schwarzer, fern jeder Zivilisation«, erwiderte ich.

»Uh!«, rief sie schreckhaft wie ein Mädchen. »Glaubst du wirklich? Wilde, starke Männer mit nackter schwarzer Haut?«

»Ja«, sagte ich, »sie streifen durch den Dschungel. Sie sind auf der Jagd. Wir dürfen nicht von ihnen entdeckt werden!«

»Uh!«, rief Marion wieder und guckte mit gehauchter Angst in das Grün vorm Fenster. »Diese starken, wilden Männer … Wenn sie uns kriegen … was glaubst du, werden sie mit uns tun?«

»Nun, die binden mich bestimmt am nächsten Baum fest.«

»Sie ringen dich nieder. Du hast keine Chance. Dann fesseln sie dich. Und ich? Was tun sie bloß mit mir?« Unsere Erregung hatte sich gesteigert. Bei dieser Frage nun wurde sie vollkommen atemlos.

»Sie wollen dich berühren«, sagte ich und nahm sie stärker, spürte den Kick, der jetzt jede einzelne meiner Fasern durchdrang und erregend in alle Spitzen meines Körpers stieß.

Marion stöhnte tief. »Tut das weh?«, fragte sie mit einer Stimme naiver Unschuld.

»Es kommt drauf an. Wenn sie dich streicheln, ist das wahrscheinlich schön für dich. Hab keine Angst. Genieß es. Lass dich fallen. Entspann dich. Und nimm die Berührungen in dich auf. Tief in dich!« Fester fasste ich sie und spürte, wie ihre Brüste mir pochend antworteten.

Sie lächelte zaghaft. Ihre Gedanken führten die Fantasie fort, und immer wieder stockte ihr Atem. »Ich liege auf einem mit Moos überzogenen Felsblock und mehrere große schwarze Hände streicheln mich«, stellte sie sich vor.

»Gefällt dir das?«, wollte ich wissen.

»Ja«, antwortete sie, »das ist schön. Das tut mir gut. Ich kann mich dem hingeben ...«

Diese Vorstellung steigerte meine Geilheit, ich konnte mich kaum noch zurückhalten. »Genieß es«, keuchte ich, denn ich spürte, wie Marion immer weiter von ihrer Fantasie mitgerissen wurde. Sie stöhnte lustvoll.

Auch meine Erregung steigerte sich weiter in den Kick hinein. »Genieß es. Du spürst die Hände überall. Lass dich fallen!. Öffne dich!«, trieb ich Marion sanft und intensiv an.

Ihr Stöhnen war Antwort genug. Danach brach es aus ihr heraus: »Ja! Es ist total schön, ich spüre diese schwarzen Hände auf meiner Haut. Das geht mir durch und durch. Ja! Diese starken Hände üben ihre Magie auf mich aus. Sie durchdringt meinen ganzen Körper. Ich bin bis in alle Enden meines Körpers erregt, mein Gott, ich brenne! Ich brenne vor Lust und will, dass diese Männer noch näher bei mir sind. Ich bin jetzt bereit. Ich will mehr von ihnen spüren!« Sie schrie ihre ganze Lust heraus.

Auch ich hielt es nicht mehr aus. Ein gewaltiger Höhepunkt stieg aus den Tiefen meiner selbst hoch und riss mich fast von den Füßen. Eine unbändige Kraft ergoss sich in den Schoß meiner Frau.

3

An ihren freien Samstagen war Marion ihrer Mutter beim Wocheneinkauf behilflich. Das war Tradition. An diesem Wochenende war die alte Dame aber in die Pfalz verreist. Also hatten wir die Zeit für uns.

»Hör mal«, sagte ich zu ihr, »ich wollte schon lange mal wieder auf den Flohmarkt. Einfach nur so. Mal wieder dort bummeln und schauen, was es so gibt ...« Marion war von der Idee angetan und entschied sich, mich zu begleiten.

An jedem zweiten Samstag im Monat fand am Fuß der Schlossmauer mit Blick auf den Fluss der Flohmarkt statt. Hunderte von Privatleuten und Händlern bauten am frühen Morgen dort ihre Stände auf. Sie hofften auf gutes Wetter und darauf, dass möglichst viele Leute zu ihnen finden würden.

An diesem Tag war er gut besucht. »Flohmarkt ist halt Sommersache«, stellte ich fest, als wir über die mittelalterliche Brücke darauf zugingen.

Marion meinte: »Das war eine gute Idee von dir. Du wolltest doch dort schon so lange mal wieder hin.«

Bevor ich Marion kennengelernt hatte, war ich öfters auf Flohmärkten gewesen. Ohne Absicht, ziellos von einem Stand zum anderen schlendernd, und eigentlich überrascht, wenn ich tatsächlich etwas fand. Vielleicht zog mich die Nostalgie dieser Orte an. Man begegnete auf dem Flohmarkt immer wieder der eigenen Kindheit.

»Wirklich gebrauchen kann man ja nichts. Der Flohmarkt glaubt, dass er den Leuten vergangene Jahrzehnte andrehen kann«, sinnierte ich.

Da waren abgelegte Spielzeuge und abgestumpfte, nutzlose Werkzeuge, Bierkrüge und Videokassetten, alte Rekorder und andere Elektro-Überbleibsel, Schallplatten, veraltete Lexika, abgetragene Klamotten und Stiefel mit schiefer, verbrauchter Sohle. Es war das Gefühl, man würde die Vergangenheit des Alltags durchstöbern. Ein Hauch von Melancholie schwang mit. Doch manchmal fand man tatsächlich noch etwas, was man zwar eigentlich nicht brauchte, aber schon lange gesucht hatte.

Marion schüttelte den Kopf über die kleinen und großen Gemälde in schweren Eichenholzrahmen, bestimmt für das bürgerliche Wohnzimmer, über handgewobene Landschaften und verblichene Marien, über Babypuppen und Heidi- Bücher, Kitsch aus Glas, schreckliche Sammeltassen und wertlose Urlaubssouvenirs, das Meiste des Blickes nicht wert. Es sollte weg, aber die Leute brachten es nicht übers Herz, es einfach wegzuwerfen. Nippes auf endlosen Tapeziertischen. Wir schlenderten wie alle anderen an dem Ramsch entlang und wiesen uns gelegentlich auf eine schöne Antiquität hin oder auf eine Kuriosität.

Einmal stieß Marion mich mit dem Ellenbogen an. »Schau mal, eine alte mechanische Schreibmaschine.« Ich sah das eiserne schwarze Ding mit den alten Buchstaben, die wie einzelne, kleine Werkzeuge aufragten.

»Okay, als Standessymbol gefällt sie mir«, erwiderte ich, »aber verglichen mit der digitalen Textverarbeitung wirkt sie wie eine Erfindung des Marquis de Sade!«

Marion lachte. Wir gingen weiter. Ich sah die Suchenden, die mit lupenhaftem Blick einen Gegenstand in Augenschein nahmen, Sammler in all ihrer Ernsthaftigkeit, ihrer Gewissenhaftigkeit, ihrer Konzentration, auf der Jagd nach dem einen, besonderen Gegenstand. Ich wusste nicht zu sagen, ob Sammler nun glückliche Menschen waren oder nicht. Wahrscheinlich eine rein philosophische Frage. Ich sammelte nichts. Oder höchstens etwas Romantisches: Ich sammelte die Eindrücke von Marions Schönheit …

Einige Tische weiter entdeckte ich aber einen Stand, der mein ganzes Interesse fand. Dort bot ein Schwarzer wunderbare afrikanische Skulpturen an. Ich besaß schon einige und Masken. Eine hatte ich auch auf dem Flohmarkt gefunden, sie zu Hause vom Schmutz befreit, einem seltsam verhärteten, wie verholzten Sand, und darunter entdeckt, dass sie mit Gold und einer alten englischen Münze beschlagen war. Sie war rätselhaft. Ein Spezialist konnte sie nicht erklären. Er meinte, sie sei nicht viel wert, wollte sie aber gern haben, doch ich behielt sie. Wann immer ich sie betrachtete, zog mich ihre Rätselhaftigkeit in ihren Bann.

Nun ergriff mich dieses Gefühl wieder. Auf dem Tisch lagen verschiedene Köpfe aus Ebenholz. Ich mochte das Schlichte, das Starke und Stolze im Ausdruck dieser afrikanischen Figuren. Vorsichtig nahm ich eine besonders reizvolle Skulptur mit ihrer glatten, wunderbar geschaffenen Oberfläche in meine Hände und wechselte mit dem Schwarzen wortlos ein Lächeln. Wir waren uns über den Wert des schönen und schweren Gegenstandes einig.

Von der Bude mit Pommes und Bratwürstchen gleich nebenan kommend, der einzig gut besuchte Stand auf dem Flohmarkt, drängte mich ein Kerl zur Seite. Ein speckiger, verschwitzter Typ, der gleich rücksichtslos mit fettigen Fingern nach einer Figur grapschte. Wahrscheinlich hatte er in der Schrankwand seiner guten Stube schon Dinge aus aller Welt angesammelt – vermeintlicher Ausdruck globalen Horizontes.

Er stemmte einen der Köpfe wie einen Bierkrug in die Luft.

»Was soll das Ding kosten?«, fragte er im hiesigen Dialekt, der mit vier Füßen auf dem Boden der Realität stand.

»Fünfzig Euro«, antwortete der Händler.

Der feiste Typ lachte abfällig auf. »Ich geb dir fünf …«

Nun lachte, viel vornehmer, der Schwarze.

»Nun komm schon, du schwarzer Zigeuner«, machte der Typ ihn in plumper Vertraulichkeit an. »Ich geb dir fünf Euro für das Ding. Dann bin ich zufrieden und geh nach Haus. Und du bist zufrieden und gehst nach Haus …«

Seine Art zu reden, widerte mich an. Ich sah, wie er Geld herauszog und es dem Schwarzen aufdrängte.

»Hören Sie, diese Figur ist nicht aus billigem Material gemacht. Das ist echtes Ebenholz!«, empörte der sich. Er wog den Kopf in seiner Hand, um das ganze Gewicht der Figur und seinen Wert zu zeigen.

Aber der Typ verstand nicht und wiegelte ab. »Fünf Euro. Das ist alles!«

»Fünfzig Euro. Weil er es wert ist«, beharrte der Schwarze endgültig.

»Fünfzig Euro. Weil er es wert ist«, sagte ich ebenso endgültig, trat zu dem Händler und gab ihm das Geld.

Der Prolet sah mich mit einer dramatischen Körperdrehung an. Ich sah, wie sich auf seiner fettigen Stirn eine Schweißschicht bildete. »Na? Ist das vielleicht die feine Englische?«, fragte er auf seine ordinäre Weise.

»Genau das«, erwiderte ich, »die feine Englische. Vielleicht ist es endlich mal Zeit für die feine Englische!«

Ich starrte ihn an. Es war normalerweise nicht meine Art, aber jetzt war ich bereit, das zu vergessen, und hielt die Hände zu Fäusten geballt. Der Typ drehte sich langsam um und ging. Ich sah ihm gereizt hinterher, bis er in der Menge verschwunden war. Dann drehte ich mich zu dem Mann an dem Stand um und sagte aufgebracht: »Diese Proleten! Wenn es nur wenige wären. Aber irgendwie ist diese ganze Gegend voll davon. Solche Typen, die in ihrer derben Leutseligkeit als gute Menschen gelten. Diese joviale Art, die doch nur dazu dient, dass diese Normalos sich Vorteile verschaffen!«

»Schon gut«, sagte der Mann zu mir, »nur nicht aufregen. Ist die Sache nicht wert. Ich hätte kein Geschäft mit ihm gemacht …« Er lächelte und die Sache war vergessen.

Dieser Mensch vor uns hatte etwas zutiefst Angenehmes an sich. Etwas Ausgeglichenes, Freundliches, Sanftes, Beruhigendes. In ihm lächelte die Seele Afrikas.

Er zuckte mit den Schultern. »Die Leute, die hierher auf den Flohmarkt kommen, meinen leider immer, sie müssten alles für ein oder zwei oder fünf Euro kriegen. Dabei haben manche Sachen einen ganz anderen Wert«, beklagte er.

»Und den wissen sie leider nicht zu schätzen«, sagte ich.

»Nein«, stimmte er entmutigt zu, »sie wissen es nicht … Ich muss sagen, manchmal hasse ich Flohmärkte«, hängte er nachdenklich an.

»Nun, es ist vielleicht der falsche Platz für Ihre Sachen. Was machen Sie denn sonst so?«, wollte ich wissen.

»Ich habe hier in der Stadt einen Afro-Shop – einen kleinen Laden mit Waren aus Afrika.«

Der Afrikaner war mir sympathisch. Groß und breitschultrig stand er da, in sanfter Haltung mit einem offenen Lächeln im schönen Gesicht.

Er reichte mir die Hand. »Ich bin Moe. Das schreibt sich wie Joe …« »Martin«, sagte ich und fasste seine Hand. »Und das ist meine Frau. Sie heißt Marion.«

Die beiden begrüßten sich. Lachten sich an. Und berührten sich mit einem Händedruck. Dann wickelte Moe mit diesen großen, sanften Händen mit Liebe das Ebenholz in seidig weiches Papier ein und reichte es uns mit einem Lächeln, in dem so viel Wärme, Vertrauen und Offenheit lagen, dass es etwas in uns berührte.

4

In der folgenden Woche war ich in der Innenstadt unterwegs, um nach Inspiration zu für mein neues Buch zu suchen. Es sollte etwas Poetisches sein. Es hieß »Liebe deinen Nächsten«, und ich hatte ein paar Geschichten im Sinn, bei denen es um Nachbarn ging, die sich ineinander verliebten. Um mich für solche Geschichten inspirieren zu lassen, streifte ich gern durch jene Straßen, in denen die hohen Mietshäuser der Jahrhundertwende standen, diese hundertjährigen Gebäude, die voller Fingerabdrücke des Lebens waren. Ich schlenderte durch die Hinterhöfe, den Sinn offen für neue Eindrücke und Stimmungen. Ich ging ohne Ziel und ohne den üblichen Rahmen von Zeit. Es war es dieses angenehme Gefühl des Sichtreibenlassens, das sich in mir ausbreitete. Ich liebte die Offenheit, die mit diesem Gefühl Hand in Hand ging, und auch diesen leichten Hauch von Melancholie. Man besah sich die Dinge mit einer besonderen Tiefe.

Vor einem kleinen Schaufenster blieb ich selbstvergessen stehen. Es fiel mir eine wunderbar geschmeidige, hölzerne Figur auf – eine Antilope. Als ich aufsah, erkannte ich zu meiner Überraschung Moe, der in dem Laden stand und mich hereinwinkte.

»Hier ist also dein Laden«, grüßte ich.

Wir reichten uns freudig die Hand. Moes Afro- Shop war klein und sehr voll. Auf den dicht stehenden Regalen fand sich alles, dessen der Afrikaner im Exil bedurfte – von heimischen Nahrungsmitteln bis hin zu Pflegemitteln fürs afrikanische Haar sowie die schönen Schnitzereien und ein wenig Schmuck.

Eine Kette mit hölzernen Kugeln, die sich braun und elfenbeinfarben abwechselten, ließ ich durch meine Hand gleiten.

»Schön. Die würde mir an Marion gefallen.«

»Nimm sie mit! Und wenn sie ihr nicht gefällt, dann bring sie zurück. Kein Problem!«

»Ich weiß nicht«, meinte ich zweifelnd. »Die ist zu gewagt. Sie hat keinen Schmuck in dem Stil. Nur das übliche feingliedrige Silberzeug. Ich glaube aber, dass so etwas Grobes, so etwas Natürliches ihr unheimlich gut stehen würde.«

»Also probier es aus!«, ermutigte Moe mich.

Aber ich ließ es sein. »Die Antilope nehm ich mit. Die muss ich haben. Was willst du dafür?«

Moes Hände tänzelten in einer freundschaftlichen Geste durch die Luft, die mir klarmachte, dass diese Figur ein Geschenk an mich sei. Ich wollte gerade bescheiden ablehnen, als mein Blick auf ein Schild fiel, das er an der Tür angebracht hatte. Er suchte gebrauchte Kühlschränke.

»Anfang September bin ich für vier Monate weg. Eine Freundin wird dann den Laden führen. Ich reise in meine Heimat und nehme Kühlschränke aus Deutschland mit. Ein kleiner Beitrag, um das Leben in meinem Land zu verbessern«, erklärte er auf meinen fragenden Blick hin.

Ich nickte und überlegte einen halben Augenblick. »Hör zu, ich nehme dein Geschenk an, wenn du vorbeikommst und unseren alten Kühlschrank mitnimmst. Er ist eigentlich nicht alt, aber jetzt steht er in unserem Keller, weil wir in unserer Wohnung eine neue Einbauküche haben. Eigentlich brauchen wir ihn nicht mehr. Also schließe ich mich deiner Sache an …«

Moe lachte. »Du bist ein Freund von Afrika!«

»Ich habe Afrika immer geliebt, seit ich ein Kind war. Ein anderer Kontinent hat mich nie interessiert.« Und das entsprach absolut der Wahrheit.

Moe reichte mir die Hand und packte, wie gehabt, die Antilope in sein seidiges, weiches Papier ein. Ich nannte ihm unsere Adresse, und wir verabredeten uns für einen der folgenden Abende. Moe war herzlich eingeladen.

Wieder zu Hause berichtete ich Marion von der Begegnung mit Moe und seinem Laden, der nur ein paar Gehminuten von unserer Wohnung entfernt war. »Moe wird uns besuchen und uns von dem Kühlschrank befreien, der uns den Platz im Keller nimmt. Er hat eine gute Verwendung dafür.«

Marion war damit einverstanden. »Soll ich etwas kochen? Es ist mein freier Tag, und wir haben eigentlich nichts vor. Ich weiß allerdings nicht, was unserem neuen Freund schmecken wird …« »Mach dir keine Gedanken. Ich glaube, Moe ist leicht zu bekochen. Er ist so ein dankbarer, freundlicher Mensch.«

»Ja«, stimmte Marion zu, »ich denke, er wird ein sehr angenehmer Gast sein. Deshalb möchte ich auch alles dafür tun, dass er sich bei uns wohlfühlt.«

***

Zwei Tage später war es soweit. Wir schliefen lange. Noch verschlafen bemerkte ich, wie Marion kurz aufstand und das Fenster des Schlafzimmers öffnete.

»Wie hast du geschlafen?«

»Ich habe geträumt«, antwortete sie sanft. »Sinnliche Träume, wenn du verstehst. Und jetzt bin ich voller Lust …« Sie lächelte und schlich zu mir ans Bett und kuschelte sich unter meine Decke. Sie zog zärtlich meinen Slip aus und nahm meinen Penis in die Hand. Dann blieb sie still liegen. Alles Weitere ergab sich wie von selbst.

Ich fühlte mich von der frischen Luft, die vom Fenster ins Zimmer strömte, geweckt und erregt und wandte mich zu Marion um. Streichelte ihre Nacktheit und küsste sie.

Marion ließ mich los, schlängelte sich unter der Decke

hervor und kniete sich auf ihr Kopfkissen. Sie streckte mir ihr Gesäß mit der süßen, fleischigen Öffnung ihrer Vagina entgegen und stützte sich mit den Armen entspannt auf dem Kopfteil des Bettes ab. »Ich will dich spüren, sei einfach in mir.«

Und ich kniete mich hinter sie und drang in sie ein. Es war gut. Ein langsamer, entspannter Akt.

»Fick mich schön durch«, sagte sie in einer wundervollen Art von Natürlichkeit und sanfter, naiver Unschuld. »Die frische Luft tut so gut«, schnurrte sie dann. Und sie schweifte, während uns der Takt bewegte, in dem wir Liebe machten, ins Nebensächliche ab.

»Einkaufen müssen wir dann heute noch. Ich muss überlegen, was ich heute Abend koche. Und was ich anziehen soll.«

»Das kann ich dir nicht sagen«, erwiderte ich.

»Etwas Elegantes und Geschlossenes vielleicht. Oder lieber etwas Offenes und Sommerliches. Ich hab noch überhaupt keine Idee …«

Der Gedanke an das, was sie anziehen würde, schien etwas zu haben, auf das ich ansprach. Ich intensivierte meine Bewegung. Ich beugte mich vor, umfasste nicht mehr ihr Gesäß, sondern ihre Brüste und spürte in meinen Händen, wie sie schwer und ruhig im Takt meiner Stöße schwangen. Ich liebte es, sie so zu spüren. Mit einem Kuss verschlang ich Marions Nacken und nahm sie nun stärker. »Mach ihm eine Freude. Zieh irgendwas Schönes an. Zeig ihm, was für eine gute Gastgeberin du bist und was für eine schöne Frau«, keuchte ich, während ich kraftvoll in sie stieß.

»Ja, er ist willkommen. Er soll sich wohlfühlen. Und ich will ihm gefallen!«

Auch ihre Stimme ging nun in ein lustvolles Stöhnen über und zur gleichen Zeit spürten wir das Höchste der Gefühle. Dann sanken wir gestillt aufeinander.

***

Wir warteten auf den Abend. Doch Moe war mehr als pünktlich. Ich öffnete ihm die Tür, während Marion ihre Küche unter Kontrolle hielt. Ich ging mit ihm ins Wohnzimmer. Wir setzten uns, redeten miteinander. Moe warf einen Blick auf meine afrikanischen Kunstgegenstände und alten, ledernen Entdeckungsbücher. Die Sachen waren mir kostbar, und ich zeigte sie gern vor, ihm umso lieber.

Irgendwann hatte Marion ihr Werk getan. Sie trocknete sich die Hände ab und stöckelte zu uns herüber. Sie hatte sich in allem große Mühe gegeben. Moe und Marion reichten sich die Hand, er fasste sie mit großer Höflichkeit an der Schulter und hauchte ihr ohne eigentliche Berührung links und rechts einen Kuss auf die Wange. Man spürte die gegenseitige Sympathie, aber sah, dass ihre Begegnung noch von Verlegenheit beherrscht war.

»Ich habe für uns gekocht. Ich hoffe, du hast etwas Hunger mitgebracht.«

»Ja«, erwiderte er lächelnd, »ich komme direkt aus dem Laden. Gegessen habe ich heute noch nichts.«

»Das sind beste Voraussetzungen! Ich hoffe nur, ich hab deinen Geschmack getroffen.«

»Das wird schon passen«, meinte Moe.

»Das Gefühl hab ich eigentlich auch«, erwiderte sie. Dann wandte sie sich wieder ihrer Küche zu. Auf den weißen Fliesen hinterließen ihre hohen, spitzen Absätze einen glasklaren, fast kristallischen Klang und der Boden schien zu vibrieren.

Marion war an diesem Abend aufregend schön. Sie hatte sich die Fingernägel frisch lackiert, kirschrot. Und sie trug diese weißen, offenen Schuhe, die ihre Füße so reizvoll machten und die ich an ihr so liebte. Sie war darin voller Königlichkeit und Sex. Die weißen Riemchen fesselten die schönen Füße, die in all ihren erregenden Einzelheiten sichtbar waren. Der Ausdruck ihrer herrlichen Füße in hohen Schuhen war unbeschreiblich, der lang gestreckte Spann, der in zarte Fesseln überging, und die perfekt geformten Zehen. Marion verwöhnte mich damit. Sie spreizte den Fußrücken und die Zehen, sodass die ganze filigrane und sehnige Skulptur des Fußes zutage trat, wie überhaupt ihr ganzer Körper sich anspannte und Form gewann, indem die weiblichen Rundungen hervorgehoben und zur Schau gestellt waren. Ich liebte diesen Sockel hoher Schuhe, der eine Frau in ihrer ganzen Schönheit präsentierte. Ich liebte die stolze und erregende Grazie, die Marion in solchen Schuhen hatte. Dass sie damit ein Stück größer war als ich, fand ich irgendwie sehr aufregend. Es gab mir sogar einen leichten Kick.

Auch unser neuer Freund Moe schien die erotische Kunst zur Schau gestellter Frauenfüße zu lieben. Er sprach an auf diesen Reiz. Seine Blicke senkten sich wie dezente Verneigungen. Ohne dass es eine Grenze überschritt, betrachtete er sie von oben bis unten. Es waren warme Blicke, die er ihr schenkte, sie waren pure Komplimente. Wortlos schwelgten Moe und ich in der Anwesenheit dieser Schönheit, die den Raum erfüllte. Sie wirkte skulptural, ihre hohen Schuhe spannten den Körper an bis in die Schultern, Marions lange, leicht gebräunte Beine schimmerten sanft muskulös in der Nacktheit ihrer warmen, glatten Haut. Darüber trug sie beige Hotpants, die sich eng um die perfekte Form ihres weiblichen Schoßes spannten – er war in dem Textil klar beschrieben und wie nackt. Dazu trug sie in blauer Farbe ein leichtes Top, dessen Träger im Nacken elegant zu einer Schleife gebunden waren. Mit einer gleichen Schleife wurde ihr blondes Haar in einem Pferdeschwanz zusammengehalten. Marions Outfit wirkte jugendlich, war aber trotzdem elegant und sexy zugleich. Niemand hätte ihrem Anblick widerstehen können, so auch Moe nicht.

Ich sah, wie er von ihrer Erscheinung gefangen war. Meine wunderschöne Frau hatte ihn völlig in ihren Bann geschlagen. Und da schmeckte ich sie wieder: diese eigenartige, fremde, verlockende Frucht, die neuerdings in meinem Garten wuchs. Dieses bunte und leicht bittere, doch köstliche Obst, an dem ich leckte und das ebenso verwirrend wie berauschend auf mich wirkte. Mich erregte die Wirkung, die meine Frau auf diesen anderen Mann hatte. Es übte eine verwirrende Faszination auf mich aus. Der Widerstreit meiner Gefühle hatte sich gelegt – Marions Reize, die ich stets eifersüchtig und ängstlich bewacht hatte, konnte ich nun durch die Augen eines anderen genießen. In seinen Blicken steigerte sich ihre Schönheit noch, ich erlebte sie erfrischt und verstärkt, und gleichzeitig war sie nun fassbarer für mich. Mein lockig blondes Prachtweib als Objekt geheimer fremder Begierde zu sehen, löste eine überwältigende sexuelle Erregung in mir aus. Sie brachte mich nicht mehr aus dem Gleichgewicht, sondern stürzte mich in einen freien Fall, den ich mit offenen Armen begrüßte.

Als man uns schließlich zu Tisch bat, war unser Hunger nicht mehr aufzuhalten. Marions Kochkunst duftete herrlich.

Sie beschrieb ihre kulinarische Kreation. »Ich wollte dich nicht mit Sauerfleisch und Klößen überrollen. So was ist sowieso nicht unser Ding. Es ist auch nichts Übertriebenes. Ich habe mich für etwas Einfaches entschieden, etwas mehr Sinnliches: Linguine Zucchini e Scampi.«

Sie machten sich gut. Das Essen auf den großen weißen Tellern sah aus wie fotografiert. Moe erkundigte sich nach dem Rezept und Marion ergänzte: »Petersilie, etwas Tomatenmark, drei Frühlingszwiebeln, gutes Öl und etwas Brühe …«

Wir aßen. Ließen es uns auf der Zunge zergehen.

»Ein Traum«, bestätigte Moe. »Ich mag Meeresfrüchte sehr.«

»Ein Lob auf die Köchin!«

»Aber ja!«

Marion lachte.

»Ein bescheidenes Mahl«, meinte sie.

»Delikat!«, eiferten wir. Jetzt gab es nur noch den sinnlichen Genuss eines guten Essens in der Gegenwart unseres willkommenen Gastes. Es war ein Gefühl von Bereicherung, das Moe uns gab. In seiner Anwesenheit lag etwas, das lebendig und zugleich sehr sanft und angenehm war.

»Machen wir es uns ein wenig gemütlicher«, schlug Marion nach dem Essen vor. »Setzt euch aufs Sofa. Ich bringe euch den Nachtisch.«

»Gute Idee«, meinte ich, half ihr aber noch, den Esstisch abzudecken.

Dann setzte ich mich zu Moe auf das Sofa. Marion holte aus der Küche eine große Platte, auf der sie exotische Früchte aufgeschnitten hatte und dekorativ präsentierte.

»Sehr schön ist das«, fand unser Gast.

»Bedient euch einfach mit den Fingern!«

Wir naschten von den Früchten und unterhielten uns dabei.

»Du sagtest etwas von den Hinterhöfen. Du schreibst gerade ein Buch?«, fragte Moe interessiert.

»Ich hab gerade erst angefangen damit«, erzählte ich. »Es soll eine Sammlung kleiner Geschichten sein. Von Nachbarn, die sich begegnen, sich erleben und vielleicht ineinander verlieben.«

Moe nickte. »Das klingt sehr schön. Das ist wirklich sehr poetisch …« Nach einer Pause fragte er: »Haben diese Geschichten denn auch eine erotische Handlung?«

Darauf wusste ich erst keine Antwort. »Ich hab an rein romantische Geschichten gedacht«, meinte ich dann. »Die Erotik hab ich da weniger im Sinn …«

Da entgegnete er weise fragend: »Kann man denn die Erotik ausblenden, wenn man über das Leben spricht und über die

Sehnsüchte der Menschen? Ist sie nicht in Wahrheit genauso wichtig wie alles andere, was wir fühlen und was uns bewegt?«

Ich sah ihn nachdenklich an. Spürte eine Spannung in mir, die daher kam, dass er im Grunde recht hatte. Und auch daher, dass seine Frage uns fast unvermeidlich einbezog. Diese Freundschaft zu ihm, die gerade begonnen hatte, hatte sozusagen romantische Bedeutung. Konnten andere Bedeutungen denn nicht miteingeschlossen sein? Diese Frage blieb unausgesprochen. Wir saßen schweigend da. Die Spannung war spürbar. Ein Gedanke blitzte zwischen uns auf. Zündete. Ein Funke, der sein Licht nicht mehr verlor.

»Ach!«, tauchte Moe schließlich aus seinen Gedanken auf. »Ich hätte es fast vergessen. Ich hab doch ein kleines Geschenk für Marion mitgebracht!«

Sie schaute ihn überrascht an. Moe zog aus seiner Ledertasche diese Kette heraus, die mir in seinem Laden so gut gefallen hatte. Es war die Halskette mit den großen Holzkugeln, die abwechselnd braun wie Ebenholz und weiß wie Elfenbein waren. Er reichte sie Marion und sagte: »Martin meinte, die würde dir gut stehen.«

Marion ließ die Kette durch ihre Hände gleiten. »Die gefällt mir«, sprach sie, »die natürlichen Materialien, rustikal und doch irgendwie edel.« Und sie legte sich die Kette um den Hals, noch ohne sie zu schließen.

»Auf dem Blau wirkt sie nicht so sehr, finde ich«, meinte ich.

»Ja, auf freier Haut sieht sie schöner aus«, bestätigte Moe.

Marion nickte. »Bei einem Kleid mit Ausschnitt zum Beispiel.«

»Oder wenn du ganz nackt bist«, rutschte es mir schlüpfrig heraus. Wir lachten.

»War mir klar, dass du dir irgendwas dabei gedacht hast!«, meinte Marion.

»Ist er denn schlimm?«, fragte Moe.

»Das kannst du aber glauben!«

Wir lachten auf. Waren in heiterer Stimmung. Hatten Nähe gewonnen, waren entspannt und zugleich in leiser Aufregung, die aus dem Gefühl herrührte, dass diese angenehme Bekanntschaft irgendwie noch nicht das Ende ihrer Möglichkeiten erreicht hatte …

Vom Abendhimmel draußen drang nun das zinnoberne Licht der letzten Sonne ins Zimmer. Wir lehnten uns noch weiter im Sofa zurück. Marion legte die Beine hoch. Ich bemerkte, wie Moe ihren schönen, scharf beschuhten Füßen viel Beachtung schenkte. Es schien einen sehr starken Reiz auf ihn auszuüben. Immer wieder während charmanter Plauderei verfing sich sein Blick für einen kleinen Moment.

Ich hatte den Eindruck, er musste sich regelrecht losreißen. Irgendwann sprang er schließlich auf und sagte: »Ich will nicht zu spät nach Hause kommen!« Er bedankte sich auf seine herzliche Art bei uns für diesen Abend. Marion mit ihrer Kochkunst und ihrer Schönheit war eine perfekte Gastgeberin gewesen.

Ich ging mit Moe in den Keller und half ihm, unseren Kühlschrank ins Auto zu verladen. Bevor er einstieg, fasste er mich an der Schulter und dankte noch einmal. Dann fuhr er los, und ich wusste, wir würden ihn wiedersehen.

In der Wohnung war Marion in lebhafter Stimmung. Wir bekamen selten Besuch, und sie hatte wenig Gelegenheit, die Gastgeberin zu spielen.

»Moe war zum ersten Mal hier, aber er wirkte irgendwie wie ein vertrauter Gast, fand ich.«

»Ja«, schloss Marion sich an, »das habe ich auch so empfunden. Moe hat diese angenehme Ausstrahlung, die man oft bei Afrikanern findet.«

Ich nickte.

Marion lächelte. Dann wurde ihr Lächeln diskreter, und sie senkte leicht verschämt den Kopf. »Weißt du«, sagte sie zögerlich, »ich hatte das Gefühl, dass ich bei Moe eine Neigung getroffen hab. Es sah so aus, als ob er meine Füße bewundert hätte ...«

»Das kann schon sein«, meinte ich, »das tue ich auch. Aber weißt du, ich glaube, er hat das Ganze bewundert. Du warst heute Abend einfach eine vollendete Gastgeberin. Und wunderschön. Ich denke, du hast einen rundum gelungenen Eindruck auf ihn gemacht.« Marion lächelte.

Während Moe da war, hatten wir uns nicht berührt. Diese Vertrautheit hatte uns etwas gefehlt. Jetzt fanden die Hände Haut des anderen, spürten die ersehnte Zärtlichkeit. Ich saß da, und sie stand vor mir. Ich streichelte ihre schönen, nackten Beine bis ich mit offenen Händen ihr Gesäß umfasste. Sie genoss es, in so festen Händen zu sein. Sie lachte und schloss die Augen. Als sie wieder aufschaute, sah sie die Halskette von Moe, die auf dem Tisch lag. Sie nahm sie und ließ sie verträumt durch ihre Finger gleiten, betrachtete sie in jener melancholischen Sinnlichkeit, die so faszinierend zu ihrer Person gehörte.

»Ihr habt gesagt, die steht mir nur auf nackter Haut«, sagte sie. Ohne den Blick von meinem Gesicht zu wenden, zog sie das blaue Shirt, das ihren Oberkörper so unwiderstehlich geformt hatte, aus ihrer Hose heraus und streifte es über den Kopf. Dann stand sie da mit ihrem großen, blanken Busen. Sie legte sich die Kette um den Hals. Sie sah noch schöner aus, als ich mir vorgestellt hatte. Wenn ich an ihre Nacktheit dachte und an diese melancholische Sinnlichkeit, die sie zuweilen an sich hatte und die sie in ein ebenso naives wie lustvolles und grenzenloses Wesen verwandelte, dann stellte ich mir manchmal einen solchen Schmuck an ihr vor. Marion als schöne blonde Königin im dichten Dschungel.

»Und? Wie sieht das aus?«, wollte sie wissen.

»Es ist ein archaischer Schmuck, er gibt dir etwas Wildes, etwas ganz rätselhaft Schönes. Etwas anderes als das, was ich von dir kenne. Und doch bist du es …«

Sie lächelte. »Er fühlt sich schön an auf der Haut. Es ist wie eine Berührung«, sprach sie sanft. Ich streichelte sie. Wir hatten beide Lust. Und wurden eins.

5

Nach einigen Tagen besuchten wir Moe in seinem Laden. Er hatte gesagt, wir sollten mal vorbeikommen, und es war nicht weit zu gehen. Er begrüßte uns freudig. Er war allein und hatte Zeit, uns sein kleines Reich zu präsentieren.

Marion schaute sich um. Ihr gefielen die bunten Flechtkörbe, sie sah Okra und Yams und Fufu, getrocknete Gewürze und Potenzmittel. Besonders interessierte sie sich für die Kosmetika und betrachtete genau das Wenige, was Moe an Schmuck anbot.

»Das soll mehr werden«, erklärte er. »Das sind Sachen, die immer gefragter werden, vor allem bei euch Europäern. Mir fehlt es noch ein wenig an Ideen für die Präsentation.«

Ich erzählte ihm, dass die Kette, die er Marion geschenkt hatte, wunderbar aussah.

»Sie hat ernstgenommen, was wir gesagt haben, und hat sie angezogen auf nackter Haut.«

»Ist das wahr?«, fragte er lächelnd.

Marion nickte verschämt.

»Der Schmuck hatte auf nackter Haut so eine starke Ausstrahlung. Und die Nacktheit hatte durch den Schmuck so eine starke Ausstrahlung. Beides hat sich verstärkt. Es hat vollkommen zueinander gepasst«, sagte ich.

»Das war bestimmt sehr schön«, erwiderte er weich. Dann fiel ihm etwas ein, und er kramte einige Bilder hinterm Ladentisch hervor. Wir sahen sie uns an.

»Das hier sind authentische Aufnahmen«, erklärte er, »von den Stämmen der Banna und Arbore in Äthiopien.« Wir sahen schwarze Frauen, die im rötlichen Licht der Sonne bunte Ketten aus Glasperlen um den Hals trugen. »Und dies sind die Turkana aus Kenia.«

Es war das Gleiche: stolze Frauen mit jugendlichen Brüsten und farbenfrohem Halsschmuck.

»Das sind schöne Frauen«, sagte Marion sanft und anerkennend.

»Und dies sind Frauen vom Stamm der Himba, einem halbnomadischen Hirtenvolk.« Die Haut der Menschen auf dem Foto war mit der lehmroten Erde ihres Landes bedeckt. Ihr Schmuck war reicher und schwerer. »Bei diesem Halsschmuck seht ihr Messing und Muscheln.«

Er zeigte uns Bilder weiterer Ketten aus den verschiedensten Materialien. Bilder von Kaurischnecken und Kolanüssen, Steingut, Knochenperlen und Samen.

»Die Vielfalt der natürlichen Materialien und der Farben ist groß. Man kann damit herrliche Sachen machen!«

Marion sah sich den abgebildeten Schmuck näher an und stimmte Moe zu. »Ich glaube, ich finde langsam Gefallen an dieser Art, sich zu schmücken. Es muss tatsächlich nicht immer filigranes Silber sein.«

»Ich sage doch: Es hat zu dir gepasst«, meinte ich und fragte Moe: »Und du hast Beziehungen? Du könntest solche Sachen aus Afrika bekommen und in deinem Laden verkaufen?«

»Das ist mein Plan«, erklärte er. Dann zeigte er uns ein letztes Bild: eine nackte Afrikanerin. Aber nicht schwarz, sondern bronzen, fast schon stählerngrau. Sie wirkte künstlich, und ihre Nacktheit war ganz anders als die der Stammesfrauen. »Dies ist ein Bild der Neuen Welt, in einem New Yorker Fotostudio gemacht und kräftig retuschiert.«

Die junge Afrikanerin, die sehr hart, sehr klinisch und westlich wirkte, trug im Gesicht eine dezente Stammesbemalung und ein Amulett aus schwarzen Zähnen. Aber all das wirkte eben künstlich.

»Dieses Bild gefällt mir nicht so sehr«, meinte Moe, »aber ich denke, dass ich den Schmuck, den ich verkaufe, ähnlich präsentieren sollte.« »Um den Hals einer nackten Frau gelegt«, sagte ich. Er nickte.

»Schmuck und Nacktheit«, philosophierte ich, »Schmuck ist das Kleid der Nacktheit. Er setzt ihr kein Ende. Er erhebt sie. Er stellt ihre Schönheit heraus. Er ist das, was uns am Nahesten ist und am Intimsten …«

»So ist es«, sagte Moe ruhig und zustimmend.

Dann verabschiedeten wir uns.

***

Am nächsten Tag war Marion im Geschäft. Ich arbeitete an meinem Buch, aber ich konnte mich nicht wirklich konzentrieren. Manchmal haben die Gedanken eine eigene Wahrheit. Man würde sie gern in eine bestimmte Richtung treiben und sie gedeihen lassen. Aber dort wollen sie nicht wachsen, denn es zieht sie zu einem ganz anderen Ort, wo sie treiben und gedeihen und zu großen Bäumen werden, einem ganzen Dschungel gleich.

Ich dachte an die Begegnung mit unserem neuen afrikanischen Freund am Tag zuvor. Mir gefiel der Gedanke, dass wir Moe in seinen Plänen bestärkt hatten. Wir hatten uns für seine Sache interessiert und unsere ehrliche Meinung abgegeben. Ich hatte den Eindruck, dass er sie sehr ernst genommen hatte. Dass er sie vielleicht sogar gebraucht hatte, um seine Pläne endlich in die Tat umzusetzen. Um ihn weiter zu bestärken, was die Präsentation des Schmuckes anging, kam mir eine Idee.

Als Marion am späten Nachmittag nach Hause kam, sagte ich ihr zunächst nichts. Sie selbst war es, die plötzlich lustvoll wurde und sich mit warmem Atem an mich wandte. »Ich weiß auch nicht. Vielleicht ist das immer so in den Spätsommertagen. Ich bin im Moment ziemlich geil«, sagte sie offen.

»Mir geht es genauso«, lächelte ich vielsagend. So nahm ich ihr langsam die Kleider weg. Als sie nackt vor mir stand, ihre Brust hob und senkte sich vor erwartungsvoller Begierde, ließ ich sie die hölzerne Kette von Moe umlegen. Sie tat es und zeigte mir lächelnd ihre Reißzähne. Ich nahm den Fotoapparat, der sie immer besonders geil machte, und lichtete das Schmuckstück auf ihrer Haut ab. Um es besonders zur Geltung zu bringen, verschränkte sie dabei die Arme hinterm Kopf. Ihre Brüste wölbten sich heraus und trugen die hölzernen Kugeln. Der Reiz platzte geradezu heraus, die Wirkung war stark und aufregend.

»Jetzt lass einen Arm hinter dem Kopf. Aber den anderen nimm nach vorne und bedecke damit deine Brüste. Ich will dieses Bild einmal Moe zeigen.«

»Und der darf mich nicht nackt sehen?«

»Maro!«, zischte ich.

Sie tat gekränkt und versuchte trotzig, ihre großen, prachtvollen Brüste mit dem Arm ganz zu verdecken. »Das ist zu viel! Nur so viel, dass deine Brustwarzen nicht zu sehen sind. Gib ein bisschen mehr von dir frei.«

»Darf ich?«, fragte sie zuckersüß. Und ich fotografierte sie.

***

Am nächsten Tag sah ich mir die Bilder am Computer an. Verwarf einige. Behielt die besten. Sie gefielen mir unendlich gut. Sie waren erotisch in sehr ästhetischer Art. Die Fotos überzeugten mich, und ich beschloss, sie Moe zu zeigen.

So ging ich rüber in seinen Laden und knüpfte gleich an unser Gespräch an. »Ich will dir etwas zeigen.«

Moe sah die Bilder. Er betrachtete sie lange und sehr interessiert. Er sah seinen Schmuck von heller Haut getragen und von blondem Lockenhaar umspielt.

»Wenn du sagst, dass vor allem Europäerinnen diesen Schmuck kaufen, ist es dann so abwegig, ihn von Europäerinnen präsentieren zu lassen?«

»Vielleicht ist es das«, sagte er, den Blick nicht von den Fotos lösend, »vielleicht ist das die Idee, Martin!«

Am Abend ging das Telefon. Es war Moe, der lange mit Marion sprach. In ihrem Gesicht las ich Überraschung und Neugierde. Moe lud uns fürs Wochenende zu sich nach Hause ein. Er redete viel – sie hörte schweigend zu und stimmte dann zögerlich zu.

Nach dem Gespräch wandte sie sich langsam zu mir um. »Moe hat erzählt, dass du ihm die Bilder gezeigt hast, die du von mir und seinem Schmuck gemacht hast. Das hat ihn auf die Idee gebracht, eine Serie zu machen. Ich soll seinen Schmuck präsentieren.«

»Auf deiner Haut.«

»Auf meiner Haut«, bestätigte sie. Ihre Augen suchten in meinem Gesicht nach einer Reaktion. Eifersucht? Zustimmung? »Er hat uns eingeladen zu sich. Am Samstag besuchen wir ihn.«

»Und gefällt dir die Idee, ein Model zu werden?«

Sie lächelte. »Sie gefällt mir sehr«, gestand sie. »Ja, sie macht mich an.«

6

Ich hatte Schwierigkeit, den Samstag zu erwarten. Ich fieberte dem Tag entgegen. Marion ging am Morgen aus dem Haus, zur Arbeit in das große, renommierte Schuhgeschäft in der Innenstadt. Ich hatte den ganzen Tag bis zum Nachmittag Zeit, meiner Arbeit zu Hause nachzugehen. Meistens spielte sich das am Computer ab. Aber heute konnte ich mich nicht konzentrieren. Ständig war mir das bevorstehende Fotoshooting in Gedanken. Ich war unendlich erregt bei der Vorstellung, dass Moe nackte Haut von Marion sehen würde.

»Wie viel von mir darf er denn sehen?«, hatte sie mich gefragt. Ich hatte fast sprachlos geantwortet, dass sie ihm alles zeigen dürfe, was sie wolle.

»Wir werden sehen, was ich will«, hatte Marion daraufhin lasziv gesagt.

Der Gedanke, dass Moe ihrer ganzen Nacktheit begegnen könnte, erregte mich so sehr, wie er mich schockierte. Ich war mir nicht sicher, ob ich das wirklich wollte. Ich wusste nur, dass der Gedanke mich erschütterte und zu überrollen drohte. Nie hatte ich in meinem Leben dieses intensive Entgegenfiebern verspürt. Hier wurden tiefe, dunkle Wünsche berührt, die ich bisher sorgsam verborgen gehalten hatte. Eine verwirrende Neigung. Es erregte mich, dass ein anderer Mann meine Frau nackt sehen würde. Es gab mir etwas und raubte mir zugleich den Verstand, ich konnte diese Lust nicht erklären, wusste nicht, was sie bedeutet, und so forschte ich dieser Neigung nach. Dabei stieß ich auf eine kleine Geschichte aus antiker Zeit. Sie handelte von einem König, sein Name war Kandaules. Er war leibhaftiger Nachkomme des Herakles, und der griechische Geschichtsschreiber Herodot berichtete von ihm:

Der König hatte sich in sein eigenes Weib verliebt. Er war von ihrer Schönheit so begeistert, dass in ihm das Verlangen erwachte, diese Schönheit mit anderen zu teilen. Der König hatte einen Leibwächter, der zugleich ein enger Freund aus Jugendtagen war. Sein Name war Gyges. Als der König ihm von der Schönheit seiner Frau vorschwärmte, wandte Gyges sich schamvoll ab. Kandaules aber zwang ihn dazu, der Königin aus einem Versteck im Zimmer beim Auskleiden zuzusehen. Gyges tat es. Und erblickte die Frau von Kandaules in ihrer ganzen Nacktheit und Schönheit. Als er sich aus dem Zimmer hinausschlich, erkannte die Königin ihn jedoch, und sie zwang ihn, weil er sie nackt gesehen hatte und sie dies als Schande empfand, sich das Leben zu nehmen oder den König zu töten und sie zur Frau zu nehmen. Gyges wählte das Leben, und Kandaules starb.

Aber zuvor erlebte der König Atemberaubendes. Ich konnte spüren, wie er diesem Augenblick entgegengefiebert hatte, in dem er seinem Freund Gyges die nackte Schönheit seiner Königin offenbarte. Er konnte etwas mitteilen, was er selbst nicht fassen konnte. Er konnte ihren Reiz und ihre Schönheit teilen und es damit fassbarer für sich machen. Erst durch die fremden Augen, die voller Bewunderung und Erregung über den herrlichen Leib wanderten, konnte er ihn selbst begreifen, was seine eigene Lust nur umso mehr steigerte.

Im Unterschied zur Legende wusste die Königin in meiner Fantasie schon etwas von der Neigung. Marions Stimme sprach aus den Tiefen meiner Gedanken zu mir: »Stell dir vor, die Königin hätte Gefallen daran gefunden, beobachtet zu werden. Stell dir vor, sie hätte es genossen, betrachtet zu werden. Und der Freund hätte es ebenso genossen. Sie hätte der Begierde dieses anderen Mannes ins Auge gesehen und sich daran erregt. Sie hätte nackt dagestanden und sich selbst in seinen verbotenen Blicken genossen. Und dann hätte sie weiter im Dunkeln auch den König erkannt, der diese verbotenen

Blicke mit Faszination verfolgte. Und dann hätten beide sich in die Augen gesehen. Und sich an diesem Moment berauscht!«

Meine Lust wandelte weiter auf dem verbotenen Pfad, und ich hörte Marions Stimme, die in meiner Fantasie weitersprach: »Sag mir: Gefällt dir nur der Moment? Der Moment, in dem sie ihre Nacktheit zeigt? Oder ist es mehr? Ist dieser Moment nur ein Symbol für das, was ihm folgen könnte? Sag mir: Würde es dich erregen, wenn der Freund die Königin berührt, sie streichelt und sie küsst? Stellst du dir nicht vor, dass es die Moral von der Geschicht' nicht gäbe und dass dieser Moment sich ganz anders entwickeln würde?«

Die Frage war: Wie weit wäre Kandaules gegangen? Was hätte er gewollt? Wann wäre seine Lust endgültig befriedigt worden? Wo lag das Ende seines Pfades der Lust? Vielleicht hatte er das nicht gewusst. Die Schönheit seiner Königin war zu viel für ihn. Sie machte ihn verrückt, und er musste versuchen, ihrer Herr zu werden. Wie weit wäre er gegangen, um den Reiz zu befriedigen, den seine schöne Königin in ihm auslöste?

Es gab ein historisches Gemälde von dem englischen Maler William Etty. Dieses Bild stellt die Szene dar: Da steht die Königin, vollkommen entkleidet, in ihrer reich geformten Nacktheit. Sie steht mit erhobenen Armen und leicht gewölbter Hinterseite da, und ihr ganz nahe, hinter Brokat verborgen im Schatten, steht ihr stiller Betrachter. Sein verbotener Blick weidet sich ungläubig an ihr. Dieser Blick entweiht das Geheimnis, er scheint die Heiligkeit des nackten Leibes zu erobern. Und gleich neben dem heimlichen Betrachter steht atemlos der König, der das sieht.

Das Bild war faszinierend. Ich starrte es lange auf dem Computerbildschirm an. Man spürte darin so einen Hauch von erschrecktem Staunen über die wundervolle Blöße, die die Königin sich gab. Einen reizvolleren Moment konnte ich mir nicht vorstellen. Und wieder hörte ich Marions Stimme, als sei sie die neue Art dieser Königin – modern und liberal, verständnisvoll und zärtlich. Ich hörte, wie sie den dunklen, unbekannten Pfad meiner Fantasie, meiner lustvollsten Sehnsucht, weiterging und dabei zu mir sagte: »Ich will es gern wissen. Bitte sag mir ehrlich, mein Schatz: Wünschst du dir manchmal, dass ein anderer Mann bei uns ist, wenn wir uns lieben? Kannst du dir vorstellen, wie es sein würde, wenn er mich berührt und wenn du es siehst. Wäre es gut für dich? Sag mir: Würde es dich glücklich machen, wenn ich Sex mit einem anderen Mann habe und du darfst dabei zusehen? Wenn ich mich nehmen lasse und dir dabei in die Augen sehe? Wenn ich dabei deinen Blick halte mit all meiner Liebe?«

Diese Worte beschworen einen undenkbaren Reiz, ein Tabu, eine dämonische und alles verzehrende Lust. War dies der Wunsch des König Kandaules? War es mein Wunsch? War es das, was ich zu restloser Befriedung brauchte? War es das, was ich wirklich wollte und was ich aushalten konnte? Ich dachte an den kommenden Samstag, das Fotoshooting, bei dem meine Frau unserem Freund nackte Haut zeigen sollte. Ich dachte daran besessen, qualvoll, ungeduldig, bereit, es aufzuhalten und es im Wahnsinn zu erzwingen. Ich sah Marion vor mir, wie sie sich in einer scheuen Pose sitzend zurückwölbte und ihre ganze busenvolle Nacktheit zeigte. Ein Vollweib, das die ganze, glatte, warme Haut wie einen Mythos zeigte, die nackten Schenkel und die breiten Hügel des vollen Gesäßes, die skulpturalen Hüften, und wie der Pass der Taille in die warme Muskulatur des Rückens und der nackten Schultern emporstieg, über die diese Fülle langer Locken des warmblonden Haares fiel. Wenn sie die Arme in die nackten Hüften stemmte oder sie lustvoll hinterm Kopf verschränkte oder wenn sie einfach nur dalag, so wie die Maja von Goya. Marion, ein frisches, glanzvolles Pin-up-Girl mit der warmen Aura einer gereiften, schönen Frau. Sie schaute unschuldig in die Kamera, sie schaute lächelnd, verschämt, denn sie entblößte sich, zeigte ihre üppige, traumhafte Nacktheit mit würdevoller Demut. Ihre Verletzlichkeit und Wärme – alles wandte sich ihm zu, all das offenbarte sich unserem Freund, alles gab sie nun auch ihm, und das hatte für mich etwas maßlos Befriedigendes. Alles, was Marion bedeutete, ihre Herrlichkeit, ihre Güte, ihr Reiz, würde mir wie vielfach verstärkt erscheinen. Ich würde meine Frau nie so schön, so hinreißend, so begehrenswert erleben, das spürte ich. Blick und Begierde eines anderen Mannes erhöhten sie für mich. Doch für die Entblößung unserer ehelichen Intimität gab es keine Worte, die wirklich darstellen konnten, was es bedeutete. Ein Gefühl, dem ich hilflos ausgeliefert war wie einem berauschenden freien Fall!

7

Ich spürte dieses Übermaß an erotischer Unruhe und brannte darauf, diesen Abend bei Moe zu erleben. Das Gefühl war stark ambivalent. Da war die Freude, bei unserem neuen Freund eingeladen zu sein, und es war zugleich die verbotene Erwartung eines sexuellen Ereignisses.

Es war unrealistisch zu denken, dass an diesem Abend die verschiedenen Schmuckstücke, die ins beste Licht gesetzt werden sollten, die Hauptrolle spielten und dass Marion dabei wie eine Puppe blieb und in der Macht ihrer unwiderstehlichen Schönheit nicht ihr Eigenleben entwickelte.

»Nun?«, fragte sie mich am späten Nachmittag, als sie fertig zurechtgemacht für den Abend ins Wohnzimmer trat. »Gefalle ich dir so?«

Ich sah sie und hatte das Gefühl, sie mit ganz neuen Augen wahrzunehmen. Sie war wunderschön, überwältigend natürlich und fraulich. Sie ließ ihr volles blondes Lockenhaar an diesem Tag offen, dazu trug sie ein kurzes, dünnes Sommerkleid, das ihre Oberweite und ihr rundes frauliches Becken unterstrich. Ihre Füße – wie eben die einer glanzvollen Pin-up-Lady – wurden durch ihre offenen weißen Schuhe mit den hohen, spitzen Absätzen zur Geltung gebracht, in denen sie mit nackten, elegant lackierten Zehen und gespannten Sehnen so herausfordernd stöckelte. Jene Schuhe, in denen sie voller Königlichkeit und Sex war und ihre Beinmuskulatur aufreizend und beim Betrachter blanke Begierde entfachte. Der Anblick machte mich atemlos.

»Weil ich doch weiß, wie Moe sich für meine Füße begeistert …« Sie sagte es nett und adrett, doch ich spürte, dass da mehr hinter dieser unschuldigen mädchenhaften Fassade lauerte, dass da ein diebisches Lächeln war, das gerade groß wie eine Sonne in ihr leuchtete.

Siegreich wie eine Göttin stöckelte sie auf ihren hohen Absätzen vor mir auf und ab, begleitet von dem magischen Klang der Musik, den diese spitzen Absätze auf den weißen Fliesen machten. Ich hörte zu und starrte auf ihre Füße – gespreizt, sehnig, filigran, stark, erotisch. Die Vereinigung dieser Adjektive musste den armen Moe in den Wahnsinn treiben! Wenn ich mir vorstellte, welcher Reiz es für ihn sein musste. Diese schönen Füße in den weißen Stilettos, diese definierten Knöchel, die straffen, sonnengebräunten Beine und die einladenden Hüften und die stark gewölbten Brüste, die sich im Takt der Absätze wiegten. Welch unwiderstehliche Wirkung dies haben musste! Ich wusste nicht, ob ich es aufhalten sollte, um meiner selbst willen, oder ob ich es antreiben sollte, ebenfalls um meiner selbst willen …

Wir fuhren zu Moe. Er wohnte in einer billigen Gegend in einer abgelegenen Seitenstraße, in der niedrige, heruntergekommene Häuser Schulter an Schulter standen.

»Erschwinglich«, nannte er es. »Über mir wohnt eine alte Frau, die sich an nichts stört. Das ist ganz gut. Schaut mal in den Hof!«

Moe wohnte im ersten Stock, und wir schauten durchs Küchenfenster. Der Hof hinterm Haus war lückenlos zugestellt mit Kühlschränken für Afrika.

»So was hab ich noch nie gesehen«, staunte Marion. Es war tatsächlich kein Fußbreit mehr Platz. Moe hatte die Geräte so aneinandergerückt, dass man hätte aus dem Fenster steigen und auf ihnen spazieren können.

»Das wird jetzt alles bald abgeholt. Anfang September bin ich weg«, sagte Moe, »in meiner Heimat, bis Ende des Jahres dann …«

Marion wandte sich um und sah sich in Moes Küche um. Sie studierte die exotischen Gewürze im Regal an der Wand, während Moe und ich nichts anderes sahen als Marion. In ihren hochhackigen Schuhen war sie umwerfend. Es war so, wie ich es mir vorgestellt hatte. Ihre Erscheinung zeigte die Wirkung, die ich vorhergesehen hatte. Marion, wie sie sich auf ihren spitzen Absätzen bewegte, das hatte für Moe und mich den puren Zauber.

Als Nächstes stolzierte sie in sein Wohnzimmer hinein. Wir folgten ihr. Dieser Raum war sehr angenehm eingerichtet. Er gefiel mir ausnehmend gut. Er war mit dunklem Holz und sandfarbenem Tuch ausgestattet. Alles war in warmen, natürlichen Farben gehalten. Der Raum hatte eine entspannende Wirkung auf uns. Die Wände schmückten afrikanische Malereien mit orangefarbenen und roten Akzenten. Sie bargen Ruhe in sich und doch ein Feuer.

Marion setzte sich aufs Sofa und schlug die Beine übereinander. Kurz traf sich unser Blick, unsere Augen lächelten verschworen. Dann stellte sie ihren pfenniggroßen, hohen

Absatz kess auf den Couchtisch und wies Moe auf die glitzernde Kette an ihrem Fußknöchel hin.

»Schmuck ist das Thema. Deshalb hab ich die heute für dich angezogen«, sagte sie und hob ihren Schenkel in einer eleganten und lasziven Geste etwas an und überstreckte leicht den Fuß, zeigte ihn in seinen Gliederungen.

Gefesselt von der Schönheit, die sie zeigte, machte Moe Augen wie ein beschenktes Kind. Er konnte sich vom Anblick des Schenkels und des schönen Fußes kaum losreißen. Ich sah, wie er sich dazu zwingen musste.

»Schmuck«, sagte er fast selbstverloren und räusperte sich. Er war etwas von der Rolle. Sprang dann auf, um eine schwarze samtene Kiste herbeizuholen.

»Hier«, sagte er und breitete seine afrikanischen Ketten vor uns aus. »Das sind die Sachen, mit denen ich Fotos machen will.«

Marion betrachtete die verschiedenen Schmuckstücke, während sie sie durch ihre Hände gleiten ließ. Sie saß da in ihrem kurzen, dünnen Sommerkleidchen, für das sie viel zu üppig schien. Es zeigte mehr ihrer makellosen Haut, als das es etwas verdeckte und lag so eng an, dass es die Formen und Rundungen ihres Körpers deutlich nachzeichnete. Der weite Ausschnitt ließ die Spalte zwischen ihren Brüsten sichtbar werden, tief, dunkel und erregend. Ein Versprechen auf mehr. Der Busen wölbte sich voll und nackt in neugieriger Unschuld und sinnlicher Provokation zugleich aus dem engen Kleid heraus. Weit über bloße Andeutung hinaus zeigte sich die satte Schwere ihrer großen, festen Brüste, als meine Frau, sich den bewundernden Blicken sehr wohl bewusst, die Schultern noch weiter nach hinten dehnte.

Wieder spürte ich diese Ambivalenz. Ich war es gewohnt, die Reize meiner Frau eifersüchtig zu bewachen. Jetzt musste ich loslassen, um meiner eigenen unerklärlichen Lust willen. Ich spürte, dass ich es konnte. Es zog mir den sicheren Boden weg. Dennoch, ich spürte, wie erregend es war, es war freier Fall ins aufregende, berauschende Ungewisse, für das ich meine Arme öffnete, sie ausbreitete, um von meinem dunklen Verlangen in dunkler Tiefe aufgefangen zu werden. Es zerriss mich nicht, dass Marion ihren erotischen Reiz auf einen Mann ausübte, vielmehr war es heimlicher, verzehrender Genuss. Ich wollte es, selbst wenn es anderen Gefühlen in mir widersprach. Aber diese Lust war stärker als alles – sie wurde in diesem Augenblick meine ganze Wirklichkeit, ein Gefühl, im Magen beginnend, das sich am Ende wie eine Art süßer Schmerz durch den ganzen Körper zog, ein begieriges Zittern, ein berauschendes Brennen, das mich zu lähmen begann – unwiderstehliche Lust. Sie erwachte aus dem traumvollen Schlaf und begann, in mir ein verbotenes Fest zu feiern. Ich bejubelte, wie Marion den Zauber ihrer verführerischen Schönheit auf unseren afrikanischen Freund ausübte.

Moe baute eilig sein fotografisches Equipment auf. Er war gut ausgerüstet und schien sein Handwerk zu verstehen. Nachdem er das Fenster etwas verdunkelt hatte, die Beleuchtung eingestellt und den passenden Filter aufgeschraubt, konnte es losgehen. Marion hatte sich etwas gepudert und leichtes Make-up aufgetragen. Als alles bereit war, kam der Moment, in dem sie die Träger ihres Kleides abstreifte. Sie gab ihre Nacktheit jedoch nicht ganz frei, sie beließ es bei freien Schultern und ihrem Dekolleté und hielt die Fülle ihrer Brüste mit ihren Händen bedeckt. Sie duftete nach wundervoller, samtener Haut und edlem Parfum. Ihre Vollkommenheit hauchte uns an. Wir konnten diesen Zauber greifen.

Moe legte ihr nun die erste Kette an und lichtete sie ab. Er experimentierte mit verschiedenen Filtern und Einstellungen des Lichtes. Es war zuerst auch nicht ganz klar, ob Marions Gesicht erscheinen sollte oder nicht, da es die Aufmerksamkeit des Betrachters vielleicht zu sehr auf sich lenken würde. Deshalb machte Moe viele Fotos. Marion hielt den Blick jetzt zur Seite gesenkt, um den Schmuck nicht zu überstrahlen mit diesem warmen Blau ihrer Augen, in das ich ganze Ewigkeiten schauen konnte wie in das kristallklare Wasser eines tropischen Meeres. Es war klar, dass auch andere Betrachter in diese Augen schauen würden statt auf den Schmuck.

Ich merkte, dass Moe auch Fotos machte, die er nicht verwenden wollte und die nicht dem Schmuck galten, sondern der Schönheit meiner Frau. Das erregte mich umso mehr. Damit schien sie allein zur Freude unseres schwarzen Freundes entblößt. In diesem Augenblick war ich der besagte König Kandaules, der die Schönheit seiner Königin mit seinem Freund teilte.

Marion gab sich ganz der Kamera hin, zeigte sich in ihrer üppigen Nacktheit, zeigte sich in ihrer Unschuld lächelnd und verschämt, scheu in ihrer ganzen Verletzlichkeit und Wärme. Mit jedem neuen Foto zeigte sie mehr von sich, sie löste sich und öffnete sich und gab damit einem Dritten Einlass in unsere eheliche Intimität. Es erregte mich, diesen intimen Anblick meiner Frau mit Moe teilen zu dürfen, der dankbar und wie besessen Bild um Bild von ihr aufnahm. Bewundernd glitten seine dunklen Augen über ihren Körper, saugten sich wie ein Verdurstender an jedem Detail fest, um es dann mit der Kamera festzuhalten. Ihre Herrlichkeit wurde durch ihn für mich greifbarer und wirklicher, durch seinen Blick und seine Bewunderung und seine Begierde wurde die Schönheit meiner Frau zu etwas maßlos Berauschendem, Schwindelerregenden und Atemlosen für mich. Moe und ich, wir teilten jetzt eine gemeinsame Begeisterung.

Marion legte schließlich die letzte von Moes Ketten an. Es war ein aufwendig gearbeitetes Stück, eine traditionelle mehrsträngige Halskette der Tuareg mit schwarzen Glasperlen aus Mali und einem runden, kupfernen Amulett. Die schwarzen Perlen und das schwere Amulett waren auf Marions heller Haut erregend schön. Es löste einen wilden Traum in mir aus. Ich fand es aufregend, mir in meiner Fantasie vorzustellen, Marion hätte sich im Dschungel einem wilden Stamm angeschlossen. Sie verehrten sie und ihre göttliche Schönheit, schmückten ihre Nacktheit mit allen möglichen Kostbarkeiten.

Ich glaube, Moe hatte eine ganz ähnliche Assoziation, denn er griff spontan zu einer afrikanischen Gitarre, einem kostbaren, alten Instrument aus dunklem Holz und mit Kaurischnecken verziert. »Es wäre wunderschön, dich nur mit dieser Musik bekleidet zu sehen«, sagte er geradezu poetisch zu Marion.

Sie sah ihn an und lächelte geschmeichelt. Dann zeigte sich Erstaunen auf ihrem Gesicht. »Du meinst, ich bin dabei ganz nackt?«

»Und bedeckst deinen Körper mit der Gitarre.«

»Es ist eine sehr kleine Gitarre«, beschrieb Marion das Offensichtliche.

»Es ist nur eine Idee …« Moe sah erst zu Marion und dann zu mir.

Ich wandte mich meiner Frau zu. »Ich würde dich gern so sehen. Dieses Bild wird sicher sehr schön sein.«

Sie schaute mich an. Es ging um den verletzlichen und unschuldigen Zustand der völligen Nacktheit. Es ging um unser heiliges Geheimnis. Es ging um etwas, das vielleicht nie entdeckt werden durfte, nur von uns allein. Es ging um unsere Ehe, um unsere Intimität, um das Innerste unserer Beziehung. Sollte meine Frau unserem schwarzen Freund unser Herz zeigen? Vielleicht lag gerade in dieser dramatischen Bedeutung der Kick, den wir fanden und der uns verband. Der verbotene Traum des König Kandaules sollte nun wahr werden.

Marion sah uns an. Dann nickte sie. »Also gut.« Ihre vollen Brüste hoben sich, als sie tief Luft holte, um sie dann langsam wieder auszuatmen. Sie stand behutsam auf. Sie musste sich überwinden. Behielt einen Arm vor ihren Brüsten und zog sich mit der anderen Hand das Kleidchen über die Hüften und ließ es dann zu Boden fallen. Dann streifte sie ihren Slip ab und stand vor uns mit entblößtem Schoß. Sie zeigte ihre nackte Vagina. Sie war so voller Unschuld und Verletzlichkeit, wie sie dastand. Sie wagte kaum, sich zu bewegen. Ihr Atem ging flach und schnell. Sie war voller Scham und voller Scheu.

Aber das war nur ein Teil ihrer Wahrheit, und sie wusste es. Mit einem Mal ließ sie ihren schützenden und abwehrenden Arm sinken und gab sich völlig unseren Blicken preis. Sie atmete ein, ihr Rumpf wuchs, sie stemmte ihre Hände in die Hüften und sah uns in strahlender Offenheit an. Marion stand da in ihrer busenvollen Nacktheit, in ihrer ganzen Schönheit. Stark und stolz stand sie da und präsentierte die ganze Macht ihrer Schönheit. Ihre Brüste prangten! Unter der sinnlichen Krone ihrer langen, lockig blonden Haare wölbten sie sich in satter Schwere nach unten aus und neigten sich in warmem, natürlichem Gewicht zu dem göttlich geschwungenen Schoß hin. Sie hingen wie schwere, weiße seidene Glocken. Groß und rein und fest. Schöne Naturbrüste, die sich fast provokant herauswölbten und etwas Neugieriges und Forderndes hatten. Marions busenvolle Nacktheit – ein wunderbares Geheimnis, das mir geschenkt war. Ihre Nacktheit, mit diesem Ausdruck völliger Unschuld und Verletzlichkeit, etwas, was in privatesten Stunden nur mir allein bestimmt war. Fast zu groß in ihrer Vollkommenheit. Als hätte ich diese Schönheit nie ganz fassen können. Als hätte es noch einer anderen Sichtweise bedurft, einer anderen Perspektive, sie zu erleben, um sie ganz zu verstehen. Marions satte Kurven waren Wogen von Wärme und sexueller Geborgenheit. Marion in der Reinheit ihres blanken Anblickes war all das, was man nicht glauben konnte und sich doch wünschte. In Moes besonderem fotografischen Licht verstärkte sich dieser Eindruck noch. Moe und ich sahen Marion atemlos an.

»Marion, du bist so schön!« Moe sagte es ungläubig und ebenso aufrichtig und liebevoll.

Marion lächelte ihn an. Ich sah, wie sehr sie es nun genoss, unserem schwarzen Freund ihre pure Nacktheit zu zeigen. In den Augen von Moe entdeckte ihre Schönheit ein neues Spiegelbild. Ihr Reiz befriedigte sich. Diese Schönheit genoss es, die Unschuld ihres nackten Anblickes an einen fremden Betrachter zu verlieren. Dann ließ sie sich zu einer entspannten Pose auf dem Sofa nieder. Sie griff die afrikanische Gitarre, dieses archaische Zupfinstrument mit rundem Bauch, und schmiegte es in ihren Schoß und umschlang es. Das Instrument sah aus wie ein ebenhölzerner Phallus, ein übergroßer dunkler Dildo, der ihr vom Schoß bis zum Hals emporreichte. Die Assoziation versetzte mich in heißen Schock. Es nahm mir den Atem, Marion in dieser Pose zu sehen. Der gute Moe hatte kaum noch die ruhige Hand, sie zu fotografieren. Aber er nahm begierig Bild um Bild. Auch noch, als sie eine Kette aus Muscheln um die runde Schwere ihrer weißen Titte legte und Moe in ernstem Lächeln ihren verführerischsten Blick zeigte.

8

Als wir am späten Abend von unserem Freund zurückkehrten, machten wir Liebe. Es war unaufhaltsam und stark, ein Akt wie ein Sturm. Wir waren aufgeladen mit sexueller Energie.

Wir versanken ineinander bis zur Erschöpfung und rafften uns wieder auf, da die Quelle unserer Geilheit unerschöpflich schien.

Als unser Liebesspiel endlich langsamer wurde und sich unser Atem beruhigte, fragte sie mich lächelnd: »War es gut für dich, dass er mich nackt gesehen hat?«

Doch meine Antwort kannte sie längst. Ich sah, dass sie es nur um des erregenden Klanges der Worte gesagt hatte. Aber es waren Worte, die uns beide reizten, und so fragte ich: »Sag du mir: Wie hast du dich gefühlt, als du uns heute Abend deine Nacktheit gezeigt hast?«

Marion antwortete nicht sofort. Sie schloss die Augen. »Als ich so dastand«, sprach sie, »da war es, als wäre ich am Rand einer hohen Klippe. Als ich dann meine Arme ausbreitete, ließ ich mich fallen. Erst da fühlte ich mich wirklich. Ich fühlte mich berauscht und frei. Ich ließ mich fallen und breitete meine Arme aus, das war so offen und frei wie noch nie etwas zuvor. Ihr habt mich angesehen und wart ganz bei mir und habt mich aufgefangen. Vielleicht habt ihr auch nur eure Arme ausgebreitet, um euch mit mir in die Tiefe zu stürzen. Wir alle drei in freiem Fall. Ja, ich habe euch gepackt und euch mit mir in die Tiefe gerissen. Es war heftig und stark und atemlos aufregend, wir sind gefallen und gefallen und gefallen …« Ich hörte ihr sprachlos zu. »Es hat mir einfach gutgetan. Noch nie habe ich mich so begehrenswert gefühlt«, erklärte sie.

Ihre Offenheit erregte mich, und während ich unaufhörlich in Marion eindrang, stimmte ich in ihre Worte ein. »Als du nackt dastandest, völlig entblößt, da war das dramatisch. Das war so stark. Das war, als würde mich der Blitz treffen, mich durchzucken, so heftig. Das hab ich vorher noch nie erlebt. Dieser extreme Reiz, dass mit einem Mal ein anderer Mann dich ganz nackt sieht. Das hat mich von den Füßen gerissen.

Es war wie du sagst: Da war kein sicherer Boden mehr. Da war nur noch freier Fall. Ich habe mich davor gefürchtet und wollte es gleichzeitig so sehr, meine Ängste trafen auf mein Verlangen. Und beides wurde wahr. Beides erfüllte sich. Einen größeren Schrecken und ein größeres Glück kann es nicht geben. Das zu erleben war unglaublich intensiv.«

Marion lächelte tief. »Das, was du dir gewünscht hast, das hast du zugleich gefürchtet«, erkannte sie verständnisvoll.

Ich nickte. »Dieser ambivalente Reiz. In meinem ganzen Verlangen lag auch meine ganze Angst, das hing zusammen.« Marion nickte.

»Und weißt du«, fuhr ich fort, »als du da nackt vor uns standest und wie wir dich wie erstarrt angesehen haben, da …« Ich zögerte.

»Da …?«, wiederholte sie dunkel und sanft, weil sie mich maßlos liebte und alles verstehen und erfüllen wollte.

»Da hatte ich das Verlangen, vor dir niederzuknien und seine schwarzen Hände zu deinen Brüsten hinzuführen …«

Marion lachte kurz und atemlos auf, es war ein unschuldiges Lachen, doch ich fragte mich, ob es sie wirklich so überraschte. Lag nicht der Gedanke längst in der Luft und musste nur ausgesprochen sein? Gleichzeitig spürte ich, dass es das Höchste war, es gesagt zu haben. Ich spürte: Nichts konnte mir mehr den Kick geben. Es war der Reiz des Geständnisses – der ultimative freie Fall. Es brach ein Tabu, fasste eine verbotene Fantasie in Worte, und ich hatte es gewagt. Irgendwie konnte ich nicht glauben, diese Worte von mir gehört zu haben. Ich hatte meine Wahrheit ausgesprochen. Ich hatte sie gestanden. Es war so unglaublich. Ich hatte eine Grenze überschritten. Es war Befreiung, und eine ungeheure Kraft durchfuhr mich, die Marion fühlen konnte bis tief in sich hinein.

Nach einer Weile des genießerischen Schweigens, fragte

Marion mich behutsam: »Ist das wahr? Du hast dir gewünscht, dass er mich berührt?«

»Ja!«, stöhnte ich laut. Mehr konnte ich nicht sagen. Ich bäumte mich auf. Dass ich es aussprach, es gestand, löste in meinem Hirn einen glückseligen Krampf aus, einen inneren Orgasmus, der mit nie erlebter Stärke nach außen drang und mich fast zerriss. Ich schrie wie mit dem letzten Atem meines Lebens. Ich ergoss mich in meine Frau wie ein Sturm!

9

Wir mussten wieder auf die Erde kommen. Am nächsten Tag mieden wir das Thema und sprachen nicht von Moe und dem vergangenen Abend. Einen einzigen Tag lang, denn länger konnten wir unsere Emotionen und Hormone nicht beherrschen.

Als ich Marion am Nachmittag in der Stadt abholte, berichtete ich ihr, dass ein Anruf von Moe gekommen war. »Er ist sehr zufrieden mit den Fotos. Die Präsentation der Schmuckstücke wird nun bald starten können. Er lässt dir danken, und er fragt, ob wir Lust haben, am Mittwoch mit ihm nach Lothringen zu fahren. Er muss dort ein paar Kisten mit Ware holen. Wir könnten ihn begleiten.«

»Es ist mein freier Tag«, meinte sie.

»Er wusste das. Du hast es ihm gesagt.«

»Was denkst du?«, fragte sie abwartend.

Ich zuckte mit den Schultern. »Wäre mal wieder eine Gelegenheit rauszukommen. Klingt nach ein bisschen Landaufenthalt und frischer Luft …«

»Wenn du meinst«, stimmte sie zu. Was uns wirklich bewegte, blieb unausgesprochen.

***

Als wir am gleichen Abend intim waren, sprachen wir wieder. Wir konnten das Thema verdrängen, es verschweigen, es verleugnen, aber es war da, stark und direkt unter unserer Haut. Es war frommer Wunsch, dass es uns in Ruhe ließ. Es hatte uns gefangen und hielt uns fest in seinen dunklen Klauen. Wir hatten von der verbotenen Frucht gekostet und wollten mehr.

»Ich hab den Gedanken heute den ganzen Tag nicht aus dem Kopf gekriegt«, gestand Marion, während ich sie sanft von hinten nahm.

»Das, was wir gestern gesprochen haben?«, fragte ich wissend.

Sie nickte. »Es sind so Bilder, die ich vor mir sehe, ohne dass ich sie mir wünsche. Sie kommen einfach hoch, voller Lust. Sie machen mich so geil, dass mir schwindelig wird und ich kaum noch Luft kriege und das Gefühl hab, ich müsste deswegen in die Apotheke gehen. Ich muss es dir gestehen, und es macht dich ja genauso geil ...«

»Ja«, seufzte ich, »mich treibt es genauso um. Es lässt mich nicht in Ruhe. Ich habe keine anderen Gedanken, kann mich auf nichts konzentrieren. Es ist da und geht nicht mehr weg ...«

Wir schwiegen für Momente.

»Gestern hast du gesagt, dass du dir gewünscht hast, seine Hände würden meine Brüste berühren ...« Dieses Geständnis von mir ließ sie nicht mehr los. Diese Worte hielten sie gefangen und atemlos. Vielleicht, weil es ihre eigenen, unausgesprochenen Worte waren. Vielleicht ihr eigenes Verlangen, mit dem sie das meine wieder neu anfachte.

Sie prangte auf allen vieren vor mir, sie gab sich mir besonders intensiv und tief hin. Sie wollte mich härter. Und nach diesen Worten wollte ich das auch. Ich nahm sie stärker. Sie stöhnte rhythmisch und stieß ihre Lust mit offenen Lauten aus.

Atemlos fragte sie mich: »Sag mir: Wünschst du dir tatsächlich, dass er mich berührt? Wenn du es dir vorstellst, ich meine, wenn du dir vorstellst, dass es wirklich passiert, ist es auch dann noch so reizvoll und so gut für dich? Ist es nur die Fantasie, die uns erregt, oder würden wir die Wirklichkeit ertragen? Wäre es so aufregend, so atemberaubend, wie es jetzt auf uns wirkt, wenn seine Hände tatsächlich auf meinem Körper wären?«

Ich hatte dieselbe Frage und keine Antwort. Aber wir würden es erfahren. An einem ungewissen, späteren Tag würden wir uns der Antwort stellen.

Ich unterbrach unseren Akt, stand vom Bett auf und zog Marion mit mir ins Wohnzimmer. »Ich will dich mal so fotografieren, wie Moe dich gestern Abend fotografiert hat«, erklärte ich.

Marion lächelte und war dazu bereit. Sie sammelte ihre Schönheit und setzte sich in Pose auf das Sofa. Sie winkelte die Beine verführerisch an und spreizte ihre schönen Füße lasziv. Den Oberkörper richtete sie auf, sodass sich ihre großen Brüste weit herauswölbten. Ich gab ihr die afrikanische Maske aus meinem Arbeitszimmer. Es war diese dunkle, unheimliche Maske, die kein Fachmann erklären konnte. Ich gab sie Marion, und sie hielt sie sich vors Gesicht. So fotografierte ich sie. Es war etwas Neues, etwas Rätselhaftes und Schauerliches in ihrem Aussehen.

»Im alten Afrika dienten die Masken einem Ritus. Mit ihnen konnte man den Dämonen begegnete, die man beschwor. Sie gaben einem ein anderes Gesicht. Man konnte sich nun hemmungslos mit den Dämonen ausleben …«

Marion ließ die Maske sinken und fragte mich in voller Unschuld: »Glaubst du, dass Moe mich gern berühren würde?« Dann erwiderte sie abgründig mein Lächeln und verwandelte ihr Gesicht wieder in eine Maske. Das Spiel machte ihr Spaß, und sie spielte nun mit ihren Posen, während ich lustvoll Bilder von ihr nahm. Nach einiger Zeit des Schweigens stellte sie wieder eine Frage, naiv und neugierig wie ein junges Mädchen. »Sag: Glaubst du, es stimmt, dass alle schwarzen Männer große Schwänze haben?«

Ich lachte ahnungslos auf. »Weißt du, vielleicht ist das nur ein Mythos.«

»Vielleicht aber auch nicht«, erwiderte sie. »Bevor wir beide uns begegnet sind, habe ich viel mit Carolin unternommen. Einmal waren wir in der Sauna. Wir waren allein. Dann plötzlich kam ein großer Schwarzer herein. Er zog vor uns das Badetuch von seinen Lenden. Zwischen den Beinen hing ein gewaltiges Ding. Wir sahen es und wagten nicht, uns zu bewegen. Wir waren wie gelähmt. Wir starrten diesen Mann einfach nur an. Vielleicht machte ihn das stolz. Er setzte sich hin und schloss seine Augen. Ich schaute immer wieder zu ihm – ein muskulöser, glänzender Schwarzer, dessen Schwanz durch Hitze und Erregung halb angeschwollen zwischen seinen Beinen lag, fast bis zum Knie. Ich musste ihn einfach anschauen. Dieser riesige afrikanische Schwanz, so ein harter, brutaler Ausdruck männlicher Stärke!«

Marions Worte fachten meine Lust an. Ich sah sie vor mir, sah sie in dieser Situation, konfrontiert mit der geschlechtlichen Stärke des schwarzen Mannes. Ich spürte, wie das Bild mich erregte. Wie es mich schockierte und doch lustvoll erregte und erfüllte. Mir vorzustellen, wie nahe sie diesem Mann in der Sauna war, wie er sie nackt sah und sie ihn, wie er ihr seinen starken Schwanz zeigte und wie sie davon atemlos und total verwirrt war. Und wie sie der eigenen Geilheit widerstand. In meinen eigenen widersprüchlichen und erregten Gefühlen drängte es mich nun, meine Frau zu fragen: »Sag mir: Hast du dir gewünscht, mit ihm Liebe zu machen? Hast du dir gewünscht, diesen starken Schwanz zu spüren? Hast du es dir in Gedanken vorgestellt?«

Sie sah mich an. Und schnaufte. »Ich glaube, ich war zu verwirrt, um das zu wissen«, antwortete sie bedeckt. »Aber Carolin«, sagte sie nach einer Pause, »sie hatte eine Begegnung mit so einem Mann.«

»Du willst sagen, dass sie mit einem Schwarzen ins Bett gestiegen ist?«, fragte ich ungläubig. In meinen Augen war Carolin eine ziemlich sterile Person. Sie war im städtischen Kulturbetrieb tätig und liebte die Kunst, ohne in deren Abgründe zu schauen. Die Freundschaft mit Marion schien sich auf Shopping, neue Schuhe, Nagellack und Make-up zu beschränken. Carolin war so glänzend und unecht wie eine amerikanische Komödie.

»Ja«, antwortete Marion unsicher, »es war ein junger, kräftiger Bursche, seine Haut so schwarz wie die Nacht, und er war viel jünger als sie. Er hatte einen übermäßigen Schwanz und war sexuell sehr ungestüm. Hat sie ganz schön geschafft. Sie war danach total fertig, hat sie gesagt. Sie hätte nicht mehr gewusst, wo ihr die Sinne standen!«

»Es hat ihr bestimmt nicht geschadet, sich mal richtig bumsen zu lassen«, scherzte ich derb.

Marion überhörte das und erzählte weiter: »Der Bursche trieb es wie ein Wilder. Der sei über ihr gewesen wie so ein tropischer Sturm! Am nächsten Tag bemerkte Carolin ungewöhnliche Blutungen da unten. Sie waren nur leicht, aber am übernächsten Tag ging sie dennoch zum Arzt.«

»Und wie war die Diagnose?«

»Der Arzt gab Entwarnung«, sagte Marion, »er meinte, das könne passieren, wenn ein Mann sehr stark gebaut sei und mit seiner Kraft nicht umgehen könne. Diese Blutungen aber seien harmlos und würden rasch verschwinden, sie solle sich keine Sorgen machen. So war es dann auch …«

Ich schnaufte. Stellte mir Marions so propere Freundin bei diesem urwüchsigen Sexualerlebnis vor. Sie war doch irgendwie

wie die leichte, dauerjunge Frau aus der Frühstückswerbung und verstand alles, was hell und freundlich war.

»In so einem Abenteuer kann ich mir Carolin nicht vorstellen«, meinte ich ungläubig. Und gestand respektvoll: »Hätte ich ihr wirklich nicht zugetraut.«

»Vielleicht wollte sie mal eine neue Erfahrung machen«, entgegnete Marion.

»Das scheint so eine Sache zu sein«, meinte ich, »euch weißen Frauen erscheinen diese schwarzen Männer ganz unverbildet. Sie strahlen so etwas Urwüchsiges und Reines aus, eine elementare Männlichkeit und Kraft.«

»Wenn du es so ausdrücken willst«, erwiderte sie.

»Vielleicht hat es für weiße Frauen etwas Mythisches und Unwiderstehliches, Sex mit einem schwarzen Mann zu haben? Gibt es für weiße Frauen die Magie des schwarzen Mannes? Was glaubst du? Ist es das Absolute? Ist es so, als müsse jede Frau sich irgendwann dem schwarzen Mann stellen, um zur ultimativen Erfahrung gelangt zu sein?«

Marion wusste darauf nicht zu antworten, oder sie wollte es nicht. Aber die Frage lag wie ein ausgesätes Samenkorn in ihr, denn am nächsten Morgen, als wir aufwachten, sagte sie kein Wort und wirkte ziemlich fertig. Sie war verschwitzt und sah aus, als hätte sie in der Nacht einen Marathon hinter sich gebracht. Als ich sie fragte, rückte sie erst nicht mit der Sprache heraus, sagte dann aber erschöpft: »Ach, ich hab geträumt …«

Ich drängte weiter. Sie wollte nicht. Da berührte ich sie. Liebkoste sie an den Stellen, die ihr Angst machten, da sie ihr den Willen nahmen. Und diese Lust in ihr reizte sie nun doch, ihren Traum zu erzählen. Ihre Stimme war dabei dunkel und sanft, ganz vertieft und beinahe abwesend.

»Der Traum war heftig. Ich weiß nicht, ob ich ihn gut

erzählen kann. Der Traum war groß und fremd. Er war eine Reise, eine weite Reise ... Wir überquerten den Äquator. Wir berührten ihn genau. Bewegten uns auf ihm dahin wie auf einer Grenze, an dem eine Art des Lebens sich von der anderen trennt. Wir fuhren dort mit einem Flussdampfer, einem hölzernen, stampfenden Ungetüm. Immer tiefer brachte es uns in den feuchtwarmen, verhangenen Urwald hinein. Am Ufer diese undurchdringliche, alles verschlingende Wildnis riesiger Dschungelbäume. Tagelang nichts als diese gespenstische Naturkulisse. Und dann, als das Boot in einer kleinen Goldgräberstadt anlegte, waren wir noch nicht am Ziel. Wir heuerten einen Mann an, der uns mit seinem Einbaum noch weiter in den Dschungel beförderte. Der Außenbordmotor zog monoton seine Spur durch das hellbraune Wasser des Flusses. Wir wollten unbedingt die entlegenste Tiefe dieser Welt erreichen. Steuerten in einen Seitenarm des Flusses. Der Urwald drängte ihn zusammen. Und die wuchernde Dichte neigte sich übers Wasser. Als es schließlich kaum noch voranging, erreichten wir eine Anlegestelle. Einige nackte schwarze Kinder und Frauen kamen sogleich angelaufen, um uns zu bestaunen. Man lud uns freundlich ein, für einige Tage Gäste zu sein. Es war ein weltferner, vorzeitlicher Stamm, der noch nicht die Vertreibung aus dem Paradies mitgemacht zu haben schien. Deshalb auch waren all diese Menschen nackt. Als Gäste blieb uns nichts anderes übrig, als solche Sitten zu respektieren und am eigenen Leibe einzuhalten. Wir legten unsere Kleider ab. Man gab uns dafür Körperschmuck. Zwischen meinen Brüsten trug ich eine Kette aus kleinen, hölzernen Figuren und in meinem Haar einen Kranz aus roten Blüten. Ich war bewundernd von ihnen geschmückt worden. Ich schien die Attraktion zu sein. Ich wurde von allen bestaunt. Wenn ich mit den anderen Frauen durch den Dschungel streifte, um

Beeren und Wurzeln zu sammeln, dann streichelte man oft über meine weiße Haut und sah mich mit großen Augen an.

Die Männer betrachteten mich nur aus der Entfernung. Doch auch ihre Augen waren groß – in manchen sah ich Begierde. Es stand eine hohe Zeremonie bevor. Ein Junge, fast zum Mann gereift, sollte zum Kronprinzen des Stammes werden. Es war nun eine gewisse Betriebsamkeit zu spüren, die dieser Feierlichkeit vorausging. Die Männer forcierten die Jagd auf Waldschweine, die Frauen stampften Getreide zu Brei und backten ihn eingerollt in Blätter. Sie rührten Körperfarben an, und sie besserten das Federkleid aus, das ihr Haupt schmücken sollte. Wir halfen bei diesen Arbeiten nach Kräften.

Am Abend fand auf dem Platz zwischen den Hütten archaische Geselligkeit statt, mit Gesang, mit Feuer und Tanz. Wir saßen dabei und tranken einen eigenartigen milchigen Wein.

In dieser Nacht schreckten wir aus unserem Schlaf. Einige Männer standen im Dunkeln um uns herum. Wir wussten nicht, was geschah.

Einer, der unsere Sprache sprechen konnte, klärte uns im Schein einer Öllampe auf. ‚Wie ihr wisst, wird ein neuer Kronprinz ins Amt gesetzt', sagte er. Zu diesem Ritus gehöre es, dass der neue Thronfolger sich eine Frau aus dem Stamm wählt, um die Nacht, die der Feier folgt, mit dieser Frau zu verbringen. Um festzustellen, ob diese Frau in der körperlichen Liebe ein angenehmes Wesen habe und des Thronfolgers würdig sei, müsse sie zuvor von einem Mann geprüft werden. Bei dieser Frau, die den Prinzen in die Liebe einführt, handele es sich immer um die schönste Frau des Stammes. Da ich in diesen Tagen mit dem Stamm lebe, sei die Wahl auf mich gefallen, so sprach er.

Ich traute meinen Ohren nicht. Diese Situation war so unwirklich. Ich wusste nicht, was das bedeuten sollte. Ich ahnte es nur, als ein riesiger Bursche zu mir hintrat. Er hatte das harte, entschlossene Gesicht eines Kriegers. Um seine breiten Schultern trug er, einer Rüstung gleich, einen zusammengeketteten Schmuck aus rohem Gold. Dieser Schmuck bedeckte seine Brust und seinen Rücken. Darunter aber war er vollkommen nackt. Ich schaute an ihm herab. Ich erschrak vor seinem Schwanz. Er hing halbsteif da, und er war riesig. Ich legte meine Arme ängstlich um meine Schultern. Und doch begann ich, mein Schicksal zu verstehen. Ich begann, mich von dem Ritual aufnehmen zu lassen. Ich willigte ein. Ich war die Auserwählte, ebenso, wie der Prinz und dieser Krieger Auserwählte waren. Wir waren Figuren des Rituals, und darin legten wir unsere Sterblichkeit ab, wuchsen in diesem Bewusstsein über unsere Körper hinaus. Wir wurden zu etwas Höherem. Ich nickte dir zu. Wir waren ein Teil des Stammes. Wir hatten doch zugestimmt, für eine kurze Zeit nach den Regeln dieses Stammes zu leben. Nur deswegen waren wir aufgenommen worden.

Uns wurde nun bewusst, auf was wir uns eingelassen hatten. Du hast mir zugenickt. Ich sah diesen Krieger an, der in seiner ganzen Größe und Macht vor mir stand. Sein Körper glänzte im schwachen Schein der Öllampe wie eine vollkommene Statue. Ich ließ meine Arme sinken und wollte meine Nacktheit nicht mehr verbergen. Ich kniete vor ihm nieder. Meine Hand berührte seinen gewaltigen Schwanz. Er war so muskulös, so stark, brutal männlich und groß! Ich streichelte ihn auf und ab. Und sah dem Krieger dabei offen in die Augen. Ich war nun bereit, das Opfer zu bringen. Ich gab mich ihm hin. Unterwarf mich den Regeln, die so alt waren wie die Götter selbst …«

Ich hörte Marion zu und sah sie sprachlos an. Dann schnaufte ich. »Das hast du geträumt?«

Sie nickte, halb beschämt und auf ihre abwesende Art halb beglückt.

»Deine Fantasien sind ziemlich tropisch!«, gab ich atemlos zu.

Ich lag neben ihr, nun selbst abwesend und wie erschöpft. Ihr Traum hatte Besitz von mir ergriffen. Ich schloss die Augen, sah Marion vor mir in der rituellen Rolle einer sich opfernden Göttin der Schönheit. Wie sie ihren schönen, gepflegten, geschmeidigen Körper einem starken Schwarzen hingab. Ich spürte, wie verboten diese Fantasie war, sie schien mir geradezu ein Tabu, an dessen Bruch man selbst im Geheimsten nicht denken durfte, aber ich spürte auch, welcher Reiz darin lag und dass ich nicht anders konnte, als daran zu denken. Es war der Mythos, es war diese Unwiderstehlichkeit, diese Urwüchsigkeit und Reinheit und Magie des schwarzen Mannes.

***

Von da an sollten die Trommeln dieses Traumes nie mehr verklingen. Riesige, starke, uralte, von allen Göttern der wilden Natur gesegnete und Schicksal verkündende Buschtrommeln – sie wurden stärker und stärker mit jedem Tag, sie waren wie ein Gebot, das man nicht mehr überhören konnte und dem man nicht mehr widersprechen konnte: Marion und ich wurden gerufen, und wir mussten diesen Traum leben.

An Mittwochmorgen blieben wir still, sprachen das Ungesagte nicht aus, gingen schweigend in den Alltag über und regelten ihn. Je höher die Sonne aber stand, desto mehr spürte ich, dass die Nacht wie der Schatten des Tages war und dass dieser Traum nicht von unserer Seite wich. Am Mittag stand das Sommerlicht hoch am klaren Himmel. Bald würde Moe kommen.

Aus Marions Schweigen schien das Nichts eines vergessenen Gedankens geworden. Sie sprach wieder mit der gewohnten

Stimme. »Was, meinst du, sollen wir heute mitnehmen? Es ist so warm, und ich könnte etwas Zitronenlimonade machen. Vielleicht auch die Picknickdecke. Das wird sicherlich schön dort.«

Ich nickte beiläufig, und Marion packte unsere Freizeittasche.

Am frühen Nachmittag klingelte Moe. Wir gingen hinunter, er und ich gaben einander herzlich die Hand, während Marion und er sich kurz umarmten. Ich spürte, wie ich diesen kurzen Moment der Berührung einsog und wie es doch war, als finge ich mir dabei einen kleinen Stromschlag ein. Es war dieser ganz besondere, ambivalente Reiz, der für einen Moment zwischen zwei starken Schlägen mein Herz atemlos stillstehen ließ. Eine kleine Berührung, die das leicht schmerzhafte und doch reizvoll erregende Brennen einer Nessel hatte.

Wir stiegen in Moes Wagen und fuhren in guter Laune davon. Die Grenze zu Frankreich lag nur einen Kilometer vor der Stadt. Rasch öffnete sich mit malerischen, kleinen, verstreuten Dörfern eine weite Landschaft, die ein ganz natürliches Gefühl von Freiheit gab. Hier waren die Wälder tief und einsam, und die Felder und Obstwiesen gingen oft über ganze Landwellen.

Wir fuhren kaum eine Stunde nach Süden, dann waren wir im Lothringer Seenland, »Pays des Etangs«, wie man hier sagte. Moe lenkte den Wagen in einen kleinen, namenlosen Ort. Wir stiegen aus, während er bei einem Bekannten klingelte und dann mit diesem ein paar Pappkartons mit Handelsware in den Wagen einlud.

Moe hielt sich nicht lange auf. Wir fuhren weiter. In einem schönen Dorf namens Tarquimpol hielten wir wieder an. Es lag auf einer Halbinsel, die weit in den Etang de Lindre hineinreichte. Es war der größte Fischweiher Frankreichs, und es herrschte eine wundervolle Ruhe und Einsamkeit über diesem Wasser. Man hörte Störche klappern und sah sie über die Dächer fliegen.

Wir setzten uns vor ein kleines Café. Ein riesiger heller Stoffschirm überspannte den kleinen Holztisch und gab uns ein angenehmes Maß an Sonne ab. In der Luft lag Natur und Sinnlichkeit. Entspannt saßen wir da. Marion schlug ein Bein über das andere und lachte. Es kam mir vor, als würde sie bei jeder neuen Begegnung mit Moe weniger Kleidung tragen. An diesem Tag war es ein Trägerhemdchen mit Leopardenmuster, es hatte einen afrikanischen Stil und lag recht eng an ihrem Körper an. Es gab ihren prächtigen Brüsten etwas Greifbares. In atemloser Deutlichkeit zeigte es diese nackten Hälften und den schwindelerregend tiefen Spalt, der zwischen ihnen lag. Unweigerlich betrachtete man dieses Dekolleté und folgte dem Anblick über gewölbte, schöne Haut und die tiefe, traumhafte, alles versprechende und erfüllende, warme Spalte bis hinab zu ihrem Herzen. Dazu trug sie einen kurzen Rock und an den Füßen hölzerne Pantoletten mit einem kleinen Absatz, in denen ich ihre Füße besonders schön fand.

Auf Moe schien es noch mehr Eindruck zu machen. Kaum noch versteckt, mit aufgeregt lächelnden Augen, genoss er das reizvolle Bild, das Marion bot. Wieder machte er ihrer Schönheit Komplimente. Wir genossen ihren Anblick gemeinsam. Marion, ihre Fraulichkeit und Schönheit und die Freigiebigkeit, die darin lag – sie war wie ein Fest, das wir feierten. Es war etwas Verschworenes zwischen uns drei. Uns verband ein Geheimnis, um das wir wussten, auch wenn es noch nicht ausgesprochen war. Es ging aus von dem heißen Wohlgefühl, dass Moe nun eingeweiht war in Marions Nacktheit. Ob und wie es weiterging, war ein Geheimnis in sich. Es war eine Intimität, die uns umschloss, die jeden von uns glücklich machte und eine tiefe Harmonie und Nähe zwischen uns erzeugte.

»Es sind die letzten wirklich warmen Sommertage«, beschrieb Moe mit einem Blick in die Landschaft, »und wenn ihr wollt, gehen wir noch ein bisschen in die Natur. Die ist hier besonders schön.«

Marion und ich begeisterten uns für diese Idee. Wir fuhren los. Auf der Landstraße waren ein paar Bauern unterwegs. Auf ihren Traktoren mit den Anhängern fuhren sie die mächtigen Strohrollen ein. Das Korn war längst geerntet. Zurück in staubigem Goldbraun blieben die Stoppelfelder, die auf das frische Gras des Septembers warteten.

Wir fuhren noch nicht lange, als hinter hohen Gräsern und Schilf abseits der verlassenen Straße ein Gewässer sichtbar wurde. Dort hielten wir an und streiften durch die Gräser ans Ufer. Es war einer der zahllosen Seen, klein und völlig einsam in der weiten Landschaft gelegen, nach außen zugewachsen und versteckt. An einer kleinen, offenen Stelle legten wir unsere Picknickdecke aus, während Moe es sich neben uns auf seiner eigenen Decke gemütlich machte.

»Herrlich«, waren wir uns einig. Es hielt mich nicht lange auf dem Tuch und ich schlug vor, schwimmen zu gehen.

Moe und Marion sahen mich an. »Wir haben alle keine Badekleidung dabei«, gab meine Frau zu bedenken.

»Gehen wir einfach so rein, ohne etwas anzuziehen. Es macht nichts. Man scheint hier so weit von jeder Zivilisation entfernt zu sein ...«

Sie sahen mich an und zuckten die Schultern. Moe war einverstanden und Marion auch. Ich stand auf und zog mich aus. Dann schaute ich Moe an. Auch er erhob sich und streifte sein Hemd ab, entblößte seinen gewaltigen Oberkörper. Dann zog er sich langsamer die knielange, sackhafte Hose aus. Streifte sie langsam von den stämmigen Hüften. Erst waren nur die vollen, schwarzen Locken seiner Scham sichtbar, sie drangen wallend heraus. Dann der Ansatz seines Gemächtes. Man hätte das, was folgte, auch für einen zusätzlichen Unterarm halten können. Moe machte den Spekulationen ein Ende – er gab dem Mythos vom gut gebauten Schwarzen einen lebendigen Beweis. Der Schaft seines Schwanzes schien kein Ende zu nehmen, und seine Eichel, als sie dann zum Vorschein kam, war so dick wie ein Apfel! Wir starrten ihn an.

»Mein Gott, Moe«, sagte Marion offen und von Ungläubigkeit wie erschlagen, »bei dir hat die Natur ja mächtig ausgeschenkt!« Sie war total gebannt. Betrachtete seinen leicht angespannten Liebesmuskel.

Ich sah sie schamvoll berührt, abgestoßen und zugleich abgrundtief fasziniert und herausgefordert. Ich sah, wie wenig sie sich gegen diesen unerhörten Anblick wehren konnte. Um die Szene aufzulockern, ulkte ich: »Okay, nun ist klar, warum es im Kongo keinen Porsche gibt!«

»Ja«, hauchte Marion stammelnd, »nun ist auch mir das klar. Da braucht es kein zusätzliches Selbstbewusstsein!« Und seufzend hängte sie an: »Was ich da sehe, ist wirklich nichts für kleine Mädchen!«

Ich fühlte einen heißen, erfüllenden Stich, der mich vor Erregung ins Bodenlose stieß. Unbeschreiblich, meine Frau mit der geschlechtlichen Mächtigkeit unseres Freundes konfrontiert zu sehen, mit seinem kolossalen sexuellen Wuchs. Moe zeigte meiner Frau seinen riesengroßen afrikanischen Schwanz! Und aus den Tiefen meines Innersten stieg die nie gekannte Erregung wie eine überbordende vulkanische Quelle in mir hoch! Mein Herz paukte in meiner Brust und mein Atem, der ging fast bis zum Stillstand, so sehr erregte es mich, die beiden in Beziehung gesetzt zu sehen – ihre nackten Reize, die so übermächtig waren, dass sie wie verboten schienen. Jetzt waren sie miteinander konfrontiert, jetzt erlebten sie sich, sie stellten sich einander. Es konnte nicht anders sein, als dass sie denselben kopflosen und undenkbaren Gedanken hatten, und der lautete: wie es wäre, wenn …

Ich ging bis zur Hüfte ins Wasser, damit man mir meinen Zustand nicht anmerkte. Der steigerte sich dadurch, dass Marion nun richtig Angst zu haben schien, sich selbst auszuziehen. Verlegen zupfte sie an ihrem Top.

Wir redeten ihr zu. »Na komm schon, mach dich nackig«, rief ich ihr zu, »unser Freund hat dich doch schon einmal so gesehen, wie die Natur dich geschaffen hat!«

Moe nickte mit sanftem Lächeln.

Marion stand auf und ließ ihre hölzernen Sandalen fallen. Sie zog sich den kurzen Rock von den Hüften und fasste mit den Armen gekreuzt an den Saum ihres Tops, um es sich langsam über den Kopf zu streifen. Ihre Brüste sackten in natürlicher Schwere wippend ans Licht. Marion stand nackt da. Sogleich schien die ganze Landschaft sich auf ihre Nacktheit zu beziehen! Es war eine Magie in ihrem Anblick. Marion schaute uns in die Augen. Spiegelte ihre Nacktheit lustvoll in unseren Blicken. Ihre satten Rundungen, ihren üppigen Traumbusen zeigte sie stolz. Und wie wir ihr nicht widerstanden, lächelte sie uns an, und ihr Blick umarmte uns warm und alles verstehend.

»So ist es gut«, sagte Moe in einer Art dämonischer Güte, »nun lass uns schwimmen gehen …«

Gemeinsam kamen sie ins flache Wasser. Marion strauchelte mit ihren Füßen. Moe fasste sie an der Hand. Ich betrachtete sie, wie sie als Paar das Wasser betraten. Beide nackt wie die Natur sie geschaffen hatte, beide magisch in ihrer Nacktheit und unendlich stark und schön in ihrer Art als Mann und Frau. Beide so reizvoll in ihrem Kontrast von Schwarz und Weiß. Ihr Anblick erfüllte mich. So, wie ich die Schönheit meiner

Frau anbetete, so sehr betete ich nun die Schönheit an, die im Zusammenspiel dieser beiden Körper lag.

Wir tauchten in das Wasser ein und genossen es auf paradiesische Weise. Es schien in unserem Glück keine Welt mehr außerhalb unseres kleinen Kosmos‘ zu geben. Es war ein Kreis aus drei Menschen, und dieser Kreis war rund und vollkommen, nichts Kantiges oder Ungleichmäßiges störte. Dieser Kreis drehte sich fast ohne Widerstände – er lief so wie das Wasser selbst.

Nach einer halben Stunde ging ich wieder ans Ufer und setzte mich auf unsere Decke, und betrachtete Marion und Moe, wie sie noch lebhaft badeten. Sie schwammen, ließen sich treiben und trieben dann wieder in übermütigen Stößen durchs Wasser. Manchmal waren sie sich ganz nahe und neckten einander. Das Spiel ihrer besonderen Körper, die sich jetzt nackt und herrlich zeigten, war berauschend schön. Die Zeit schien ausgeschaltet zu sein. Als dann auch Marion wieder ans Ufer kam, trat sie auf einen Stein. Sie erschreckte und wusste nicht, ob sie sich verletzt hatte. Moe war direkt hinter ihr und fing sie auf. Er nahm sie auf seine Arme und trug sie langsam heraus. Dieser kolossale Schwarze und mein blondes Prachtweib, dunkle und helle Haut, die vor Nässe glänzte. Dieses Bild faszinierte mich so sehr, dass ich meine Digitalkamera nahm und den Moment festhielt.

Marion lachte bereits wieder. »Es ist nichts! Ich hab mich nur erschreckt!«, gab sie Entwarnung.

Aber Moe trug sie auf seinen Armen bis zur Decke. Ihre langen, lockigen weizenblonden Haare hingen sinnlich über seine Arme. Moe legte Marion sachte nieder. Als man sich abgetrocknet hatte, saß man zusammen da.

»Sag mir, Martin, warum hast du uns fotografiert?«, fragte Moe in die plötzliche Ruhe hinein.

»Weil ihr schön wart«, sagte ich. Es war eine ehrliche Antwort, aber nicht die ganze. »Ich kann es dir nicht erklären«, sagte ich darum, »ich war fasziniert von dem Anblick. Marion und du, ihr habt schöne Körper. Umso schöner in dem Kontrast, den ihr gebildet habt. Und ich kann mich dem Anblick von Schönheit nicht entziehen. Ihr wart lebendig gewordene Kunst, man muss es vielleicht nicht verstehen …« Ich überlegte. »In vielen Kunstwerken durch die Epochen beschäftigt sich der Künstler mit dem Zusammenspiel von hell und dunkel. Apollo und Dionysos. Liegt nicht immer der Reiz im sich verstärkenden Kontrast, im sich ergänzenden Gegensätzlichen?«

»So wie schwarze und weiße Haut im Zusammenspiel«, ergänzte Marion.

»Und das gefällt dir auch?«, fragte Moe.

»Mir gefällt jeder Anblick, der das Gefühl von Schönheit gibt.«

Nach einer Pause sagte Moe: »Ich glaube, ich verstehe es. Du hast eine künstlerische Sicht des Lebens. Für dich gibt es die bestehenden Normen und Grenzen nicht wirklich. Für dich liegt die Wahrheit in der Natur selbst.«

»So ist es«, sagte ich und sah, dass er wirklich verstanden hatte.

»Einem anderen Mann hätte es etwas ausgemacht. Ein anderer Mann mit seinen vorgegebenen Gefühlen, die er als Mann zu haben hat, wäre bei dem Anblick vielleicht eifersüchtig geworden«, meinte er.

»Weißt du, vielleicht war es ja sogar da: dieses ängstliche, kleine Gefühl der Eifersucht. Aber euer Anblick ist darüber weit hinausgegangen …«

Moe lächelte und sagte: »Das ist gut.«

Marion, die uns zugehört hatte, ergriff nun das Wort. »Das mit den vollkommenen Körpern ist so eine Sache«, meinte sie selbstkritisch, »ich finde mich ein Stück zu füllig. Und bei Moe, na ja, ist wohl zwischen den Beinen viel zu viel. Das erinnert einen mehr an eine Pferderasse!«

Moe lachte verlegen auf. Er wusste nicht, was er sagen sollte. Er zeigte eine schuldbewusste Miene.

»Dein Schwanz ist einfach riesig, er ist monströs, ich finde ihn abstoßend groß«, setzte Marion nun nach, »damit wirst du jede Frau erschrecken. Da meint man ja, das überlebt man nicht! Da denkt man ja, man würde k. o. gehen bei dem Ding! Das muss ein heftiges Erlebnis sein, mit dir ins Bett zu steigen. Da muss man einiges aushalten. Man denkt, das Ding nimmt einen auseinander! Ich weiß nicht, was härter ist: die Länge oder die Dicke. Echt erschreckend die Vorstellung, so ein Monstrum im Schoß zu haben. Also, da ist dir bestimmt schon die eine oder andere davongelaufen, als sie gesehen hat, was da auf sie zukommt. Sie ist von der Bettkante aufgesprungen, um diese Begegnung bloß nicht zu vertiefen, nicht wahr?«

Moe nickte geständig. »Ja, das eine oder andere Mal ist das schon vorgekommen«, gab er zu. Er ließ durchblicken, dass solch ein reicher Segen auch Fluch bedeuten kann. »Ich versuche, die Frau dann zu beruhigen und ihr klarzumachen, dass es auch auf die richtige Technik ankommt«, erklärte er.

»Und was verstehst du unter der richtigen Technik bei so einem brutalen Ding?«, fragte Marion fast vorwurfsvoll.

»Man muss lernen, die Frau richtig darauf vorzubereiten«, erklärte Moe, »man muss etwas mehr dafür tun als andere Männer. Das kann etwas dauern. Man muss die Frau einstimmen, sie stimulieren, sie an den richtigen Stellen berühren. Es erfordert viel Geduld, viel Einfühlung und Zärtlichkeit …«

»Oh Moe, dann musst du ja ein riesiggroßer Liebhaber sein!«, reagierte Marion mit leicht ironischem Tonfall.

Moe zuckte die Schultern. »Du wirst es vielleicht nie erfahren«, erwiderte er. Nach einer Pause sagte er bedeutsam: »Ich bin gern mit euch zusammen. Wir werden sehen, was wir gemeinsam noch erleben werden …«

10

Als wir am Abend wieder zu Hause waren, bewegte uns dieser erotische Landaufenthalt. Ich konnte nicht anders, als dieses Bild zu betrachten, dass ich von Marion und Moe gemacht hatte. Ich sah es mir gerade auf dem Computer an, als Marion hereinkam und mich dabei ertappte. Sie kam aus der Dusche und war nackt, weil es sehr warm in der Wohnung war.

»Wie war es für dich, als er dich getragen hat?«, wollte ich wissen.

»Es war gut. Moe ist voll ruhiger Kraft. Es hat sich gut angefühlt, wie er mich auf seinen Armen getragen hat. Ich fühlte mich sicher. Und ich fühlte mich wohl. Aber wie war es für dich?«

»Ich fühlte etwas sehr Starkes. Die Gefühle gingen durcheinander. Und der Eindruck war einfach nur berauschend, stärker als ich …«

Marion stand bei mir. Ich saß da und wandte mich ihr zu. Sie lächelte verschwiegen und berührte mich so zärtlich, dass ich das Gefühl hatte, sie würde jedes Haar auf meinem Kopf einzeln streicheln. Sie nahm mein Gesicht liebevoll in ihre Hände und küsste meine Stirn.

»Wir werden sehen, was wir gemeinsam noch erleben werden, hat er gesagt«, sprach sie völlig gedankenvertieft.

»Ob wir das schon wirklich wissen, was wir noch erleben wollen?«, ergänzte ich den Satz.

Marion legte ihren Mund in meine Haare und öffnete dabei ihre Lippen zu einem wortlosen Kuss, der aus reiner Liebe und Verlorenheit bestand.

»Ich weiß es nicht, mein Engel«, murmelte sie dann, und ich umfasste ihre Taille mit meinen Armen und streichelte ihren Schoß. Ich umfasste mit meinen Händen ihr frauliches Becken, spürte die Wärme und Geborgenheit, die es mir gab. Marion fühlte sich so tief an, so unendlich gut.

»Würdest du gern sehen, wenn ich mich von ihm ficken lasse?«, fragte sie. Diese unglaublichen Worte fielen so klar und hart wie silbernes Besteck in die Tiefe eines gewaltigen steinernen Raumes. Sie klirrten, sie klangen auf und hallten lange nach. Ich konnte ihr erst nicht antworten. Marion hatte diese Worte gesagt in der entwaffnenden Offenheit eines Mädchens und zugleich in der Größe einer reifen Frau, die jegliche Art von Glück zu schenken vermag. Ihre Stimme war sehr sanft, liebevoll und verständnisvoll. Sie sagte mir darin: Du brauchst keine Angst zu haben, mir eine ehrliche Antwort zu geben.

Ich atmete den Duft ihrer Brüste ein, die schwer und rein vor meinem Gesicht hingen. Die satte Haut war glatt und roch nach der Frische perlenden Wassers und parfümierter Seife. Ich berührte sie mit meinen Lippen und küsste sie sanft, wie man die Statue einer Heiligen küsst, die man verehrt. »Ja«, sagte ich dann, »ja. Es ist so. Ich würde gern sehen, wenn du dich von ihm ficken lässt ...«

Als ich das sagte, spürte ich einen heißen Strom durch meine Seele fließen, der sich dann übermächtig in meinem ganzen Körper ausbreitete. Ich spürte einen alles verschlingenden Orgasmus rein innerlicher Art. Eine Erlösung und Befriedigung, die im tiefen, dunklen Reiz der Worte lag, die ich gewagt hatte auszusprechen. Eine vollkommene, geradezu kosmische Offenbarung. Und ich spürte nun, wie Marions Kuss sich zu einem leisen Lächeln krümmte. Es war ihr abgrundtiefes, unfassbares Verständnis, das all meine Gefühle und Wünsche mit völliger Liebe aufnahm und umschloss und teilte. Ich spürte ihr Streicheln. Es war nun von fast wahnsinniger Zärtlichkeit, sie schenkte sie abwesend, völlig selbstvergessen.

Nach einer Weile fragte sie mich: »Aber du willst es nicht, weil du glaubst, dass du mir nicht gerecht werden kannst? Weil du vielleicht denkst, dass nur so ein riesengroßes Ding es mir richtig besorgen kann und mich glücklich machen? So ist es jedenfalls nicht …«

Ich verneinte. »Vielleicht kann ich es nicht ganz erklären. Ich verstehe es ja selbst noch kaum … Es ist dieser grenzenlose Reiz. Es ist dieses verzehrende Verlangen, dich einmal mit einem anderen Mann zu teilen, dich mitzuteilen gleichsam. Etwas von dir abzugeben, um etwas von dir zu erhalten, was ich noch nicht kenne oder nicht verstehe. Und es ist der Reiz des absoluten Tabus, das Undenkbare. Eure beiden schönen, vollkommenen Körper zusammen zu sehen, sie zu erleben im sexuellen Zusammenspiel. Diese Reize sind übermächtig, ich kann ihnen nicht widerstehen. Ich bin besessen davon, es ist eine nie erlebte Faszination, die mich nicht loslässt!«

Marion streichelte mich lächelnd. Sie umarmte meinen Kopf und küsste mich mit einer wahnsinnigen Wärme und Stärke. Ich spürte die unglaubliche Kraft, mit der sie mich in ihre Liebe aufgenommen hatte und mit der sie mein verbotenes Verlangen akzeptierte. Ich war wahrscheinlich einer der glücklichsten Menschen auf dieser Erde.

Endlich sprach sie wieder. »Gut«, sagte sie nur. Wieder schwieg sie eine Weile, wie in sich selbst hineinlauschend. »Es ist da. Ich kann es spüren, wie sehr du dieser Vorstellung nicht widerstehen kannst. Das ist übermächtiger als alle anderen Kräfte in dir. Ja, es ist dein alles beherrschender Wunsch. Er lässt uns nicht mehr los. Wir können ihm nicht entweichen. Und darum werde ich es tun …«

Ich hörte diese ebenso nüchternen wie sanften Worte, konnte sie aber nicht glauben. War das die Wirklichkeit, oder war ein verbotener Wunsch so stark, dass er mich in Halluzinationen tauchte?

Wir starrten das Bild auf dem Computer an wie ein abgebildetes Schicksal, und Marion sagte: »Du willst wissen, ob ich dieses große Ding wegstecken kann und was es mit mir macht. Es ist deine Fantasie, meinen schönen Körper dieser starken schwarzen Sexkraft unterworfen zu sehen. Vielleicht kann ich der Frage ebenso wenig widerstehen und will die Antwort …«

Und nun setzte sie sich mit ihrem nackten Schoß rücklings auf meinen erregten Schwanz und ließ mich in sich dringen. Dabei hielt der Gedanke uns in seinem Bann, und ich fragte meine Frau: »Was hast du gedacht, als du seinen Schwanz gesehen hast? Was hast du gefühlt? Was hast du gewünscht?«

Wir reizten das Bild in Worten aus, und Marion antwortete, während ich tief in sie eindrang: »Ich hatte Lust, ihn anzufassen. Ihn in meiner Hand zu halten, und dabei zu spüren, wie er noch größer und stärker wird und drängender. Ich wollte spüren, wie ich ihn heraufbeschwöre, und ich wollte das Gefühl haben, dass ich ihm irgendwann nicht mehr entkommen kann …«

»Willst du das denn?«, fragte ich sie beinahe atemlos.

»Ich schrecke davor zurück. Und doch schreie ich danach herauszufinden, was es bedeuten wird«, gestand sie im Schweiße unserer Intimität.

Es war die siedende Hitze der Frage, ob Marion sich der schwarzen Magie hingeben sollte. Ich umarmte sie, als wären es die starken Arme des archaischen Mannes, die Marion, ihr männliches Recht einfordernd, umschlangen. Und Marion schloss die Augen, und ihr Atem klang klagend vor Glück. Wir hielten uns fest, umklammerten uns leidenschaftlich, legten in diese Umarmung auch das Gefühl unserer Angst und das Wesen der Verzweiflung.

Marion krampfte und klagte glücklich auf. Und als sie sich dann wieder stärker bewegte, kam auch in mir dieser langsame Schrei empor. Tief. Und ich ergoss mich mit gellender, bebender, bodenloser, atemloser Heftigkeit in sie!

11

Am nächsten Tag sprachen wir nicht darüber und überließen uns still dem Alltag. Wir spürten nur, dass es da war. Wir wussten, dass wir von nun an auf des Messers Schneide wandelten. Wir spürten die Schärfe unter uns, und ständig wechselten wir die Seiten. Wir wussten, dass es da war und zwischen uns stand, auch wenn wir schwiegen.

Erst am übernächsten Tag sprachen wir wieder. »Moe hat angerufen«, erzählte ich Marion, als sie am Nachmittag von der Arbeit kam. »Er hat gefragt, ob wir am Wochenende Lust hätten, die Tour noch mal zu machen. Es sei noch Ware angekommen. Und wir könnten danach wieder schwimmen gehen. Wer weiß, wie lang der Sommer noch dauert …«

Marion stimmte zu.

Als wir dann in der Nacht im Bett lagen und uns zärtlich liebten, begann wieder der aufregende und atemlose Tanz ums Tabu. Es war, als hätten wir diese körperliche Liebe angestimmt, nur damit wir reden konnten. Der Sex erlaubte uns, frei zu sprechen.

Marion fragte mich: »Bist du bei deiner Antwort geblieben?«

In der Freiheit meiner Erregung antwortete ich: »Ja, ich bin mir sicher. Ich denke, ich will es …«

Marion hörte es und schwieg eine Zeit. Ich spürte, wie sie sinnierte.

»Und wo?«, fragte sie leise und dunkel, als ginge es um eine Verschwörung. »Wo sollen wir es tun? Bei ihm? Oder bei uns? Hast du dir Gedanken gemacht?«

Ich schwieg eine Weile. »Ich kann nichts anderes mehr, als mir Gedanken zu machen … Es wäre vielleicht schön, wenn wir es irgendwo in der Natur tun. Du hast doch gesagt, du hättest gern mal Sex in der Natur.«

Ich spürte ihren Atem und ein dunkles Lächeln darin. »Unserer Wildnis freien Lauf lassen … Ich mache mit einem starken Schwarzen Liebe in der Natur. Wie Tarzans Jane, die von Wilden gefangen wird und die sich in der Wildnis, ganz fernab jeder Zivilisation, ficken lässt. Sie dringen tief in sie ein, sie lassen sie nicht mehr los …«

Sie sagte das mit einer dunklen Unheimlichkeit ihrer aufgegeilten Lust. Ich hörte, wie sie sich in diese Worte fallen ließ und dann schwieg.

Leise ließ ich die Worte klingen, die ich mal geschrieben hatte: »Der Mensch ist ein tropischer Dschungel, in dem Wildkatzen auf die Jagd schleichen. Manche der Wesen darin kennt man, andere sind noch unentdeckt, sie tauchen irgendwann auf, manche werden wir nie sehen …«

Marion hörte. Und hauchte: »Und wir beide sind mittendrin. Wir gehen Hand in Hand durch diesen Dschungel. Wir sehen mehr als die meisten Menschen je sehen werden.«

»Ja«, hauchte ich zurück, »wir wagen es. Wir wagen, diese Fantasien und Lüste und Wünsche zu entdecken, die in uns sind. Wir lassen sie nicht verborgen.«

»Das ist aufregend«, sagte Marion. Und sie spürte den völligen Kuss, den ich in ihren Nacken legte.

Wenn ich so auf ihr lag wie jetzt, mit meinem Gewicht auf ihrer Rückseite, dann ließ ich manchmal meine Arme hinabgleiten, um ihren Schoß zu umarmen. Ich umfasste ihr

Gesäß und beschrieb mit meinen Händen dieses satte Rund. Ich liebte es, Marion so zu spüren. Ich spürte sie dann ganz, von den Zehenspitzen bis in die Haarspitzen. Sie war das genaue Gegenüber, in dem meine Lust sich spiegelte und fand und glücklich war.

Als meine Hände ihr Gesäß umfassten, da legte sie ihre Hände auf meine und hielt mich. In die spannungsreiche, vibrierende Stille fragte sie mich mit einer Stimme, die sanft und dunkel blieb und die etwas Schicksalhaftes und Suchendes hatte: »Kannst du ihn dir vorstellen, in meinem Schoß? Kannst du dir vorstellen, dass er in mir sein wird, ganz und gar, so tief, dass es kein Zurück gibt? Und so tief, wie du noch nie in mir gewesen bist?«

Ich umfasste sie härter und drang als Antwort tief in sie ein. Ich fühlte ihren Schoß in meinen Händen, fühlte seine Wärme und Bedeutung für mich. Es war mein intimster Ort, fast wie die Mitte meines Lebens, ich war darauf zentriert. War ich stark genug, dieses Gefühl zu teilen? Konnte ich einen anderen daran teilhaben lassen? Ohne dass es mich verletzte? Ohne dass es mir alles nahm?

Marion sinnierte weiter, erst schweigend, dann mit einer sanfteren, wärmeren Stimme. »Manchmal denke ich, es muss für eine Frau das Größte sein, wenn ihr Mann sie mal beim Sex sieht. Und wenn ich ein Mann wäre, dann würde ich mir wünschen, meine Frau beim Sex zu sehen.« Sie sagte diese Worte in völliger Offenheit, sie klangen so rein und natürlich. Aber vielleicht verstanden nur wir sie, weil wir so sehr miteinander übereinstimmten. Dennoch blieben Zweifel.

Marion sprach sie mit wenigen Worten aus: »Wir wissen nicht genau, was es mit uns machen wird.«

»Ja«, stimmte ich ihr zu. Und sagte mir dunkel: »Wie viele werden unglücklich durch die Verwirklichung ihrer Träume?

Wie viele hätten besser nie die wilden Tiere ihrer Fantasien befreit?« Ich legte die Hände um Marions Gesicht. »Ich weiß, wie sehr du mich liebst. Ich spüre es so sehr. Es ist so viel, was ich verlieren kann. Aber ich spüre, dass das nicht geschehen wird.«

Sie nickte und hielt mich dabei fest: »Ich empfinde das genauso. Wir können so viel verlieren. Doch unsere Liebe hält uns fest zusammen. Das ist das, worauf es ankommt. Wenn man sich wirklich liebt, kann man fast alles tun …«

***

Am nächsten Tag, er war bewölkt und dunkel, kam Marion spät nach Hause. Ich saß am Computer und versuchte, mich auf mein neues Buch zu konzentrieren. Doch vergeblich. Der Gedanke unserer ménage à trois war zu stark – er beherrschte alles, vibrierend und lähmend, übermächtig, er war wie Elektrizität, die mich in kaum auszuhaltende Spannung versetzte.

Marion hatte an dem Tag etwas mit ihrer Mutter bei Gericht geregelt und trug ein elegantes, graues, streng wirkendes Kostüm. Sie hatte die Haare hochgesteckt und sich anders geschminkt. Ihr Aussehen ließ sie distanziert wirken. Ihre Miene war skeptisch, und wie auch ich war sie beherrscht von diesem einzigen Gedanken.

»Ich werde es wahrscheinlich nicht tun«, erklärte sie ohne Umschweife. »Wenn ich dran denke: sein Schwanz – der ist mir einfach zu groß. Ich weiß nicht, ob ich mir den in meinem Schoß vorstellen kann. Ich weiß nicht, ob ich mir das antun werde. Da würde ich mir mehr zumuten, als ich aufnehmen kann. Ich denke, wenn der in mir drin ist, dann platzt irgendwas in meinem Gehirn! Es tut mir leid, aber ich denke, unser Freund Moe ist sexuell einfach ein bis zwei Nummern zu stark für mich.«

Sie sagte die Worte mit einer Nüchternheit und Strenge, die

auf eine ganz eigene Art interessant war. In Marions Realismus hatte dieser zu starke Schwanz eine ganz besondere, erregende Wirkung auf mich. Es war wie eine Variation des verbotenen Gedankens. Wie ein lustvolles, rollenhaftes Spiel damit. Ich erwiderte nichts, aber als sie bei mir am Schreibtisch stand, zeigte ich ihr wieder das fotografierte Bild: Moe, der sie nackt auf seinen Armen trug. Sie starrte auf seinen Schwanz, der wuchtig unter ihrem Schoß baumelte. Sie sah ihn an, und ich sah, wie ihre Nippel in dem grauen Stoff hart wurden und sich unumkehrbar aufrichteten wie Korken.

»Die Vorstellung ist imposant, das muss ich zugeben! Ich kann verstehen, wie sehr der Gedanke dich fasziniert, mich mit ihm zu sehen. Ich weiß, dass es dich nicht mehr loslässt. Dieser Reiz hat dich gepackt. Du bist davon besessen, seit du uns nackt zusammen gesehen hast. Du willst mich mit Moe erleben. Du willst erleben, wie ich mit einem anderen Mann Sex habe. Aber warum kann es kein normaler Mann sein? Warum muss es gleich dieser kolossale Schwarze sein? Ich glaub, den schaff ich nicht. Dem bin ich einfach nicht gewachsen!« Sie sagte das in sinnlichem Entsetzen. »Sieh dir dieses Monsterding an. Das wirkt auf eine Frau einschüchternd groß. Also, ich weiß echt nicht, was härter ist: die Länge oder die Dicke. Ich kann dir nicht sagen, ob ich es in mir aufnehmen kann, und ich kann dir nicht sagen, was es mit mir machen wird.«

Aber gerade das war es, was uns daran so faszinierte. Ich spürte, wie ihre Kühle jetzt einer ängstlichen Hitze wich und wie ihr ganzes Inneres bei dem Gedanken in Aufregung geriet und wie sie ihr strenges Kostüm zwar nicht ablegte, aber wie sie doch dastand, als sei sie nackt. Hatte sie das etwa nur gesagt, um sich an der Furcht ihrer Worte zu erregen und zu berauschen?

In dieser Nacht dachte ich wieder an Kandaules, diesen König der Antike. Ich fragte mich, warum er es getan hatte. Warum hatte er diesen abgründigen und vielleicht fatalen Drang, die Nacktheit der Königin seinem besten Freund zu zeigen und vielleicht noch mehr zu verlangen? Vielleicht war er überfordert von der Schönheit seiner Frau gewesen. Vielleicht glaubte er, ihr nicht gerecht werden zu können. Vielleicht fühlte er sich zu gering und wollte dafür ein Opfer bringen. Vielleicht war es nur der Reiz des Verbotenen, die Unwiderstehlichkeit, ein Tabu zu brechen, oder vielleicht war es der blanke Kick des Risikos.

Oder vielleicht hatte Kandaules zu wenig mütterliche Liebe bekommen und war außerdem nie ganz erwachsen geworden? War er irgendwann zu kurz gekommen, und nun war seine Sehnsucht nicht mehr zu retten? Meine Gefühle lagen im Widerstreit und ich wollte mich ergründen. Ich wollte mehr wissen über diese Faszination, die in mir wirkte, diese dämonische Neigung – diesen brennenden Reiz, meine Frau begehrt und berührt und genommen zu sehen.

Aber die Antwort gelang mir nicht. Ich starrte in die vollkommene Dunkelheit der Nacht. Selbst in der Klarheit der Finsternis konnte ich so tief nicht blicken.

12

Am nächsten Tag sagte ich mutlos zu Marion, dass wir die Sache vergessen sollten. Der Gedanke hätte uns betrunken gemacht, und nun seien wir wieder nüchtern. Da aber war Marion wieder ganz anders, lächelte fatalistisch und sanft.

»Mein Engel«, sagte sie in geradezu göttlicher Melancholie, »es ist doch dein Wunsch, und ich kann spüren, wie stark er ist. Seit du Moe und mich zusammen gesehen hast, ist er in dir. Dieser Gedanke ist in dir, und nichts holt ihn wieder aus dir raus. Nichts fasziniert dich mehr als die Vorstellung, mich mit dieser schwarzen Kraft zu sehen und zu erleben, was sie mit mir macht und wie es für dich sein wird.«

Ich nickte, denn sie hatte es genauso gesagt, wie es war. »Ist das normal?«, fragte ich und starrte selbstverloren an ihr vorbei.

Sie aber sah mich an mit ihrer hingebungsvollen Wärme an und antwortete wie mit einem erlösenden Segen: »Mach dir keine Gedanken über das, was normal ist. Es muss nicht normal sein. Irgendwie scheint es mir natürlich zu sein, dass du mich gern mit Moe sehen würdest. Du willst mich mit seinem großen Ding sehen, und es macht mich ganz genauso geil, dir zu zeigen, wie es sein wird. Wenn ich dir diesen Wunsch erfüllen kann, dann ist es auch für mich die Erfüllung, und ich weiß, dass ich mich dafür hingeben kann wie noch nie zuvor …«

Da war sie wieder: die unglaubliche Marion, rätselhaft und zärtlich, sodass ich mich einfach fallenlassen konnte in ihr bodenloses Verständnis.

»Mein Engel«, sprach sie weiter, »glaub mir: Du wirst keine Ruhe finden, bis du es nicht gesehen hast, wie ich mit unserem schwarzen Freund ins Bett steige. Ich weiß, wie dieses Bild dich fasziniert und dich besitzt. Die Vorstellung reizt dich so sehr, dass ich mich von ihm berühren lasse, mich hingebe, mich von ihm ficken lasse. Ja, ich werde es tun, es gibt jetzt kein Zurück für uns, es ist zu spät, es ist Schicksal. Mach dir keine Gedanken. Ich werde für dich Heilige und Hure sein, die du so liebst. Ich werde mich von ihm nehmen lassen, ich werde mich öffnen, so weit ich nur kann. Und du wirst mich sehen. Wir werden uns dabei in die Augen sehen. Wir werden diese Erfahrung machen, weil wir von diesem Gedanken gefangen sind. Ich weiß nicht warum, aber er ist unsere Wahrheit. Er ist da, und wir sind für ihn geschaffen, er ist stark, und er erwartet uns jetzt, und deshalb werden wir es tun …« Nach einer Pause sagte sie mit selbstvergessener Stimme: »Irgendwann muss eine Frau sich dem schwarzen Mann stellen …«

Es war ein Zitat. Ich kannte diese Worte. Ich fragte Marion.

»Es sind Worte aus dem Pornofilm, den ich mal bei dir gefunden hab«, antwortete sie. Wir sahen uns an. Es überkam uns nun, es packte uns. Wieder spürten wir den übermächtigen Gedanken in seiner Dramatik, seiner ängstigenden und erregenden Wirkung, und wieder entlud er sich in leibhaftiger, greifbarer Lust. Wir luden unseren Dämon zum Tanz ein. Wir machten, was wir erst einmal gemacht hatten: Wir schauten miteinander einen Porno an. Es war dieses Mal ein anderes Filmchen, doch wie schon beim ersten Mal war es so, dass eine weiße Frau sich einem dunkelhäutigen Mann hingab. Fasziniert starrten wir dieses kontrastreiche Paar an. Wir sahen, wie diese porzellanweiße Frau mit dem naturroten Lockenhaar sich von dem übergroßen schwarzen Liebesmuskel in kraftvollen Schüben ausfüllen ließ. In einer ekstatischen Schinderei ergab sie sich seiner geradezu animalischen Potenz. Sie schien sich aufzulösen in Hitze, Atemlosigkeit, Schweiß, Erschöpfung und Erfüllung. Ihr Gesicht schien zu verwischen, so ging sie in ihrer Geilheit auf und in ihrer restlosen Hingabe.

Marion stand in lasziver Nacktheit vor mir. Ich legte meine offenen Lippen auf ihre Brüste und umfasste ihren Schoß, der mir heilig war und dessen Schattenseite mich doch reizte. Wie ein Dämon, der einen in den Armen hielt, indem er die tiefste und dunkelste Wahrheit wusste, sprach sie: »Widersteh nicht der Vorstellung. Sieh es vor dir, wie es sein wird, wenn ich Moes gewaltigen Schwanz in meinem Schoß hab. Siehst du es? Ich weiß, es wird dich wahnsinnig machen und glücklich. Das wiederum reizt mich bis zum Wahnsinn und macht mich glücklich!«

Nach einer Pause sagte sie wie als Gegenpart: »Willst du mich wirklich so sehen? Glaubst du, dass du es aushalten wirst zu sehen, wie ich mich von Moe nehmen lasse? Es wird richtig stark sein. Ich werde stöhnen, ich werde atemlos sein und vielleicht schreien. Ich werde mich nicht zurückhalten. Und er wird sich nicht zurückhalten. Er wird mich leidenschaftlich und stark nehmen, ich werde erschöpfend gefickt. Bist du stark genug, oder gehst du als erstes k. o.?«

Ich wusste es nicht, ich konnte nichts sagen. »Auch andere Männer wünschen sich das – die eigene Frau einmal beim Liebesspiel mit einem schwarzen Mann zu erleben. Aber sie wissen es nicht. Sie wollen es nicht wissen. Es ist etwas Natürliches, dass sie sich das wünschen. Doch nicht einmal in der Fantasie wagen sie, sich das vorzustellen. Es wäre schrecklich für sie. Ihre heile Welt würde untergehen, wenn sie das sähen. Es wäre ihre Hölle, wenn sie sähen, wie die eigene Frau vor einem großen schwarzen Mann auf die Knie geht und sich dann von seiner archaischen Kraft verwöhnen und erschöpfen lässt. Es ist die Sünde, die nie geschehen darf. Sie würden unglücklich werden!«

Ich starrte in diese dämonische Vision. Ich sah in ihrem unermesslichen Reiz jetzt das Traumatische, erkannte das Dramatische, das in diesem Akt lag, und widerstand nicht, ihn zu betrachten – er erregte mich bis zum Grad der Erfüllung. »Ich bin davon überzeugt, dass viele Männer sich daran erregen würden, wenn sie ihre Partnerin in so einem ekstatischen Zustand sehen würden. Man muss einfach nur darüberstehen …«

»Ist es wirklich so einfach?«, wollte Marion wissen.

»Für die meisten wohl nicht«, gab ich zu. »Sie denken zu sehr an sich, an ihre Gefühle der Männlichkeit und Eitelkeit, sie denken an Besitz, und sie empfinden Neid.«

»Und sie haben Angst vor Verlust«, erklärte Marion.

»Doch es geht nicht um Verlust. Es geht um Erlebnis und Erfahrung«, sagte ich.

»Die meisten Menschen denken so klein, deshalb gibt es so viele Tabus. Etwas, das man nicht tut und das sogar als Gedanke verboten ist. Etwas, das verschlossen bleiben soll für alle Zeit.«

»Wir werden es nicht tun?«, fragte ich sie provokant und sah sie an. An ihrem Lächeln erkannte ich die Hure in ihr. Marion, die nackt vor mir stand, während ich ebenso entkleidet auf dem ledernen Hocker vor dem Fernseher saß, wandte mir nun ihre Hinterseite zu. Ich umfasste sie und küsste sie. Marion verschränkte mit hohen Ellenbogen ihre Hände hinterm Kopf. Ich liebte es zu sehen, wie dabei die Wölbungen ihrer großen, breiten Brüste zur Seite überstanden, ich liebte das Überfließende, das runde Füllige dieser Brüste. Um diesen Eindruck ins Maßlose zu treiben, ließ Marion die Brüste nun pendelnd zur Seite schwingen.

»Ich weiß doch, du liebst meine Glocken. Ich lasse sie läuten für dich!«, sagte sie segensreich und lächelte wissend. Damit trieb sie meine Geilheit so an, dass sie sich schließlich auf meinen steifen Schwanz niedersetzen konnte. Sie ließ ihn in sich gleiten. Sie nahm mich tief in sich auf. Ich ließ dabei meine Hände von ihrem Schoß emporgleiten und umfasste ihre Brüste, spürte sie in ihrer ganzen satten, festen, drallen Form.

»Ich liebe es, deine Titten so zu spüren«, gestand ich aufgeregt. Vereinigt in Geilheit starrten wir nun das kontrastreiche Paar des Pornos an und bewegten uns mit ihnen. Eine brennende Ekstase begann, uns zu erfassen. Unser Akt und der des Paares im Film wurden eins. Mächtige schwarze Naturgewalt kam über Marion, und ich wusste nicht, ob ich sie davor schützen oder sie hineinstoßen sollte. Doch, ich wollte es sehen! Ich wollte meine Frau in einem harten Akt erleben!

»Kannst du dir vorstellen, wie es für mich sein wird, wenn er mich fickt?«, stöhnte Marion auf.

»Ich will es sehen, wenn du es dir von diesem schwarzen Riesenschwanz besorgen lässt!«, erklärte ich keuchend.

»Uh, Schatz, du weißt nicht, was du da forderst!«, hauchte sie ladyhaft und schwer atmend. Sie spielte ganz die Rolle, die sie in dem Filmchen sah. »Er ist so groß, er ist so stark! Dieser Schwarze macht mir so viel Mühe, er dehnt mich, und er füllt mich, er lässt mich ja kaum noch atmen!«

»Ich will, dass du seinen schwarzen Liebesmuskel tief in dich dringen lässt!«

»Das willst du?«

»Ich will, dass du es tust. Dass du dich ganz öffnest und dich bedingungslos durchficken lässt! Hast du das verstanden?«

Sie hauchte mich mit unschuldiger Stimme an: »Verlangst du es von mir?«

»Ich verlange es von dir!«, keuchte ich und spürte, wie sie sich daran weiter aufgeilte und wie die Hure zum glücklichen Zustand wurde.

»Das willst du wirklich sehen?«, fragte sie mit einer Stimme, die zitternde Unschuld spielte. »Das soll ich wirklich tun? Und wenn ich Angst davor habe?«

»Dann werde ich dich dazu zwingen. Ich verlange es von dir. Ich will, dass du alles vergisst und dich hingibst. Es gibt nur dich und diesen schwarzen Riesenschwanz. Ich will, dass du dich ficken lässt wie noch nie!«

Sie stöhnte auf vor Angst und beteuerte: »Ich werde es tun. Ich tue alles, was du willst. Ich werde mich ficken lassen und wenn es das Letzte ist, was ich tue!«

»Ich will die Hure sehen, die du bist«, keuchte ich atemlos, »zeig sie mir! Zeig mir, dass du im Wahnsinn deiner Geilheit niemals satt wirst!«

»Was verlangst du von mir?«, seufzte sie klagend, und sie genoss ihre Aufopferung, ihre Hingabe, ihre Geilheit. Ihr Schoß ritt mich jetzt in Wellen, die immer mehr Sog und Drang hatten. Ihre Titten schwappten wie schwere Wogen wildbewegten Wassers. Sie presste den Atem aus mir wie den Saft aus einer Zitrone. Sie hatte mich gepackt und ritt mich intensiv und heftig, fast brutal. Wir waren erregt bis zum Wahn. Ich geilte mich weiter auf.

»Tu es nicht! Er ist zu stark für dich! Und ich halt es nicht aus zu sehen!«

Im Gegenpart hauchte sie klagend: »Es ist zu spät. Er hat mich längst. Er lässt mich nicht mehr los. Seine ganze Stärke ist in mir drin!«

»Mein Gott!«, stieß ich aus. »Was macht er mit dir?«

»Er fickt mich! Er nimmt mich. Das sind richtige Wogen, mit denen er in mich eindringt. Eine Flut heißer Stöße, die mich überwältigt und mit der ich verschmelze. Und du siehst dabei zu. Du siehst, was er mit mir tut. Steh mir bei! Er ist so tief in mir drin! Er beherrscht mich mit seiner schwarzen Kraft!«

Ich hörte sie. Sie war unglaublich in dem, was sie nun gab. Durchdrungen vom Schoß bis empor in ihr Herz war jeder Atemstoß ein selig geiler Klageschrei. Und ihre Titten wippten hart herab.

In der brennenden Hysterie ihrer Geilheit rief sie aus: »Er gibt mir mehr, als ich verkraften kann. Er zeigt mir die Grenze dessen, was ich nehmen kann! Er gibt sich mir ganz zu spüren. Ich spüre mich, wie ich mich noch nie gespürt hab, er öffnet die letzten Winkel meines Körpers, er schöpft mich ganz aus!«

Sie war unglaublich. In unserer Ekstase sah ich sie vor mir, unvorstellbar hingegeben und ausgeschöpft in einem neuen, ungekannten Maß – erhoben zu einem nie erlebten, völlig erschöpfenden Frausein. Ihr Atem überschlug sich fast, und mit ihrer letzten Luft beschrieb sie ihre Erregung. »Da ist seine wilde Begierde, seine ganze stolze, ungezügelte Kraft. Sieh dir an, wie er über mich kommt. Schau, was diese schwarze Naturgewalt mit mir macht! Dieser schwarze Riesenschwanz fickt mich, als würde mir der liebe Gott zustoßen!«

In diesem Moment kam eine nie so stark erlebte Kraft in uns auf. Es zog auf wie ein Beben, und es war das Gefühl, als würde es uns zerreißen. Wir erlebten einen Orgasmus vulkanischen Ausmaßes. Einen ewigen Stromschlag, der Raum und Zeit einfach auszuschalten schien. Dann sanken wir wie in Zeitlupe zusammen und krümmten uns restlos erschöpft. Wir blieben auf dem Boden, bis die Kühle in uns gekrochen war und wir uns wieder nüchtern und klar in die Augen sehen konnten. Nie hatte eine Fantasie ein so körperliches Gewicht besessen.

13

Am nächsten Tag war das wieder weg, wie ein Spuk, oder es schien so weit weg und so unwirklich zu sein, dass man es nicht einmal in Worte fassen konnte. Wir sprachen nicht darüber. Es war nur da. Und es wuchs. Marion und ich spürten, wie wir von Tag zu Tag unruhiger wurden. Die Spannung wurde unerträglich. Wir konnten nicht mehr warten. Wir brauchten die Wirklichkeit, die all die Hirngespinste ablöste, all die Vorstellungen und Fantasien, die so stark und doch völlig imaginär waren. Chimären, die um uns streiften wie Gewänder aus Mückenschwärmen, uns einlullten und uns langsam wahnsinnig machten.

Dann endlich aber war der Tag da. Es war nicht einmal klar, ob tatsächlich etwas geschehen würde. Aber das wäre dann auch eine Wahrheit: Dass es unser Schicksal war, dass nichts geschah. Dieser Tag war wirklich gekommen. Das

Leben selbst war es, das uns aus all den gierigen, wilden, ängstigenden und erdrückenden Gedanken befreite, die uns noch beherrschten.

Das Leben kennt den Weg, dachte ich mir und sagte den ganzen Morgen kein Wort, weil das der einzige Satz war, den ich hatte. Auch Marion schwieg und lebte nur in Gedanken. Wir aßen still zu Mittag, dann ging Marion duschen. Als sie aus dem Bad kam, saß ich am Schreibtisch. Ich sah sie an, wie sie auf mich zukam. Sie war pure Sanftheit und Sinnlichkeit. Als sie bei mir stand, nahm ich ihr das Badetuch ab und schloss meine Arme um ihre Taille und legte meinen Kopf an sie. Ich öffnete meine Lippen, atmete sie ein und legte meinen Mund zu einem langen, bewegungslosen Kuss zwischen ihre Brüste. Sie lächelte unsichtbar, legte ihre Hände groß und warm um meine Schultern und küsste mich ins Haar. Wir wussten, alle Worte waren gesagt. Marion stand minutenlang da, ohne dass wir sprachen in schweigendem Verständnis.

Noch einmal war es die Zeit der Gedanken. Marions Wärme durchdrang mich. Ich fühlte sie. Ich spürte dieses überwältigende Gefühl, das sie in mir auslöste. Sie war meine Heilige. Ruhend wie in purer Anbetung küsste ich ihre schweren, unschuldigen Brüste. Ich umarmte ihren Schoß, ich umarmte diese heilige Schönheit ihrer geschwungenen Form, von der ich besessen war. Ich hielt sie fest und fühlte all meine Liebe und all meine Lust. Und wieder empfand ich Zweifel, gesteigert zu Angst. War ich dabei, alles zu opfern und alles zu verlieren? Gab ich alles her für eine sündige Idee, einen verbotenen Gedanken? War meine Lust nichts als Verrat an meiner Liebe?

»Will ich Marion wirklich zur Hure machen?«, fragte ich mich. »Will ich sie wirklich von einem anderen Mann ficken lassen?« Es war dieser übermächtige, dämonische Reiz, etwas Verbotenes in unsere Beziehung eindringen zu lassen. Es war diese absolute Faszination, die in der Entblößung unserer ehelichen Intimität lag, im Verlust unserer ehelichen Unschuld. Wir wussten, dass darin der ultimative Kick für uns lag. Aber wir kannten die Konsequenzen nicht. Wir wussten nicht, was es mit uns tun würde. Wir würden zusammenhalten, weil es die wahre Liebe war, aber was war mit den Gefühlen, die uns nicht verbanden? Diese Gefühle, die man nicht beherrschen konnte, die man allein auszustehen hatte und die einen auffressen konnten, ohne dass der Partner eine Chance hatte. Es gab diese Gefühle und wir riskierten, sie heraufzubeschwören.

Eine Welle von Angst, von Skrupeln und Zweifeln überkam mich und drohte mich hinwegzuspülen. War das, was uns Lust bereitete, nichts anderes als die funkelnde Faszination der Gewöhnlichkeit oder der Zauber des Bösen? War nichts Gutes in unserem Verlangen? Welches Recht hatte unsere Begierde? Welche Liebe war in der Geilheit? War noch Herz in den obsessiven Gedanken meiner Lust? Beging ich Verrat an den tiefen, menschlichen Gefühlen? War mein Verlangen bloß das Ergebnis eines schwachen Charakters, dem man so wenig wie nur möglich nachgeben durfte? War dieses Verlangen bloß der Ausdruck meiner Unfähigkeit, mit Marions Schönheit zurechtzukommen? War ich ihrem Reiz ganz einfach nicht gewachsen? War ihr Reiz zu stark für mich? Dass ich Marion bis zum Wahnsinn schön fand und begehrte, schien mir jetzt wie eine Krankheit zu sein, an der ich litt. Eine Krankheit, in der ich alles aufs Spiel setzte. War es ein fatales Spiel mit dem Feuer? Durften Heilige und Hure dieselbe Person sein? Ich hatte Marions Lust entdeckt, eine Hure zu sein. Und ich half ihr jetzt, die Hure in sich zu befreien und zu leben. Diesen Abgrund in ihr zu entdecken war so unbeschreiblich aufregend. Meine Lust an ihr steigerte sich dadurch ins Astronomische. Sie wurde für mich so reizvoll wie noch nie. Auge in Auge konnten wir uns nun ausleben.

Aber vielleicht war das nicht richtig, sagte ich mir nun, vielleicht hätte ich diesen Drang Marions unterbinden müssen, es wäre meine Pflicht als Ehemann gewesen, meine Verantwortung, meine Einlösung des ehelichen Versprechens. Vielleicht stieß ich Marion in die Flammen und sah es nicht. Nur durch mich konnte sie ausleben, was in ihr tief vergraben geschlummert hatte. Von mir hing alles ab. Vielleicht hätte ich nie zulassen dürfen, dass diese dunklen Sehnsüchte ans Licht kamen, dass diese ungelebten Fantasien ausgesprochen wurden. Vielleicht war es der Sinn dieser Dinge, verborgen zu bleiben und niemals wirklich gelebt zu werden. Aber das konnte ich nicht wissen. Wir waren schon zu weit auf diesem Pfad gegangen, um noch umzukehren.

»Du bist so still«, brach Marion die Gedanken.

Ich lächelte. »Es ist nichts.« Mir war klar, dass nicht die Gedanken uns führten, sondern das Leben selbst. Es geschah das, was geschehen sollte. Was in unserer Natur lag. Wenn ich mich fragte, warum ich das tat, dann war da als Antwort eben nur der starke, zwingende und berauschende Antrieb, es zu tun.

14

Es war früher Nachmittag. Marion und ich standen schon vorm Haus und warteten auf Moe. »Bist du aufgeregt?«, fragte sie mich sanft. Und sah mir die Antwort längst an. Sie selbst war aufgeregt, und ohne die Geräusche der Straße, hätte man unseren Herzschlag gehört.

Moe kam an, keine Sekunde zu spät. Wir stiegen zu ihm in das Auto. Alles war genauso wie ein paar Tage zuvor. Wir wollten zurückkehren in die gleiche Situation. Wir spürten wohl, dass unsere Freundschaft an Unschuld verloren hatte, auch waren wir nicht mehr so locker. Das Ganze fühlte sich an wie ein Spaziergang auf dem Drahtseil, in atemloser Spannung über dem Abgrund balancierend.

Wir spürten, dass alles, was an diesem Tag passieren würde, die direkte Fortsetzung der Worte war, die Moe in einem besonderen, vielbedeutenden Tonfall zu uns gesagt hatte: »Ich bin gern mit euch zusammen. Wir werden sehen, was wir gemeinsam noch erleben werden …«

Es war August und in der Luft lag der gärende, berauschende Geschmack von Früchten, die in der letzten Hitze reiften. Die pralle, vollendete Natur gab sich hin und sehnte sich danach, gepflückt und verzehrt zu werden. Wir erreichten wieder die Stelle am Ufer des Sees. Auch dieses Mal hatten wir keine Badesachen dabei. Alles in dieser Wiederholung geschah bewusst. Wir zogen wieder unsere Kleider aus. Moe und ich sanken nackt in das Gras der Wiese. Marion stand noch da. Sie ließ sich Zeit. Sie trug an diesem Tag ein seidenes Hemdchen, das kurz oberhalb ihrer Brustwarzen nicht mehr existierte und das in zwei Fäden über ihre Schultern ging. Ihre großen Brüste zeichneten sich erregend unter dem leichten Stoff ab, sie wippten und vibrierten bei jeder Bewegung. So war jede Bewegung eine wahre Augenweide.

Auf dem Weg bemerkte ich charmant, wie »leicht geschürzt« sie heute wirkte.

»Genießt es, ihr beiden!«, entgegnete sie offen und heiter. So vertraut waren wir in unserer Intimität schon miteinander. So sehr gehörte Moe schon zu unserem Geheimnis.

Marion ließ nun ihr Hemdchen nun mit leichten Händen von ihren Schultern gleiten und über ihre Brüste. Wir sahen ihr dabei zu, und sie spiegelte sich, genoss sich in unseren Blicken. Es war wie beim ersten Mal. Marion stand da mit ihren großen, festen Naturbrüsten. Mit dem verbotenen Moment der Entblößung wünschte ich mir ihre Erstürmung und

Entweihung. Ich wünschte sie mir im Extrem. Diese Brüste wirkten so ahnungslos und unschuldig, als hätte nie jemand sie berührt, und doch bedeuteten sie puren Sex.

»Es ist immer wieder der gleiche starke Eindruck … Du bist so unfassbar schön, Marion«, sagte kaum atmend unser schwarzer Freund, der nun in ihre Schönheit eingeweiht war und an der Schwelle zu unserem intimsten Innern stand. Würde er diese Schönheit bald seiner urwüchsigen Lust unterwerfen? Ich spürte, wie sehr ich und auch Marion es wollten. Alle Zweifel waren jetzt erloschen, überblendet von der Faszination des Geschehens, das seinen Lauf nahm wie ein Gestirn über der Landschaft.

Marion ließ sich lächelnd in unserer Mitte nieder. In ihren Augen sah ich, dass sie etwas im Schilde führte. Es war gespielte Oberflächlichkeit, als sie die Sonnencreme aus ihrer Tasche nahm und meinte: »Letzte Woche hab ich's vergessen. Heute tu ich was für meine Haut …«

Als sie Moe und mich dann bittend ansah, war das eine gewagte Frage, weil sie Moe mit mir gleichstellte. Aber um uns aus unseren Fantasien zu erlösen, musste es so sein. Marion knüpfte an die vergangene Woche an, wir nahmen den Faden wieder auf und sponnen ihn weiter. Ich spürte, wie es mir den Kick gab, dass ich nicht der war, der Marion bediente. Es war dieses abgründige und beinahe lähmende, bodenlos erregende Gefühl, in dem ich mich vortasten wollte. Wissen wollte, was es mit mir macht. Ich widerstand diesem Reiz nicht, ich wollte ihm nun folgen.

Moe nahm die Sonnencreme, und Marion legte sich entspannt auf den Bauch vor ihm nieder. Moe kniete mit »drei« muskulösen Beinen an ihrem satten, weiblichen Gesäß und begann sanft, voll gedämpfter Kraft, streichend und kreisend ihren Rücken einzureiben.

»Mein Gott, Moe, du hast so große Hände«, entdeckte sie.

Die Berührung hinterließ glänzende Spuren auf ihrer warmen Haut. Man sah, wie die beiden sich aufeinander einstimmten. Wie sie sich einfühlten. Ihre Harmonie lag summend in der Luft. Sie waren Haut auf Haut – getrennt nur durch eine dünne Schicht Lotion, die wie ein letzter Schritt auf zivilisiertem Terrain war.

In purem, unverhohlenem Genuss ließ Moe den Körper meiner Frau immer wieder durch seine großen, starken Hände gleiten und bespielte ihn mit der Virtuosität seiner Finger. An manchen Stellen so langsam, dass es schon Zärtlichkeit war. Es war ein wahrer Ritus eindringlicher Sanftheit. Aus dem bloßen Einreiben wurde Massage, die auch Marion genoss und sich immer mehr sinken ließ in aufregende Entspannung. Sie wurde weich unter seinen Berührungen, schmiegte ihren Körper an seine magischen Hände. Die Schwere ihres Körpers schien sich aufzulösen in Glanz und Wärme, die sich in diese großen, schwarzen Hände fügten. Immer weiter überließ sie sich ihm und atmete in leisen Lauten ihr Wohlgefühl aus.

»Moe«, schnurrte sie. »Deine Hände, die tun mir so gut. Die sind eine Offenbarung für mich!«

Und Moe lächelte wie die Sonne über Afrika. Er ließ seine Hände auf dieser schönen, nackten Frau kreisen. Er beschrieb ihre sanften Formen so schön, wie sie nie zuvor gewesen waren. Er beschrieb sie, als würde er sie gerade erst modellieren. Und jeder von uns fühlte sich auf seine Art berauscht von diesem cremigen Aperitif der Zärtlichkeit.

Marion lag da im lustvollen Schmelz ihres gereiften Körpers. Moes Hände glitten über ihre runden Schultern, fanden den Weg über ihre filigranen Schulterblätter entlang der sanften Vertiefung ihres Rückgrats bis zur Taille, die er mit seinen Händen problemlos umspannte. Dann strichen sie tiefer, umschlossen die feste Rundung von Marions Gesäß. Er fasste es, immer noch zärtlich und eindringlich, beschrieb die Wölbung mit seinen Fingern, ich sah schwarze Haut mit weißer Haut vereint. Marions Körper spannte sich, wölbte sich den Händen entgegen.

Sie stöhnte laut auf. Es war ein Laut, der ihr entglitten war. Und da, als wäre es der letzte Moment, um sich zu retten, riss sie sich von diesen Händen und ihrer sanften und übermächtigen Gewalt los. Mit einem Mal sprang sie auf, lebendig und lachend. »Kommt! Ich will mich jetzt bewegen. Lasst uns etwas später hier sitzen oder schwimmen gehen. Lasst uns jetzt durch die Wiesen gehen. Ich will einfach ein wenig herumstreifen. Ich hab so eine Lust darauf. Ich glaube, wir sind der Natur so nahe wie noch nie!«

Und sie ging los. Sie schritt voran mit ihren breiten Schultern und ihren schönen, stolzen Brüsten. Eine Pracht. Wir folgten ihr. An dem mannshohen Purpur von Springkraut und Blutweiderich vorbei bahnte sie sich den Weg durch das hohe, lichte sommergoldene Gras am Ufer entlang. Und wieder war es so, dass sich die ganze Landschaft auf sie zu zentrieren schien. Alles setzte sich in Beziehung zu ihrer wunderbaren Nacktheit. Marion schien die magische Mitte der gesamten Natur zu sein. Der Reiz, der in ihrer Blöße lag, war in dieser malerischen Wildnis auf die Spitze getrieben. Es war so erregend, sie zu sehen, wie sie am mächtigen Schilf entlangstreifte und sich in der Schönheit ihrer satten Nacktheit durch den idyllischen Urwuchs tastete und bahnte.

An diesem Tag trug Marion zwischen ihren Brüsten ein schwarzes Amulett, das Moe ihr geschenkt hatte, eine der archaischen afrikanischen Ketten. Dieser Schmuck ließ sie aussehen wie die nackte Herrscherin der Wildnis. Glücklich im schreienden Reiz ihrer Nacktheit. Und ich erinnerte mich bei dem Schmuck an den tropischen Traum, aus dem sie an einem Morgen verschwitzt erwacht war und den sie mir gebeichtet hatte …

Wir gingen weiter am Ufer entlang. Der Rohrkolben stand dicht und ausgewachsen da, mit seinen phallisch großen, dunkelbraunen, steif aufragenden Kolben. Marion fasste die Kolben an, strich mit der Hand darüber und fand sie »samtig und stark«. Die hohen Gräser streiften ihren ganzen Körper, glitten zärtlich ihre Arme und Schenkel entlang und reizten sie an empfindlichen Stellen, und die Zweige und Blätter kleiner Bäume streiften ihre Brüste. Es war schön ihr zuzusehen, wie die Nacktheit sie frei machte und wie sie mit ihren Sinnen alles erfuhr und es genoss und darin aufging. Wie Naturkinder, die von harter Liebe noch nichts wussten, genossen wir uns nackt.

»Das ist total schön, so hab ich die Natur noch nie gespürt!«, lachte Marion begeistert. »Ich liebe dieses Gefühl auf meiner Haut. Ich spüre die Sonne und den Schatten, ich spüre die Luft. Sich nackt durch die Natur zu bewegen, das ist Freiheit pur. Ich glaube, ich werd nie mehr ohne dieses Gefühl leben können!«

Wir folgten ihr auf eine leichte Anhöhe. Hier wärmte die Sonne uns von Kopf bis Fuß. Die wilden Schwärme der Goldruten verströmten herrlichen, süßen Duft wie Blumenheu. Wir fanden einen verirrten Mirabellenbaum und aßen die gelben Früchte. Marion war übermütig und pflückte sie mit dem Mund. Moe und ich machten es ihr nach, und wir amüsierten uns. In der Ferne sahen wir malerische Flächen von Sonnenblumen und von Mais, dessen Kolben zur Reife hin jetzt immer länger und dicker wurden – der starke Schaft prallen Korns spannte sich an. Wir nahmen diese Weite in der Landschaft, diese Einsamkeit und Stille in vollen Zügen in uns auf. Sie war fast unheimlich, weil da nichts mehr zu sein schien als wir selbst.

»Wie die ersten Menschen«, sagte ich.

»Adam und Eva und Adam«, grinste Moe.

»Mitten im Paradies!«, komplettierte Marion.

Wir streiften weiter. Das Wasser war jetzt nicht mehr zu sehen, und weil das Wasser doch der Grund für unsere Nacktheit war, fühlte es sich fast seltsam an, rückte es mit einem Mal in unser Bewusstsein.

Wir gingen die kleine Anhöhe hinab und Marions prangender Busen wippte beim Gehen.

Die Natur wurde wieder dichter. Wir streiften weiter durch diese gewucherte, reifende Vegetation des späten Sommers. Die blühenden Wildstauden standen so riesig da, dass wir uns neben ihnen klein vorkamen. Ich sah, dass nur unser schwarzer Freund an die hohen Pflanzen reichte. Dies war sein Reich. Und es war aufregend sich vorzustellen, dass wir ihm ausgeliefert waren. Ein starker schwarzer Krieger, der uns nun tiefer und tiefer, auf unumkehrbarem Weg, ins Dunkel des Dschungels führte.

Unweigerlich dachte ich an Marions tropischen Traum, und spürte wie der Takt der dunklen Buschtrommel, die seit Tagen in unserem Kopf pochte, stärker wurde und näher kam, so fordernd, dass wir ihm nicht mehr entkommen konnten. Der dunkle Klang rief uns und schien nun nicht mehr imaginär …

Natürlich war es so, dass auch Moe hier noch nie gewesen war und dass er wie wir durchs Unbekannte wanderte. Er ging nun vor und bahnte uns den Weg.

Durch lichtes Weidengesträuch kamen wir in mehr waldiges Gelände. Auf den Lichtungen stand der zwei Meter hohe Adlerfarn. Man konnte ihn einigermaßen gut durchqueren. Moe drängte ihn sachte zur Seite. Wir folgten ihm. Der umgefallene Stamm einer Waldkiefer lag nackt und glänzend da. Er war wie poliert, ganz glatt, die Witterung hatte die großen

Schuppen der Rinde restlos abgeschält. Marion bestieg ihn nun und beschritt ihn mit artistischer Vorsicht, spielerisch, doch in gravitätischer Schönheit. Sie ging auf Zehenspitzen über das helle Holz, dabei hielt sie die Arme ausgebreitet, sie balancierte. Sie war wunderbar. Ihr Rumpf war angehoben, ihr voller Busen hob sich und wippte mit jedem Schritt. Ihre ganze Form, von den Schultern übers Gesäß bis in die Zehen, war durch ihre Konzentration gespannt und betont.

Wir folgten ihr am Boden und sahen zu ihr hoch, sahen zu ihrer Schönheit auf und begehrten sie umso mehr. Der Baumstamm führte uns in eine kleine Lichtung. Sie war umschlossen von Eichengebüsch und dem Adlerfarn, der seine hohen Stängel und urzeitlichen Blattschilde wieder hinter uns schloss. Die kleine Lichtung machte uns unsichtbar – sie machte aus uns dreien ein stilles, nacktes, atemberaubendes Geheimnis. Wir hörten das Rasseln der Heuschrecken. Es entfernte sich durch unsere Anwesenheit. Jetzt war es tatsächlich, als gäbe es keine Welt mehr. Es gab nur noch uns.

Wir ließen uns auf den sandigen Boden sinken, licht bewachsen von niedrigen, feinen Gräsern. Sonne und Schatten durchdrangen hier einander, ihr Wechselspiel war zutiefst idyllisch. In der Idylle aber war eine Spannung zu spüren. Etwas Verbotenes lag in der Heimlichkeit des Ortes. Eine verbotene Absicht, die keiner von uns auszusprechen wagte. Zu versteckt war dieser Platz in der Natur. Unsere Nacktheit entblößte sich hier umso mehr. Nichts unterschied uns mehr von der Wildnis, in die wir eingedrungen waren. Jetzt gab es nur noch Marion und Moe und mich. Und das, was tief in unseren Gedanken verborgen war, trat nun zutage wie die Sinne eines erwachenden Gesichtes. Jedes Wort hatte nun eine Bedeutung. Jedes Wort war wie ein Schlag der nackten Hand auf eine Trommel.

»Das hab ich mir gewünscht«, sagte Marion, »dass wir das tun. Zusammen durch die Natur streifen. Nackt durch die Gräser und durchs hohe Kraut. Das hat was. Das hab ich mir so vorgestellt.«

Moe nickte. »Irgendwie hab ich das auch so vor mir gesehen«, gestand er. Dann sagte er: »Ich hab viel an euch gedacht, die letzten Tage …«

Ich nickte. »Ging uns auch so, Moe.«

Und Marion fügte hinzu: »Uns drei scheint etwas zu verbinden …«

Moe lächelte. »Uns drei«, wiederholte er. Und er klang dabei ebenso versonnen wie geheimnisvoll. »Drei ist eine schöne Zahl«, meinte er dann.

»Ja«, stimmte ich ihm zu und nickte. Ich wiederholte wiederum die Worte, auch weil ich fand, dass es ein schöner Satz war: »Drei ist eine schöne Zahl …«

»Es ist schön mit euch, ihr seid so nett, ihr seid so interessiert und offen«, sagte Moe nun, »ich bin sehr gern mit euch zusammen.«

»Wir mit dir auch«, stimmte Marion ihm zu.

Er lächelte, senkte seinen Blick, schaute uns dann wieder an – etwas ging in unserem Freund verlegen hin und her. »Aber sagt: Kann es sein, dass da noch etwas anderes ist als Freundschaft?«, fragte er dann, seinen Mut zusammennehmend. »Ich meine, weil da noch andere Gedanken bei mir waren.«

Marion lächelte. »Und wenn ich dir sage, dass auch wir diese Gedanken hatten?«

Auch ich lächelte und gab behutsam zu, dass auch wir von diesen Gedanken nicht frei waren. »Mach dir also keinen Kopf, Moe.«

Er sah mich zufrieden an. Und da legte ich, wie als Zeichen einer neuen Leichtheit und Vertrautheit, meine Wange an

Marions Schulter und küsste sie zärtlich. Marion lächelte, ließ sich nun in ein wunderbares Schweigen sinken, sie nahm mich an und rieb ihr Haar leicht an dem meinen.

Und Moe, der uns ansah, sagte: »Dann ist es gut«, und stimmte in die Art unseres Lächelns ein.

Er schaute aufmerksam zu, wie ich meine Zärtlichkeiten weiterspann. Wie ich meine Küsse auf Marions Hals setzte und in ihren Nacken. Ihr Atem summte und ihre Haut vibrierte. Es war elektrisierendes Einverständnis zwischen uns. Und dieses Gefühl schloss unseren Freund mit ein. Moe sah uns ohne Distanz oder Grenze zu, es war, als wären wir eins.

Marion saß in unserer Mitte. Ich fasste mit der Linken in ihr offenes, volles blondes Lockenhaar. Mit der Rechten streichelte ich ihren Arm empor, streichelte ihn abwärts und wieder empor, bevor ich über ihren Bauch strich. Und dann wanderten meine Finger empor zu ihrer Brust, umfassten sie, bis ich sie in meiner Hand hielt. Ich liebkoste sie, strich über die zarte, verletzliche Haut. Dann bewegte ich sie streichelnd und formend in meiner Hand. Davon berührt atmete Marion auf. Ich hörte sie sanft getroffen, das war schön. Und dann, sodass es mich selbst geradezu überraschte, und ohne noch in mich zu fragen, ob ich dafür überhaupt bereit war, ob ich es wollte und stark genug dafür war, hob ich meinen Kopf und sah Moe in die Augen. Ich wollte es, wollte es jetzt ohne Zweifel, ohne Skrupel, ohne Hemmung. Ich spürte nur diesen Reiz, der mich mit einer dämonischen und verzehrenden Stärke antrieb. Ich musste es tun.

»Berühr sie«, sagte ich zu Moe, »berühre Marion.«

Meine Frau hob ihren Blick und sah Moe an. Dann wandte sie ihre Augen zu mir. Ich lächelte, berührte ihre Wange und gab ihr einen fast schwerelosen Kuss auf den Mund. Sie sagte erst nichts, sondern sah Moe wieder an, bis sie mit den Lidern nickte und nun alles, was geschah, an Moe hing.

Er schien es nicht zu wagen. Bewegte sich nicht und dehnte den Moment in eine Ewigkeit.

Marion suchte seinen Blick. »Da war dieser Abend, als wir die Fotos bei dir gemacht haben. Wir kamen zurück nach Hause und waren erotisch ziemlich aufgeladen. Wir haben Liebe gemacht, sehr inspiriert und intensiv. Während wir uns liebten, hat Martin mir gestanden, dass er sich bei den Fotos gewünscht hat, deine Hände zu meinem Körper hinzuführen. Ja, er hat sich gewünscht, dass du mich berührst. Er würde meinen Körper gern mit jemandem teilen. Es ist sein Wunsch, einen anderen Mann in unsere Liebe aufzunehmen. Seit wir dich kennen, Moe, ist dieser Wunsch sehr real geworden …«

Damit war unsere geheimste Fantasie ausgesprochen. Und die Worte standen in einem erstarrten Raum. Es war, als würde sich nun nichts mehr bewegen können.

Moe lächelte, ganz vorsichtig, aber doch auch wie von schweren Fesseln erlöst.

15

»Und das wünschst auch du dir, Marion? Dass ich dich berühre?«, fragte er in sehr großer Einfühlung.

Marion ließ eine Pause, aber sie ließ keine Zweifel. »Ja, ich wünsche es mir …«

Ich spürte, wie nun die Luft zitterte, als ob sie etwas erwartete, eine Wandlung, ein besonderes Geschehen. In Moes Lächeln trat so etwas wie ruhige Gewissheit. Er legte seinen Blick fast melancholisch auf Marions Schulter. Und dann sah ich, wie er seine Hand hob und sie so leicht, wie ein Flügel in der Luft liegt, auf die Schulter meiner Frau legte. Das war der Punkt, an dem unser Kreis sich schloss. Das war der Augenblick, in dem unsere Triole Kontakt bekam – ein unumkehrbarer Augenblick. Ein glühender Zauber und Reiz, der sich in mich einbrannte, um verzehrende Qual zu sein oder das blanke Glück.

Moes große dunkle Hand lag nun auf der nackten hellen Haut meiner Frau. Ich sah es. Ich starrte. Mein dunkelster Traum begann, jetzt zu leben. Fantasie und Wirklichkeit wechselten die Seiten. Ich spürte, dass diese Berührung das Ungewöhnlichste war, was wir je erlebt hatten. Es ging über alles hinaus, was wir kannten. Ich spürte, wir mussten jetzt die Balance halten, vor allem ich selbst. Ich wusste, dass es im Moment der Lust keine anderen Gefühle oder Emotionen geben durfte. Die Lust musste frei sein. Ich musste den Mut haben, sie zu leben. Dafür musste ich loslassen. Es war dieses Bild, dass ich meine Hände öffnete und meine Arme ausbreitete und in den ungewissen Abgrund sprang. Marion sah mir in die Augen. Und nun erlebten wir das gemeinsam, sie und ich: den Rausch des freien Falls und diese ausgebreiteten Arme, mit denen man das Neue umarmt, um etwas zu empfangen, was weit größer ist.

Nun erwiderte Marion Moes Berührung. Sie umarmte seinen Nacken und streichelte ihn in reifer, liebevoller Zärtlichkeit und Wärme. Marion streichelte einen anderen Mann – und es war genau der Kick, den ich erwartet hatte. Es war das Absolute! Ein maßlos aufregendes Gefühl, einem atemlosen Erstarren des Herzschlages gleich. Es erfüllte meine tiefste Lust zu sehen, wie Marion Moe aufnahm. Ihn aufnahm in ihre Wärme und damit in den inneren Kreis unserer Intimität. Diese verbotene Frucht, die ich in meinem Garten entdeckt hatte: Nun schmeckte ich sie so stark wie noch nie. Sie war exotisch, sie war verlockend, sie verwirrte die Sinne. Sie war giftig süß, sie war bitter, und sie war berauschend. Ich trank sie, sie floss und strömte durch meine Adern. Ich schmeckte sie, verzehrte sie, ich nahm sie in mich auf – und wenn ihr Gift in mein Herz stach, dann sollte es so sein.

Doch Moe war in der Stille seines Verstehens der perfekte Partner, wir waren auf der gleichen Wellenlänge. Sein Blick verband sich immer wieder mit meinem. Ich nickte ihm in tiefem Einverständnis zu. So ergaben sich einige zeitlose Minuten, eine wundervolle, unsterbliche Zeit, in der nichts geschah, außer dass wir drei uns durch die Zärtlichkeit in die schönste Art von Schwerelosigkeit erhoben. In vollendeter Harmonie, sanft, ohne das Element der Kraft, nur unter Fingerspitzen, brach das Tabu. Im freien Fall genoss ich die Magie der schwarzen Hände auf Marions schöner Haut. Und dann, mit geradezu ergebener Einfühlsamkeit, berührte Moe die Brüste meiner Frau. Er streichelte sie wie eine Kostbarkeit, die wertvoll ist, aber nicht fremd. Er streichelte sie mit außergewöhnlicher Bewunderung und Tiefe. Diese weißen, seidenen Glocken, groß und rein und fest, prangend und stolz, mit diesem Ausdruck von Verletzlichkeit und Unentdecktem, unberührt und neugierig. Ich sah, wie reich und glücklich es Moe machte, Marions unbeschreibliche Brüste in seinen Händen zu spüren, auch er hatte sich danach gesehnt. Es war meine zutiefst erträumte Lust: Ich weihte unseren Freund ein, ich vertraute ihm mein größtes Geheimnis an, er hatte nun teil an meiner sexuellen Geborgenheit.

»Jetzt weißt du, wie schön sie wirklich ist«, sagte ich klingend zu ihm und erinnerte mich in diesen Worten an den König Kandaules, der es endlich geschafft hatte, die Schönheit seiner Königin einem anderen spürbar zu machen und damit Erlösung durch die Wirklichkeit zu finden.

»Wunderschön«, erklärte Moe fast sprachlos.

Und Marion schnurrte: »Ja. Für mich ist es auch wunderschön …«

Ich betrachtete Moes dunkle Hände, wie sie über die hellsten und geheimsten Stellen ihrer Haut streichelten. Es war die Herrlichkeit einer wahr gewordenen Fantasie, die am Anfang nicht einmal gewagt hatte, ein bloßer Gedanke zu sein. Jetzt war sie befreit. Wir erlebten das Undenkbare. Das war so aufregend und gut.

Aber ich war mir auch des Risikos bewusst. Da waren Gefühle in Gefahr, aus dem Gleichgewicht zu geraten. Wir vertrauten uns der Situation an, und es war uns klar, dass sie von unserem Fingerspitzengefühl lebte. Moe schenkte uns diese Erfahrung, und wir schenkten sie ihm. Er gab sich hin, wie wir uns hingaben.

Marion lächelte, und sie atmete hörbar. »Ihr überrascht mich, ihr beiden«, hauchte sie und hatte nicht erwartet, dass sie das so stark empfinden würde. Ihr Blick war verschleiert von lustvoller Ungläubigkeit.

Moes große Hände zeigten ihre Wirkung. Sie fassten Marion nun ganz. Groß und stark fingen sie ihren ganzen Körper ein. Sie umfassten ihre Brüste und ihre Taille und ihren Schoß und beschrieben sie, ihre Form, ihre Schönheit. Moe wirkte mit übermächtiger Sanftheit auf Marion ein. Er bespielte sie gekonnt, virtuos, eindringlich, verwandelnd. Ich sah, wie seine Hände sich bei Marions Körper einfühlten und wie sie sich ihnen hingab. Ich sah, wie sie einander streichelten. Und dann berührten sich ihre Münder, es kam zum ersten Kuss zwischen ihnen. Erst zärtlich und liebevoll, dann stärker einfühlend, dann umschlangen ihre Zungen sich leidenschaftlich. Ich sah zu, und in meinen Gefühlen musste ich mit ihnen sein. Musste auf der gleichen Frequenz bleiben. Ich durfte mich nicht in schlechten Gefühlen verlieren, in denen ich glauben würde, dass nur Moe ihr das geben konnte – und dass er besser zu ihr passen würde als ich. Es sollte meiner Frau zugutekommen, dass ich von Moe etwas lernen konnte. So schmiegte ich mich wieder an Marions Seite, um sie seitengleich zu verwöhnen. Sie lag genussvoll da, auf die Ellenbogen abgestützt, und legte ihren lockigen Kopf so weit in den Nacken, dass er hinter dem Rumpf versank. So wölbte sie ihre Brüste nach oben, ihre Nippel kehrten sich heraus, alarmiert und aufglühend. Sie stellten sich für uns in Pose und waren bald so erhitzt und steif, als wollten sie es unseren Phallen gleichtun. Aufgerichtet und in ungeduldiger und geradezu wunder Erwartung empfingen sie uns. Wir verwöhnten sie mit unendlichen Küssen. Marions Stimme schwang darüber getroffen und weich. Mit unseren Händen formten wir gemeinsam ihren Körper nach. Wir modellierten ihn mit unserer Zärtlichkeit und Wärme. Wir trugen diesen schönen Leib auf dem entschlossenen Griff unserer Lust.

»Das ist schön«, schnurrte sie, »das ist so schön. Ihr seid gut. Ihr beiden seid so gut zu mir! Ich spüre eure Haut auf meiner Haut, ich spüre eure Finger, eure Küsse, eure Lust und was ihr mit mir tun wollt und was das mit mir macht. Ich spüre alles, und das tut gut!«

Wir hüllten Marion in unserer leuchtenden Lust ein, wir ließen sie ein Feuerwerk sinnlicher Reize erleben. Wir erlebten einen Rausch, der uns an die Grenzen des Erfahrbaren brachte. Es war, als würde die warme Luft uns in diese Sphäre emporheben. Was sich ereignete und was wir geschehen ließen, schien nur in der besonderen Atmosphäre dieses Mittags in sommerlicher Wildnis möglich zu sein. Im paradiesischen Zustand unserer Nacktheit gab es nur uns drei, und alles andere war so weit weg wie die Sterne.

Marion rekelte sich in unserer Mitte. Die Nähe unserer

nackten Körper brannte immer mehr. Irgendwann stützte Marion sich nicht mehr auf ihren Ellenbogen ab und sank auf ihren Rücken. Moe und ich schmiegten uns nun ganz an sie. Sie erhob ihre Arme und legte die Hände um unseren Hals, sie fasste uns, hielt sich fest in ihrer inneren Bewegung und kraulte uns dabei zärtlich den Nacken. Dann tastete sie mit der Hand nach meinem Schwanz und begann, ihn sanft zu reiben. Damit packte sie mich bei den Wurzeln meiner Lust. Meine Erregung wuchs. Wieder hatte ich die Symmetrie von Moe und mir im Sinn. Ich konnte nicht anders als die Situation anzutreiben.

»Mach das Gleiche mit ihm. Fass seinen Schwanz an und reib ihn!«

Ihre Augen öffneten sich und sie schaute mich an. »Würde dir das gefallen?«, hauchte sie.

Ich spürte, es war die letzte Frage, die das Geschehen aufhalten konnte. Doch ich lächelte und nickte meiner Frau zu und sah, wie Marion nun nach dem Schwanz von Moe tastete. Sie machte es tatsächlich. Sie tastete nach ihm und fand ihn. Berührte ihn mit ihrer eleganten Hand mit den schönen Fingern und kirschrot lackierten Fingernägeln und begann, ihn auf- und abzustreicheln. Dabei wirkte sie erst etwas gehemmt, wie eingeschüchtert.

»Pack ihn fester. Fass ihn richtig an!«, ermutigte ich sie.

Und sie griff nun stärker zu, sie fasste den dicken, stark geäderten Schaft richtig an, sie umfasste seinen schweren Schwanz, noch immer vorsichtig, aber eindeutig und wunderbar einfühlsam.

»Mein Gott«, sagte sie, »ist der groß! Da fühlt man sich ja schon vom bloßen Anfassen überfordert!«

Doch sie tat es. Und fasziniert betrachtete ich ihre schöne, damenhafte Hand, wie sie es tat. Ich sah, wie sie das monströse, halbsteife schwarze Ding berührte, wie sie darüber strich und ihn ergriff, um ihn zu reiben. Es erregte mich ins Atemlose, meine Frau bei der Berührung von Moes geschlechtlicher Mächtigkeit zu sehen, sie beim Spiel mit seinem kolossalen sexuellen Wuchs zu erleben. In ihrer Handbewegung wurde sie dann immer sicherer und weicher und geschmeidiger. Marion tat ihm unendlich Gutes. Sie war liebevoll und lustvoll. Man sah Moe deutlich an, wie gekonnt und stark sie ihn bewegte. Ich sah, wie meine Frau seinem Schwanz ein gutes Gefühl gab. Ich schenkte Moe die ganze Zuwendung meiner Frau. Ich sah, wie sie ihm all das gab, was allein mir vorbehalten war. Sah, wie sie ihn immer tiefer aufnahm in ihre Zärtlichkeit, ihre Wärme, ihre Liebe. Sie ließ ihn ein in den geschlossenen Kreis unserer ehelichen Intimität.

Es war eine unbekannte, gespaltene Empfindung. Ich spürte, wie die natürliche Polarität von Liebe und Lust sich rieb. Wie sie sich in ihrem Spannungsfeld auseinandersetzten. Wie sie sich aneinander reizten und wuchsen. Wie sie sich bedingten und verstärkten. Ich konnte es jetzt genau spüren. Das war faszinierend.

Ich begegnete meinem Kick. Bodenloser Reiz schleuderte mich empor! Ich wirbelte durch die Luft. Musste das Gefühl der Eifersucht und des Verlustes abwehren, um der Lust ihren erfüllenden Lauf zu lassen.

Aufgestützt auf einen Arm lagen wir an Marion. Moe sah mir öfter in die Augen, um zu prüfen, ob ich unserer Triole noch zustimmte. Ich lächelte ihm zu mit einem Lidschlag.

Auch Marion lächelte mit uns und trieb mit uns in urgründiger Wärme empor. Sie verwöhnte uns mit ihren Händen und trieb unsere Geilheit in die Höhe. Ich merkte, wie sie selbst immer erregter wurde im handfesten Kontakt mit Moes sexueller Urwüchsigkeit. Bei dem Gedanken, dass dieses Riesending sie wohl ficken würde und dass seine Stärke zu viel war für ihren Verstand, musste sie kopflos werden. So trieben wir immer weiter hinein in den Rausch der Triole.

Irgendwann waren wir bereit für alles. Irgendwann war klar, dass diese atemlose Streichelei kein Ausklang war, sondern das Vorspiel. Moes große, zärtliche Hand glitt nun in Marions Schoß. Mit übermächtiger Sanftheit fasste er ihre Vagina. Er begann, sie langsam und behutsam zu reiben. Marion stöhnte auf und überließ sich dann der Berührung. Nach einer Weile waren sie beide von einer unaufhaltsamen Kraft gepackt. Moe rückte hinunter. Marion spreizte ihre Beine, und er senkte sein Gesicht in ihren Schoß. Er begann, Marion mit dem Mund zu verwöhnen. Wie ein Krebs in den Sand, so grub sich sein Mund in den Mund von Marions korallenrosa Vagina ein. Kussgleich. Er entspannte sie zärtlich, er öffnete sie und verwöhnte sie in ihrer Offenheit. Schamlose Lippen öffneten Schamlippen, er drang hinein, und seine Zunge reizte ihre empfindlichste Stelle, er bespielte sie mit einer Gier, der sie willenlos ausgeliefert war. Marions Verstand zerrann fast unter den Wellen der Erregung, die sein Mund ihr schenkte. Sie fasste in meinen Nacken, hielt sich krampfhaft an mir fest, während sie sich in zeitlupenhaften Zuckungen aufbäumte, ganz und gar getroffen.

Ich sah, was Moe mit ihr machte. Ich hatte um die Stärke dieses Reizes gewusst und um die Gefahr. Ich musste jetzt bereit sein, alles zu ertragen, was er mit ihr machte. Ansonsten würde unser Freund mir über den Kopf wachsen. Er war ein naturgegebener Meister der erotischen Reizung, und ich musste seine Virtuosität bewundern. Ich musste mich dem Reiz des Anblickes und der reinen Lust hingeben und durfte an andere Gefühle nicht denken. Es war Balance, die ich finden musste, ein artistischer Akt im Raum meines Innern, voller Präsenz und Stärke und Konzentration, wie der Artist bei seinem überragenden Kunststück. Es ging jetzt darum, die Fantasie auszuleben, der Lust ihren Raum zu geben, ohne dass andere Gefühle sie durchkreuzten.

Marion und Moe aber faszinierten mich so sehr, dass der Balanceakt gelang. So schmiegte ich mich wieder an meine prachtvolle Frau und streichelte sie mit meinen Küssen, während Moe sie in der Tiefe verwöhnte und genoss wie ein Feinschmecker die Auster. Er schlürfte sich in ihre Vagina hinein, und er saugte die Perle ihres Kitzlers, er presste und er drehte sie, schluckte sie so virtuos und gab sie wieder frei, dass er ihrer größten Empfindlichkeit einen Rhythmus gab und bis der Saft dieser Meeresfrucht nur so rann. Unter der eindringlichen Wirkung von Moes Mund hatte Marion sich in leibhaftiges Wohlgefallen aufgelöst. Ich hörte, wie sie aufschrie, sanft und bejahend, und ich spürte, wie intensiv sie das erlebte. Wie sie völlig befreit war und bereit, offen für alles, was aus Lust mit ihr geschah. Ich erregte mich an ihrer absoluten Hingabe und an dem Unbekannten, das sie mir zeigte. Marion spürte, dass es für mich ebenso aufregend und gut war und dass es jetzt keine Zweifel mehr gab. Schlechtes wurde gut. Was verboten war, wagte nun zu leben. Was gefangen war, wurde nun frei. Wirklichkeit erfüllte der Sehnsucht ihren Wunsch. Was mich trieb wie ein Besessener, was mich tagelang aller anderen Gedanken und allen Verstandes beraubt hatte – diese obsessive Lust, diese übermächtige Begierde, dieser dämonische Hunger, meine geliebte Frau mit unserem schwarzen Freund in einer geilen Heftigkeit zu erleben, diese totale Süchtigkeit meiner Gedanken, die darauf brannten, dass es endlich geschah, wandelte sich nun in sündig volle, satt glänzende Wahrheit. Vielleicht hatte ich Geister gerufen, vielleicht war es Wahnsinn, vielleicht war ich wie derjenige, der das Feuer anbetete und nun sah, dass eine wahre Kathedrale von Flammen über der Stadt stand. Es war nicht mehr aufzuhalten, Moe nicht und Marion nicht und am wenigsten ich selbst.

»Jetzt verwöhn ihn so, wie er dich verwöhnt«, hauchte ich Marion ins Ohr.

Um ihre geschlossenen Augen breitete sich ein Lächeln aus. »Das willst du sehen?«, fragte sie lasziv.

»Ja«, sagte ich.

Marion richtete sich auf und schlang ihre Arme um Moes Kopf, der sich in ihren Schoß duckte. »Leg dich hin«, sagte sie zärtlich zu ihm, und er streckte sich der Länge nach auf dem Rücken aus. Marion kam über ihn. Sie schmiegte sich auf ihn, legte sich aber so, dass ihre Füße links und rechts neben seinem Kopf lagen. Es war diese Stellung, die man Neunundsechzig nennt. So konnte Moe nun weiter ihre Vagina verwöhnen, die sich in zärtlicher Blöße auf seinen Mund legte, während sie selbst nun den gewaltigen Schwanz unseres schwarzen Freundes in den Mund bekam. Sie hielt den kolossalen Schaft mit einer Hand, dann streichelte sie ihn mit ihrer Zunge empor und wieder hinab und nahm dann die gedrungene Spitze mit den Lippen auf, sie nahm sie mit dem Mund auf und schluckte sie endlich ganz. Die Dicke des Schaftes und dessen rohe Adern schwollen an und dehnten die Lippen ihres Mundes. Marion schien auf Luft völlig zu verzichten. Sie verwöhnte den afrikanischen Riesenschwanz nun in der Tiefe ihres Rachens.

Mein Blick folgte diesem Geschehen atemlos. Ich wälzte mich einige Schritte über den Boden, um sie aus der Perspektive des Abstands zu sehen. Sie waren großartig. Mit ihrer aufregenden und schönen Art, nackt zu sein, mit ihren vollkommenen Körpern und der perfekten Polarität von Mann und Frau waren sie einfach großartig. Für den Moment gehörten sie so sehr zusammen wie Sonne und Schatten. Starke, pure

Natur. Wie Elemente, die sich fanden. Sie wirkten zusammen, sie wirkten vollkommen aufeinander eingestimmt, und wenn sie sich auch nur mit dem Mund verwöhnten, so war es doch purer Sex, voller Inbrunst, und es sah derb und hart und gut aus. Marions unschuldige, reife Schönheit wurde tief in den Mund gefickt. Sie pumpte sich den schwarzen Schwanz in den Rachen, sie lutschte das Monstrum kräftig durch, während Moe mit seiner großen, unersättlichen Zunge von ihrer lustvoll leidenden Vagina zehrte. Total erregt begann ich nun, mich zu reiben, während ich die beiden ihrer berauschenden Gegenseitigkeit überließ. Marions Mund fasste gierig nach Moes Schwanz und Moes Mund fasste gierig nach Marions Vagina, und die beiden verzehrten einander. Dabei schienen sie den ganzen Rest der Welt zu vergessen. Ich war schockiert und fasziniert, auf nie erlebte Art befriedigt. Meine Frau war so intensiv und rhythmisch saugend über Moes Schwanz gebeugt, dass es so aussah, als würde es jeden Augenblick aus ihm heraussprudeln.

Da kam ich ihr wieder nahe. Ich legte mich neben Moes Beine auf den Rücken und zog Marion an ihren Schultern zu mir rüber. Sie gab Moes Schwanz frei und war nun auf allen vieren über mir. Wir sahen uns in die Augen. Ich sah, wie das Schwarz in Marions Augen aufblitzte.

»Jetzt willst du, dass er in mir ist!«, sprach sie mir aus der Seele.

Wir sahen uns an. Unsere Blicke berührten sich mit Moe. Irgendwann stand er auf. Stand einfach da. Präsentierte geschlechtliche Mächtigkeit. Moe bot seinen Schwanz als imposanten, fast schon brutalen Anblick dar. Mit seinen dicken, rohen Adern wirkte er wie aufgepumpt. Geschmeidig schwarz und von Marions Speichel glänzend. Er hing kiloschwer da, gebeugt von purem Gewicht, leicht angespannt und halbsteif.

Fast so, als wäre es Gelassenheit, die dieser ungeheure Schwanz zum Zeichen seiner sexuellen Macht ausstrahlte.

»Das ist echt extrem«, keuchte Marion mit fast hyperventilierender Atmung, »so ein riesengroßer Schwanz!« Moe schaute für einen Moment schuldbewusst an sich herab.

Marion war in jeder Art und Weise beeindruckt. Sie wirkte überfordert und zweifelte an sich. »Ich weiß nicht, ob es geht«, meinte sie kleinlaut, und ging nun vor ihm auf die Knie. Sie umfasste den Schaft des gewaltigen Liebesmuskels mit einer Hand. Nahm auch die andere Hand noch hinzu. Doch sie konnte ihn nicht vollständig fassen. Sie legte sich pustend den Handrücken auf die Stirn. »Ich kann echt nicht sagen, ob ich den schaffe!«

Die Nüchternheit in ihrer Stimme trieb die atemlose Aufregung, die ich empfand, nun auf die Spitze. In ihren abwägenden und nachdenklichen Worten lag die unglaubliche, die erschütternde und beglückende Gewissheit, dass Marion es tun würde. Sie würde es versuchen. Für mich. Allein die Möglichkeit trieb mich vor Erregung in den Wahn. Mein Dämon jauchzte.

»Gleich wird Moe Marion ficken!«, flammte diese innere Stimme. Es war das Bewusstsein, dass Marion und Moe sich gleich vereinigen würden und dass es vor mir geschah. Wir standen am Abgrund unserer dunkelsten Lust. Würden wir uns diesen Wunsch erfüllen? Oder uns davor bewahren? Was wäre, wenn es geschähe? Oder was wäre, wenn es nicht geschähe?

Wir sahen uns an in Unruhe. Nein, wir würden es tun. Wir wollten es! Mit Armen und Händen umfasste ich noch einmal den für mich heiligen Schoß, erfüllt und verwirrt von dieser Gewissheit, die in sich bereits etwas wie Erfüllung trug. Auch wenn bei Marion Angst und Bedenken überwogen: »Dieser Schwanz ist einfach zu stark für mich. Ich glaub, dem bin ich nicht gewachsen. Ich weiß außerdem nicht, ob er fest genug ist. Glaubst du, er kann noch härter werden, Moe?«

Sein brutaler Liebesmuskel hing aufgebläht da, er war schwer und auch irgendwie schlaff. Für einen Moment fürchtete ich, unser verbotener Traum würde in sich zusammenfallen wie eine Luftblase.

Doch jetzt nahm Moe das Heft in die Hand. Marion sollte sich auf den Rücken legen. Dann winkelte sie ihre Beine an, ihre Füße hingen in der Luft. Moe fasste sie zärtlich. Er streichelte sie lustvoll, liebkoste sie mit seinen Lippen, seiner Zunge, seinem ganzen Mund, er küsste sie wie wahnsinnig und begann, die Schönheit dieser Füße wieder und wieder zu verschlingen. Er war so begierig, dass sich offenbarte, wie sehr er Marion begehrte – und nichts so sehr wie ihre Füße. In all der Schönheit, die Marion zu bieten hatte, fand er den größten Reiz in ihren Füßen. Er fasste sie wie Hände und legte sie um seinen Schwanz. Dann begann er, dieses halbsteife, riesige Ding zwischen den Füßen hindurchzuschieben. Er machte Liebe damit. Marion trat freudig in das unbekannte Spiel ein. Sie stellte sich liebevoll auf Moe ein und nahm ihn mit ihren Füßen auf, so, wie er es sich gewünscht hatte. Sie empfing ihn wie mit offenen Armen und mit offenem Schoß. Sie atmete ein und aus im gleichen Takt wie seine Lust. Dann war es soweit. Moe hielt krampfhaft ein. Die Mächtigkeit seines sexuellen Wuchses stand aufrecht und glänzte prall. Moes kolossaler Schwanz war nun steif. Aufgepumpt mit heißem Blut war dieser Apfel der Verführung nun bereit, dass Marion ihn zu sich nahm.

Sie starrte ihn ungläubig an. Ihre Augen waren geweitet vor Schreck »Lieber Gott, jetzt steh mir bei! Ich hätte nicht gedacht, dass dieser Riesenschwanz wirklich steif wird. Ich hätte wetten können, dass du ihn nicht hochkriegst! Ich hab die Wette verloren …«, stammelte sie.

Stark geädert, voller Muskeln und Blutbahnen, glänzte der schwarze Schwanz vor Erregung, er pochte und zuckte vor Kraft und vor Lust.

Marion betrachtete ihn gleichzeitig mit einem Ausdruck von Angst und Berauschtheit. Dann sah sie mich an, ernst, sinnlich und eindringlich. Sie stellte mir eine Frage, die ebenso schicksalhaft wie opfermütig klang: »Kannst du dir vorstellen, dass er in meinem Schoß ist?«

Es war die wirklich allerletzte Frage, um es aufzuhalten. Würde ich stark genug dafür sein? Würden wir es aushalten? Würde es uns nicht spalten wie dieser Schwanz sie gleich spalten würde? Nach einem langen Augenblick spiegelte ich ihre Frage: »Kannst du es dir vorstellen?«

Marion antwortete nicht. Sie kam ganz über mich. Ihre blonden Locken hüllten mein Gesicht ein, und sie küsste mich mit einer absoluten Leidenschaft und Selbstvergessenheit. Wenn sie Moes extremen Schwanz wollte, wenn sie ihn überhaupt wegstecken konnte, dann war jetzt der richtige Zeitpunkt. Ich sah ihr wieder in die Augen und sagte: »Bleib so. So ist es gut.«

Sie war auf allen vieren, Aug in Aug mit mir, und mit ihrem Hinterteil Moe zugewandt, der aufgerichtet hinter ihr kniete.

Sie seufzte, senkte kurz den Kopf und sah dann wieder auf: »Also, ich weiß nicht, ob das eine gute Stellung ist, wenn ein Mann so stark gebaut ist. Das ist echt heftig!«

Ich lächelte, fasste sanft in ihr Haar und zog sie wieder für einen Kuss an mich heran. »Tu es für mich!«, sagte ich ihr in einem Ton, der eine zärtliche, intime Bitte und zugleich ein maskuliner Befehl für sie war. Ich spürte, wie unser Blick daran aufflammte. Spürte, wie wir uns an den Worten erregten. Es reizte Marion, sich meinem Wunsch zu unterwerfen. Sie tat es, auch wenn sie an sich zweifelte. Während sie ihre Wange an meine Brust legte, wölbte sie ihre

Hinterseite einladend. Sie war auf allen vieren und öffnete mit leicht gespreizten Beinen ihren Schoß, bot sich dar für Moe, der nun zu allem bereit war. Er umfasste ihr Gesäß. Er umrundete es mit seinen Händen mit eindringlicher Zärtlichkeit. Er strich mit weit geöffneten Händen ihren Körper empor bis zu den Brüsten, die er umfasste. Marion, wie getroffen davon, setzte sich auf, um für einen Moment Moe ganz nahe zu sein. Sie war auf ihren Knien aufgerichtet und nach hinten gewandt, und Moe hielt ihren schönen, reich geformten Körper in seinen Händen, und mit diesen großen Händen formte er jetzt liebevoll und zärtlich ihren Körper, modellierte ihn gleichsam. Marion drehte ihren Kopf weit nach hinten und sah ihm in die Augen mit einem Lächeln, das durch ihren ganzen Körper strömte. Und dann küssten sie sich. Ebenso leidenschaftlich wie warm und liebevoll. Ich sah die beiden, ich sah sie in ihrer Bereitschaft, in ihrer Gewissheit und Wirklichkeit, ich sah sie und betrachtete sie voller Faszination und mit einer großen, wunderhaften Begierde.

Marion sank nun wieder auf ihre Unterarme. Moe fasste sich selbst und rieb seinen Schwanz. Es war klar: Wir standen vor dem ‚Sünden-Phall'. Marions Augen hielten sich mit ihrem Blick an mir fest. Ich las in ihnen die Zusage, aber ich las auch Unruhe und Unsicherheit: »Werde ich es aushalten? Werden wir es aushalten? Wirst du stark genug sein? Wirst du wirklich damit zurechtkommen zu sehen, wie ich mich von ihm ficken lasse?«

In meinen Augen aber las sie ein Lächeln. Es sagte ihr: »Nicht aushalten müssen wir es, Liebste, sondern genießen sollen wir es. Es ist aufregend, was wir erleben. Geben wir uns dem einfach hin …« Moes Schwanz war auf der Höhe. Behutsam setzte er ihn nun an Marions tropfnasser Vagina an. Er drückte ihn in ihre frisch glänzende, fleischige Enge. Marion seufzte verkrampft. Ihr kurzes Lächeln war reine Verwirrung, sie war voller Anspannung und Skepsis.

»Ich weiß nicht, ob das geht«, keuchte sie, als wäre es ein reiner Versuch und könnte scheitern. Doch sie streckte ihr Gesäß ein Stück weiter nach oben. Moe setzte wieder an. Wieder seufzte Marion verkrampft. »Ich glaube, ich kann ihn nicht aufnehmen. Er ist einfach zu groß…«

Ich sagte ihr: »Es ist gut so. Entspann dich! Du musst weicher werden. Lass es einfach geschehen.«

»Okay. Aber halt mich fest!«, flehte sie dann zärtlich und sah mich dabei an. Ich berührte sie liebend. Streichelte sie. Streichelte ihre Schultern und küsste sie beruhigend auf die Stirn. Nie hatte ich die Lust und die Liebe so stark empfunden, die scheinbaren Gegensätze verstärkten sich jetzt gemeinsam. Es war pures Drama, das uns packte und bewegte.

Ich hielt Marion sanft und entspannend in meinen Händen. Gab ihr meine Zärtlichkeit umso mehr, als ihr Gesicht sich immer weiter anspannte. Ihr Mund öffnete sich in lustvollem Entsetzen zu einem lautlosen Schrei. Etwas geschah.

»Sag mir, was ist«, verlangte ich leise von ihr.

Marion hauchte: »Er hat mich geöffnet. Er dringt in mich ein. Ganz langsam. Ganz behutsam! Ganz vorsichtig!« Das Wort war nur eine Bitte und ging in einen lauten und entsetzten Ruf über. Marion zuckte auf und griff mit der Hand zu ihrem Schoß hin und hielt Moe einen Moment auf Abstand. Sie wandte sich zu ihm um. »Ich bitte dich: sei vorsichtig mit mir«, bat sie sanft mit großen, unschuldigen Augen.

Er versprach es, und Marion legte langsam ihren Kopf wieder auf meine Brust und wandte ihren Blick wieder zu meinen Augen. »Halt mich fest«, flüsterte sie in Liebe, »halt mich ganz fest!« Dann sagte sie: »Es wird heftig sein, auch wenn er ganz sanft ist. Es ist gewaltig. Ich weiß nicht, ob ich mit ihm zurechtkomme …« Sie hauchte Anspannung aus.

Ich sah, wie Moe hinter ihr kniete und es weiter versuchte, und immer wieder traf sich unser Blick und verständigte sich. Es war, als würden wir in unserem Verlangen mit geradezu magischer Kraft auf Marion einwirken. Ich streichelte sie weiter und noch eindringlicher.

»Entspann dich, mein Schatz«, redete ich ihr zu, »entspann dich! Werde lockerer. Werde etwas geschmeidiger. Gib ihm nach. Öffne dich. Gib dich hin.«

»Er ist so stark!«, klagte sie.

»Dann gib ihm noch etwas weiter nach«, sagte ich, »und lass ihn in dich.«

Ich spürte, wie sie sich bemühte. Wie sie versuchte, uns zu folgen und es möglich zu machen. Und ich spürte ihren Atem, aus dem überwältigte Laute drangen. Diese Seufzer lustvollen Entsetzens setzten sich fort. Diesmal dauerte der Versuch eine zeitlose Minute. Eine Minute, in der keiner von uns sich zu bewegen wagte.

Marion kniff die Augen zu und öffnete den Mund zu einem stummen Schrei. Dann fiel ihr Kopf nach vorne. Richtete sich wieder auf und sie keuchte mit einem Mal und mit einem fast staunenden Schrecken in ihren offenen, erwartenden Augen. »Jetzt! Jetzt ist er ein Stück in mir drin …«

»Das ist gut, Schatz«, sagte ich und küsste ihr Gesicht, während ich sie weiter in meinen Händen hielt. Ich glühte wahnsinnig, war zärtlich von Sinnen. Meine Liebe für sie überschlug sich. Ich war wie berauscht, ich konnte kaum glauben, dass im Schatten ihres gewölbten Gesäßes gerade dieser ‚Sünden-Phall' geschah. War es tatsächlich Wirklichkeit, dass unser schwarzer Freund gerade in den heiligen und angebeteten Schoß meiner Frau eindrang? Ich sah es nicht, und das war atemlos aufregend. Alles, was geschah, erfuhr ich nur durch Marion selbst. Ich hörte ihre Worte, ich spürte die nervöse Hitze und Feuchte ihres Körpers, ich spürte die Art, wie sie atmete und zuckte. Ich las ihr Gesicht, und ich spürte sie mit all meinen Sinnen, diese wundervolle Heilige und Hure, die in ihr war. In ihrer Hingabe vereinigte sie beide Seiten. Sie zeigte ihre Gesichter, sie lebte auf. Es war die Frau, die mich hinriss und für die ich ohne Zögern meine Seele gegeben hätte. Ich war atemlos und gierig, und mein Herz schlug auf eine Pauke.

Sanft, aber eindringlich verlangte ich von Marion alles. »Spür ihn ganz!«, sagte ich zu ihr. Ich wollte, dass sie es tiefer erlebte. Und ich spürte hinter ihr die sanfte Kraft von Moe, der weiter in sie eindringen wollte.

»Was verlangst du?«, fragte sie keuchend.

»Nichts, was du nicht kannst«, sagte ich ihr. »Entspann dich«, redete ich ihr zu und streichelte sie eindringlich, küsste sie lautlos und endlos, »sei entspannt, sei geschmeidig, öffne dich …«

Ich betete sie geradezu in einen Zustand völliger Öffnung. Ich ließ sie schweben. Marion hob ab von dieser Welt. Ihre Züge blieben angespannt, aber ihre Augen schlossen sich für einen Moment. In langsamen Zuckungen atmete ihr klaffender Mund das Atemlose aus. Und immer wieder sah sie mich an. Es lag ein Zittern in unserem Blick, etwas Ungewisses, nie Erlebtes. Unser gemeinsames Band musste diese Erfahrung aushalten, die weit außerhalb des sogenannten Normalen lag.

»Ich liebe dich!«, rief sie mir verzweifelt zu, tief und wahr.

Ich spürte es ebenso. Dass ich sie nie zuvor mehr geliebt hatte als in diesem Moment, der unsere Liebe prüfte. Aber ohne diese Liebe hätte unsere Lust nicht den geringsten Reiz gehabt, sie hätte nichts bedeutet, nur faden Sex. Mit all unserer Liebe aber war es ein dramatisches Geschehen. Und ich hielt meine Frau an mir, hielt sie so stark, wie ich nur konnte.

Einmal lachte sie auf in dem, was sie nicht fassen konnte. »Ich weiß es, wie glücklich du sein wirst, wenn ich ihn gleich in mir hab. Du hast der Vorstellung nicht widerstehen können. Ich weiß, sie ist zum absoluten Wunsch geworden. Ich erfülle ihn dir!« Sie sagte es süß und abgründig und opfermütig, während sie mehr und mehr von ihrer Tiefe hingab. Und sie ließ mich meine Hände um ihren Schoß legen. Sie vibrierten vor Aufregung. Marion empfing Moe.

»Er ist so stark!« Sie klagte es mädchenhaft und empfänglich.

Ich legte meine Hände wieder an ihre Wangen und versuchte, sie in der gleichen Tiefe zu streicheln, die sie nun hingab. Wir sahen uns an und wussten nicht, ob es Vorstellung oder Wirklichkeit war. Es war unglaubliches Geschehen. Die Luft um uns vibrierte, während Moe immer weiter in Marion vordrang. Er schob sich langsam und unaufhaltsam in ihren Schoß. Analog zum Wunder der Geburt nahm sie ihn in sich auf. Moes gigantischer schwarzer Schwanz fuhr fort, sich seinen Weg zu bahnen. Er drang weiter in sie ein, jede seiner Adern wuchs in Marion hinein, erfasste sie und dehnte sie und füllte sie aus. Marion öffnete wieder weit ihre Augen.

»Was spürst du?«, fragte ich sie begierig.

»Ich spür seine Dicke, ich spür seine Länge«, keuchte sie ungläubig, »ich spür nichts anderes mehr. Er füllt mich mehr und mehr! Er beherrscht mich! Er nimmt mir die Luft!«

Die Aufregung lähmte mich nun. Ich konnte richtig spüren, wie er die Luft zum Atmen und zum Sprechen aus ihr verdrängte.

»Er dehnt mich!«, keuchte sie in erregender Klage.

»Entspann dich, mein Liebstes. Lass es geschehen. Gib dich ihm hin!« Ich trieb Marion tiefer in die Erfahrung.

Laut atmete sie nun Moes Eindringen aus. »Das ist mehr,

als ich fassen kann!«, stammelte sie überwältigt. Sie sagte es wie selige letzte Worte. Aber da hatte sie ihn schon ganz in sich drin. Moe hatte ihr seine Schwellung ganz in den Schoß gestemmt. Er versenkte seine sexuelle Macht tief in ihrer Schönheit. Ich spürte, wie gänzlich er in ihr war. Er erfüllte sie vollends.

»So ist es gut!«, sagte ich und küsste sie, als würde ich sie auf meinen Lippen tragen. Dann sah sie mich an mit ihrem offenen Mund, und es war, als hätte ich die Antwort gefunden auf diesen unglaublichen Reiz, den diese Frau auf mich ausübte. All die dunklen und verbotenen Sehnsüchte fanden nun Befriedigung. Mein obsessives Verlangen, Marion einmal mit einem anderen Schwanz zu erleben, wurde restlos befriedigt. Moe war tief und erfüllend in ihr. Ich sah ihn an. Seine geschlechtliche Stärke hatte sich mit Marions Schoß zu einer Art strahlender Macht verbunden. Sie waren grandios. Ich erlebte die erregende Dramatik, meine Frau von einem anderen Mann gefickt zu sehen.

Marion formte ihre Lippen und hauchte staunend: »Dass du mich dabei siehst, das find ich so unglaublich!« Ihre Stimme klag unwirklich und wie betäubt. »Mein Schatz, ist es das, was du dir gewünscht hast? Ist es so, wie du es dir vorgestellt hast?«

Ich lächelte sie an und streichelte sie mit einer wahnsinnigen Intensität und Zärtlichkeit. »Es ist genauso«, bestätigte ich.

Marion schloss befriedigt ihre Augen. Einen langen Moment blieben die beiden bewegungslos. Sie verharrten in diesem Gefühl massiver, völliger Erfüllung. Dann begann Moe, sich zu bewegen. Erst nur leicht, fließend, dann etwas mehr, wie leichter Wellengang. Er begann einen lustvollen Rhythmus. Ich spürte, wie diese Wellen durch ihren Körper gingen. Erst waren sie leise. Dann wurden sie lauter und drangen aus Marions Mund. Mit weit offenem Mund, die Lippen geformt wie zu einem Gesang, erfuhr meine Frau nun das Wunder, von diesem kolossalen Schwarzen gefickt zu werden. Der schwarze Gigant begann, sie richtig auszubumsen. Sie sah mich an mit einem bewegten Blick, der einen Schrecken hatte, dem sie nicht widerstand.

»Ich liebe dich«, keuchte sie, »ich liebe dich so, und nur dich! Aber das, was ich grade spüre, hab ich noch nicht gekannt. Das geht so tief in mich rein, und es ist so heftig, dass ich es dir nicht sagen kann! Großer Gott, ich erlebe gerade eine brutale Stärke in mir!«

Moe in seiner Geilheit war noch ‚nice and slow'. Er ging auf in dem ersehnten Genuss, jetzt ganz in Marion zu sein. Es erfüllte ihn, und er gab seine riesenhafte Behutsamkeit nicht auf. Und doch wurde er leidenschaftlicher. Es war faszinierend, ihn anzusehen und zu erleben, wie dieser behutsame Liebhaber allmählich in sexuelle Rage geriet. Er steigerte sich in seine Lust hinein. Und diese Lust, sie hatte einen ebenso starken wie unaufhaltsamen Takt. Wie er Marion nun nahm, das war im wahrsten Sinne eine Wucht. Marion spürte seine ganze Kraft. Die Unschuld ihres schönen, reifen Körpers wurde umgepflügt. Als wäre sie plötzlich erst wach geworden, so sah sie mich an, ihre Augen öffneten sich mit einem geradezu tragischen Ausdruck. Sie war ungläubiger und überwältigter als zuvor. Es war zugleich wie Schrecken und Erlösung, als sie rief: »Großer Gott – er nimmt mich!«

Es geschah. Das Tabu brach berstend. Ich spürte nun, wie Moes Kraft begann, durch Marions Körper zu dringen. Sie sah mich an. Ich hielt ihren Blick. Unsere Augen hielten sich aneinander fest, unser Blick war offen wie ein Abgrund.

Schockiert vor Lust hörte ich meine Stimme in mir: »Mein Gott, was macht dieser starke Schwarze mit meiner Frau?« Ich sagte es, um mir das Unglaubliche klarzumachen. Ich fühlte heißes Entsetzen, der freie Fall in mein dunkelstes Verlangen. Ich stürzte mit offenen Armen auf meinen verbotensten Wunsch. Und in die höchste Lust. Ich bejahte es mitgerissen, indem ich es aussprach. »So ist es gut, Moe. Fick meine Frau richtig durch! Gib ihr die ganze Kraft deines starken schwarzen Schwanzes! Gib es ihr!«

Jetzt gab es nichts mehr, als die Sache an sich und ihren atemlosen Reiz. Nichts als den überwältigenden Ausdruck dieses Aktes. All die Zweifel, die Skrupel, die Fragen, ob man sich so etwas überhaupt vorstellen dürfe oder ob es ein Verstoß gegen Gebote, gegen menschliche Gefühle oder die Heiligkeit der Liebe war, blieben nun endgültig hinter uns zurück. Es schien uns ein elementarer Vorgang zu sein, und wir erlebten ihn, indem wir uns fest aneinanderhielten. Ich sah, wie Marion die Kraft unseres schwarzen Freundes genoss. Sie atmete in tiefen, befriedigten Schreien, bis sie den Kopf erneut hob und mir ihre offenen Augen zeigte, die mich ansahen, überwältigt und ebenso erfüllt.

»Er ist so groß, so stark! Und es ist so gut!«, klagte sie lustvoll. Sie vertraute mir ihre ganze Genommenheit an. Sie ließ mich an ihren Gefühlen teilhaben. Sie zeigte mir jedes Zucken ihrer Augenlider, sie zeigte mir jede Schweißperle und auch den leisesten ihrer Laute. Ihr Gesicht war an meinem Gesicht, und alles übertrug sich auf mich. Mein Herz schlug in meinem starren Leib, ich war atemlos vor Aufregung. Ich berührte meine Frau und genoss es, den Takt und die Tiefe ihrer Genommenheit zu spüren. Ich erfuhr, wie sehr es sie erfüllte.

»Er ist so groß, so stark!«, stöhnte sie abermals. Und wiederholte die Worte in fast rhythmischer Weise. Ich erkannte diese Worte und hörte darin jene spirituelle Beschwörung, mit der sie in das Ritual der Vereinigung einwilligte.

»Er ist so groß, so stark«, beschwor sie seine Wirkung, »er ist so groß, so stark«, betete sie diesen mächtigen, diesen überstarken schwarzen Schwanz in sich an.

»So ist es gut, genieß es!«, sagte ich zu ihr. Mit offenen und ungläubigen Augen starrte sie mich an. Ich spürte, wie wir uns ganz verbanden. So intensiv hatten wir uns niemals angesehen. Wir begegneten uns in unserer größten Tiefe, wir reichten uns in völliger Dunkelheit die Hand.

»Er fickt mich!«, rief sie in glückseligem Entsetzen. Dabei zuckte ihr Blick auf. Sie lächelte schillernd. Liebevoll und hurenhaft. Und dann, als wäre es die Hingabe letzter Worte, rief sie wieder: »Ich liebe dich!«

Und ich erwiderte es. Ich fasste in ihren Schweiß und küsste sie mit wahnsinniger Zärtlichkeit, ich hielt still in meinem Kuss und war so mit ihr eins. Sie konnte ihre Lippen vor Ekstase kaum noch formen, und so strich ich mit meinem Mund nur zärtlich darüber, fast bewegungslos – es war, als würden wir uns gegenseitig atmen. Ich hielt sie und sprach ihr in liebevoller Geilheit zu.

»So ist es gut, mein Schatz. Lass dich schön durchficken! Lass deinen schönen Körper von dieser gewaltigen Kraft durchwirken! Das sieht so atemberaubend aus! Ich hab so was Starkes noch nie gesehen!« »Dann ist es gut«, sagte sie wie in Trance und versuchte, dabei zu lächeln.

Doch sie hatte Mühe. Ich spürte ihre glühende Anstrengung auf meiner Haut. Sah, wie ihre Augen kurz sich schlossen, als tauchte sie ganz in sich selbst ein. Ihre Atmung steigerte sich in eine tiefe, erregende Klage. Ihre Stoßseufzer wurden bodenlos und himmelschreiend. Das war es, was wir herbeigesehnt hatten in unserer dunkelsten Sehnsucht. Es war der Moment, in dem wir uns in die Augen schauten, während meine Frau einen anderen Schwanz in sich hatte. Dieser gellende Reiz, dass in diesem verbotenen Moment sich unser Blick miteinander verband. Ich sah, dass wir uns niemals tiefer begegnet waren als hier. Offen und atemlos sahen wir uns an. Wir sahen uns an wie verzweifelt und wie besessen. Wir sahen, dass das, was geschah, uns im dunkelsten Innern, in endgültiger Tiefe, zusammenführte und verschwor. Wir begegneten uns in unserem größten Geheimnis, unserer größten Faszination.

Meine undenkbare Fantasie, meine geliebte Frau mit unserem schwarzen Freund in einem gemeinsamen Akt zu erleben, war wahr geworden. Ich hatte es geschehen lassen. Hatte dem nicht widerstehen können. Ich hätte diese verbotene Lust verleugnen können, hätte schweigen können, wie die meisten Menschen das miteinander taten. Doch ich hatte Marion eingeweiht. Und gemeinsam hatte wir Moe eingelassen. Es lag so viel Wahrheit darin, dass wir es taten. Jeder von uns erlebte nun mehr Lust als je zuvor. Jeder von uns tauchte in den dunklen Reiz ein und erlebte seinen Kick. Es war heftig und gut. Dieser Akt geschah, ohne Ängste und ohne Folgen. Ich spürte, dass wir weder Liebe noch Freundschaft dafür opferten. Und dass es in unserem Liebesleben keinen Schlusspunkt darstellte. Ich spürte, wie reich und belebend dieser Reiz für unseren Sex sein musste. Wie aufregend und intensiv er ihn machen musste und dass uns dieses Erlebnis für alle Zeiten blieb.

16

Marion kniete auf allen vieren da. Sie wölbte Moe ihre Hinterseite mit weit offener Scheide entgegen. Moe hielt ihren Schoß fest umfasst, während er sie in lustvollen Schüben durchdrang. Ich lag da und ihr Gesicht lag auf meiner Brust. Ich hielt ihren Kopf und ihre Schultern in meinen Armen. Es war bodenlos erregend, wie sie mich anstarrte und mich anatmete.

»Dein Traum ist wahr geworden«, hauchte sie wie eine Flamme, »ich lasse mich ficken. Und du siehst dabei zu.«

Moe drang beharrlich wie ein Wellengang in sie ein. Er bewegte sich in sanften, tief eindringenden Stößen. Sein machtvoller Schwanz schwang ein und aus. Es war das Pendel eines lustvollen Übermaßes, das Marion genoss. Sie richtete sich nun auf, hob stolz ihr Haupt auf allen vieren, den Mund offen, schier überwältigt von der eigenen Erregung. Sie schrie auf, presste sich ihm entgegen. Ihr Höhepunkt riss sie mit sich fort, überwältigte sie mit jedem neuen Stoß. Nun sah ich, wie ihre Brüste sich bewegten. Im Liebestakt wippten sie mir ins Gesicht. Sie schwangen gleichmütig und schwer, demütig und hinnehmend, sie schwangen glockenhaft und heilig. Ihre großen, schönen, unschuldigen, neugierigen Brüste. Ich hatte sie nie so schön erlebt wie in diesem Augenblick, und ich verschmolz mit ihren Nippeln in einem ewigen Zungenkuss. Dabei spürte ich nichts als Marions Hingabe, ihre Genommenheit. Ich spürte die Tiefe, in der sie diese Erfahrung machte. Ich spürte die Unschuld, die sie schenkte, und ich spürte unsere eheliche Unschuld, die den Reiz erlebte, sich zu verlieren, um mit offenen Armen ihre Liebe zu erneuern.

Ich spürte, wie Moe plötzlich krampfte. Wie er an sich halten musste, sich beherrschen musste, um nicht seinen brodelnden Samen tief in Marion abzuspritzen. Also zog er seinen pulsierenden Schwanz aus ihrem Schoß heraus und hielt heftig inne. Marion sank nun mit einem abgrundtiefen Seufzer vor ihm zusammen und bettete ihr Gesicht auf meine Brust. Der Eindruck seiner sexuellen Stärke hatte sie geschafft.

Als der Atem in sie zurückkehrte, zog Moe sie mit sich die paar Schritte zu dem umgefallenen und verwitterten Baumstamm hin. Mit taumelnden Knien legte Marion sich nieder. Schmiegte sich an das glatte Holz, das der Helle ihrer Haut ähnlich war. Sie legte sich mit dem Rücken längst darauf, während Moe in der Hocke über den Baumstamm stieg, um Marion zu nehmen. Wie eine Gebärende stellte sie ihre Beine und öffnete sie. Wieder setzte Moe seinen kolossalen Schwanz an und suchte mit Mühe in ihre Enge zu dringen. Der Schwanz glänzte prall, seine Adern traten hervor wie unter Druck, unter Härte, er wirkte brutal in seiner Stärke, dämonisch geradezu. Der Schwanz wirkte viel zu groß für ihren schönen Schoß, er wirkte wie ein brachiales Gegengewicht zur Schönheit, zur Rundung und Güte dieses Schoßes, und ich wollte Marion zurufen, sie solle sich nicht von diesem Monsterding ficken lassen – aber ich spürte, dass dieser Ruf nur den Reiz erhöht hätte, es zu sehen. Ich wollte es erleben.

Marion bäumte sich auf. Sie riss den Mund auf zu einem einzigen Laut, der bis in die Baumwipfel stieß und die Vögel dort aufschreckte. Er klang wie ein Entsetzen über die eigene Geilheit und das eigene Verlangen, mit dem sie ihn zu sich rief. Moe drang tief in sie ein. Füllte sie ganz aus. Hielt einmal inne, erforschte ihr Gesicht. Als Antwort umschlang Marion ihn mit ihren langen Beinen und holte ihn noch tiefer in sich. Sich mühevoll zügelnd gab er ihrer gemeinsamen Lust wieder einen Rhythmus, bis er schließlich wieder in rasendem Gleichlauf war und stampfend einer Dampflok gleich seinen schwarzen Kolben in sie trieb. Als würde eine gewaltige Buschtrommel den Takt dazu schlagen, versank er stampfend in ihrem weißen Schoß. Die schöne Marion empfing den Riesenschwanz des schwarzen Kriegers in sich. Sie opferte sich lustvoll und verlangend uralter, archaischer, urwüchsiger Kraft und Macht.

Ich sah zu, mit welch satter Lust er sie bumste. Sein Atem wurde laut, er begann zu schnauben. Moe war wuchtig und unaufhaltsam, und gleichzeitig war er auch sanft und wie ein Tänzer. Marion war mitgerissen von diesem kraftvollen Akt, sie fiel in sein Stöhnen mit ein, ihre Hände krallten leidenschaftlich verzweifelt sich in seine muskulösen Schultern.

Marion hatte recht gehabt: Seit ich am See diese beiden Körper nackt zusammen gesehen hatte, war es die übermächtige Faszination des Gedankens, sie miteinander beim Sex zu sehen, es wurde meine Obsession, meine fixe Idee. Zu sehen, wie Moe sich mit seiner schwarzen Stärke Marions Schönheit bemächtigte, das war atemberaubend zu sehen. Es war eine kraftvolle Stellung, die etwas Derbes, Ungeschöntes hatte. Ihre ganze Ästhetik lag in der puren Kraft und ihrer Wirkung. Ich betrachtete das sagenhafte Liebesspiel von Schwarz und Weiß nun mit Abstand, als bloßer Betrachter. Staunte sie gefesselt an. Sie erlebten einander in der befreiten Wildnis ihrer Lust. Ihre Körper packten sich, ihre Kräfte griffen so geschmeidig und stark ineinander, dass sie mich nicht mehr bemerkten. Ich war nun wirklich reiner Betrachter und hatte alle Freiheit, mich zu entziehen – nur um sie anzusehen und mir das Unglaubliche ins klare Bewusstsein dringen zu lassen. Ich sah, wie der afrikanische Riesenschwanz meine Frau fickte, sie ausfüllte, sie ausschöpfte, sie zügellos beglückte. Ich erlebte, wie meine obsessive Bewunderung für Marions schönen Körper zur wahren Befriedigung kam. Es war, als ließe der Schwarze diesen schönen Körper nun seine einzige und wahre Bestimmung erleben. Es war ein nie für möglich gehaltener Reiz – es war brennende Erfüllung.

Ich spürte, wie es mich nun reizte, den beiden den Rücken zu kehren. Es reizte mich unwiderstehlich, mich zurückzuziehen und sie ihrem Akt zu überlassen. Es war das erregende Gefühl, in dieser Wildnis Marion Moe ganz zu überlassen, sie ihm ganz hinzugeben – sie ihm auszuliefern. Ich wollte ihrem Akt ein reines Eigenleben geben. Wollte ihn nun so erleben, als gäbe es mich nicht. Wollte es sehen wie es ist ohne einen selbst.

Deshalb entfernte ich mich leise. Verschwand durch Eichenblätter und Farngebüsch, bis ich sie nur noch hören konnte, mit ihren versunkenen, in die eigene Tiefe fallenden Stimmen. Sie klangen wie eine Vision. Ich bildete mir ein, dass mein dämonischer Wunsch, Marion mit unserem afrikanischen Freund beim Sex zu sehen, mit ihren bloßen Stimmen begann und sich dann zu Bildern steigerte. Ich war gierig, diesem Eindruck neu zu begegnen: Wie meine Frau sich in tiefster, wilder Natur einem Schwarzen hingab. Wie Tarzans reizvolle Jane, die von einem starken Wilden gefangen wird und seine sexuelle Überstärke erfährt – durchgefickt wird bis an den Rand von Besinnung und völliger Erschöpfung! Ich schenkte dem Teufel meine Seele, als ich den hohen, grünen, dschungelhaften Wildwuchs zur Seite bog und diese intime Stelle wieder sah.

Sie bemerkten mich nicht. Die beiden waren ganz auf sich fixiert und intensiv zugange. Ich blieb noch auf Abstand. Reizte mich an der pornografischen Perspektive, in der ich Marion nun sah. Die Lust, meine Frau einmal so zu sehen, tauchte mich in tiefe schwarze Befriedigung ein! Nie hatte ihre göttliche Schönheit mich so gepackt wie jetzt, da ich sie bei diesem exotischen Fick betrachtete. Mit ihrem schönen, vollen Körper lustvoll den starken, brutalen, gierigen Kräften des Dschungels hingegeben. Ich reizte mich an einer fantastischen Vorstellung, die ich mit dem Anblick der beiden gewann. Ich betrachtete sie durch die Blätter des dichten Adlerfarns und erregte mich daran, dass ich Marion und Moe verwegene Rollen gab. Sie wurden gleichsam zu fantastischen Gestalten, und ich sah sie wie in einer abenteuerlichen Geschichte. In Marion sah ich die Frau des Forschers, die sich gerade einem halbmenschlichen Monster hingab. Sie wand sich in einem atemberaubenden Akt unter der kraftvollen Lust der Kreatur. Die Kraft, sie wogte durch diese Vereinigung weißen und schwarzen Körpers. Die weiße Frau, sie atmete mit aufgerissenem Mund, den Kopf weit in den Nacken gelegt, stieß im Rhythmus der Bewegung erfüllte Schreie aus. Der überstarke

Schwanz des Monsters schöpfte ihren schönen Körper aus und durchdrang die letzten Winkel ihres Verlangens. Seine Macht herrschte in ihrer Tiefe. Die weiße Frau sah ihrem Beherrscher, ihrem naturhaften, wilden Bezwinger mit lustvollem Entsetzen in die Augen. Ihre Sinne taumelten, sie war kopflos geworden. Längst war sie unter seinen starken Händen weich geworden und wollte sich nicht mehr wehren. Sie war ihm ergeben. Sie war in jeder denkbaren Art und Weise überwältigt. Doch was hatte sie zu dieser völligen Umarmung getrieben? Vielleicht hatte die Kreatur des Dschungels ihre Geilheit angefacht. Oder aber der Forscher hatte ihr den Anstoß gegeben. Vielleicht hatten sie diese Kreatur erforscht und mehr wissen wollen, es hatte noch Fragen gegeben zur Sexualität. So hatte also die Frau des Forschers in einem unglaublichen Opfer für die Wissenschaft die Lust der Kreatur gelockt und gab sich dieser animalischen und überstarken Lust nun in der tiefsten und endgültigsten Wildnis hin. Sie hatte ihre Kleider abgelegt, um sich im Dienste der Forschung von ihr aufnehmen zu lassen. Sie schenkte ihren göttlich schönen Körper den Kräften der Wildnis. Es war gellende Erregung, die mich in dieser Vorstellung völligen Dschungels erfasste, die meinen Herzschlag zu einer Buschtrommel machte und mir wie tropisch heiße Luft den Atem verschlug.

Ich trat zu ihnen und kniete vor der archaischen, vollkommenen Natur ihres Aktes. Ich begann, mich zu reiben. Starrte sie an. Sie waren magisch. Moes Schwärze war wie der Schatten, den Marions Körper warf. Es war Entsprechung. Man spürte greifbar die Kraft der Anziehung. Es konnte nicht anders sein, als dass diese Körper sich fanden. Moes schwarze Sexkraft war die adäquate Antwort auf Marions üppig blonde Schönheit. Seit sie sich begegnet waren, stand diese Anziehung im Raum. Der Gedanke war leibhaftig geworden, da keiner von uns ihm hatte widerstehen können. Es war wie eine Sucht, deren Rausch man nur geahnt hatte, aber diese bloße Ahnung löste schon euphorische Benommenheit aus. Es war nicht anders, als ich es mir erträumt hatte. Eine andere Realität, unendlich weit von unserem Alltag mit all seinen Banalitäten und Tabus entfernt. Meine dunkle Sehnsucht hatte sich erfüllt. Marion ließ die Kraft eines anderen Mannes in sich herrschen. Sie ließ sich ganz darauf ein. Sie öffnete sich der wahrer Naturgewalt, die in Moes Sexualität lag. Sie ließ sich von unserem schwarzen Freund ficken, bis in die unberührtesten Tiefen ihres Innern hinein. Sie ließ es umso mehr geschehen, als Moe sich plötzlich mit ihr in den Stand erhob. Er trug sie auf seinen starken Armen. Eng saß sie nun Auge in Auge mit ihm auf seinen Lenden. Mühelos hob und senkte er sie in wilder Leidenschaft auf seinem Schwanz. Ganz drang er in sie ein, versenkte sich ganz in Marion, die sich in ihrer hilflosen Erregung in seine Schultern krallte. Nur seine Hoden hingen prall glänzend noch aus ihrer Vagina heraus. Still verharrten die beiden jetzt, dieses unglaubliche Gefühl erforschend. Auch wenn ich nicht wusste, wie sie dieses Wunder vollbrachte, aber Marion hatte diesen Riesenschwanz jetzt ganz in sich aufgenommen. Sie hatte ihn tatsächlich ganz weggesteckt. Erfüllt von seiner Kraft trug sie seine sexuelle Macht nun tief in sich. Es war etwas ganz Urgewaltiges darin. Es war wie ein Zeugungsmythos und ein Akt von archaischer Natur.

In meiner bunten und bodenlosen Fantasie sah ich Tarzans schöne Jane, die sich der dumpfen Sexkraft des gigantischen Wilden hingab, oder sie war die weiße Frau King Kongs. Es war Sex in Fantasy, bizarre Pornografie. Es war eine imposante Paarung, und ich war ihr in dämonischer Anbetung gefesselter Betrachter. Ich war der Naturforscher, der seine Frau in atemberaubender Mission sah. In wildem Sonnenlicht sah ich Marion, ihre ganze Schönheit, ihre helle Haut, ihr heiliger Schoß, diese blonden Flammen auf ihren Schultern, in Umarmung mit diesem schwarzen Giganten, der ihren Schoß wuchtig auf seinem gigantischen Schwanz trug. Er füllte sie mit seiner ganzen Macht. Ich sah, wie er sie beherrschte. Jetzt hob und senkte er sie wieder, schneller werdend. Er ließ sie brutal auf seinem Schwanz wippen. Ihre schönen, schweren Brüste nickten wie bewusstlos. Ihr Mund konnte sich nicht schließen und stand offen, als würde seine Macht emporstoßen bis in ihre Kehle. Sie war bodenlos, sie war schwerelos, sie schwebte. Marion erfuhr Moe in einem gleichsam narkotisierten und besinnungslosen Zustand. So, als hätte sie seine sexuelle Stärke wie eine Droge in sich. Wie ein süßes schwarzes Gift, das sie mit Wellen verbotenen Glücks durchströmte.

Sie lächelte mich rätselhaft an. Sie thronte auf diesem riesigen, tropischen Phallus, der sie in eine andere Sphäre hob.

»Genieß diesen mächtigen Schwanz in dir«, rief ich ihr innerlich zu, »er füllt dich aus wie ein Bewusstsein, er ist Stärke, Lust und Schmerz, er füllt dich aus, und du spürst dich wie noch nie zuvor! Die weiße Frau erlebt den tiefen Dschungel ihrer eigenen dunklen Natur. Mein Schatz, genieß diesen mächtigen Schwanz in dir!«

Sie las es von meinen Augen ab, schwach lächelnd. Ihr Kopf sank zur Seite, aber sie hielt mit letzter Stärke fest meinen Blick, als wäre es für sie der einzig mögliche Bezug, der Rettungsanker, sich nicht in der gierigen Raserei zu verlieren. Ich spürte darin, wie sehr ich in ihrem Leben war, ich spürte, wie sehr sie mich liebte. Wir verbanden uns zu einem ewigen Moment. Wir erlebten gemeinsam Marions Genommenheit. Sie ließ nun ihren Kopf in den Nacken fallen, um dieser Kraft auch den Rest ihrer Sinne hinzugeben.

In diesem Moment, als Moe sie ganz und gar nahm und

nichts mehr blieb, was sie noch aufnehmen konnte, da war Marion mir so groß wie noch nie. Es war ihre ganze Schönheit, es war ihr ganzes Frausein, das sich nun ausschöpfte und nach außen kehrte. Es war das Weibliche in einer höheren Dimension, als ich sah, dass sie diesen starken schwarzen Schwanz ganz in sich aufgenommen hatte und nun mit sinnlicher Benommenheit in ihrem schönen Schoß trug. Es war etwas Großartiges. Sie hatte ihn vollends in sich aufgenommen, sie umschloss ihn. Sie zu sehen, begeisterte mich wie wahnsinnig. Während sie standen, kniete ich, und dass ich sie in dieser Haltung anbetete, war mir bewusst. Ich kniete vor dem Altar, auf dem wir gerade unsere eheliche Unschuld verloren. Ich betete diesen Akt verbotener Paarung an. Starrte ihn an, während ich mich begierig rieb. So wie ich die Schönheit von Marion anbetete, so betete ich nun diesen Akt von Marion und Moe an. Schwarz und Weiß, erotisches Urbild und Tabu, sie erschufen und brachen es. Ich dachte wieder an den König Kandaules. Wahrscheinlich war es das, was ihm gefehlt hatte, um die Schönheit seiner Frau ganz fassen zu können. Dass er sie einmal beim Akt sah. Dass er ihren schönen Körper einmal leise und unbeteiligt betrachten konnte. Ihn auf sich wirken lassen konnte, und dass er ihr dabei in die Augen sah und dass sie sich dabei in ihrer tiefsten Lust, in ihrer undenkbarsten Fantasie begegnen konnten. Und dass er erlebte, wie sie durch ihn ermutigt und durch wahre Liebe bereit aus sich herausging und sich hingab, ihre Grenzen erweiterte und ihr Frausein ganz ausschöpfte.

Marion atmete in ruhigen, tiefen Schreien ihrem nächsten verzehrenden Höhepunkt entgegen. Die Stärke des schwarzen Mannes durchwirkte sie. Er wiegte sie auf seinem starken Schwanz. Überwältigt von diesem Akt, der nun leibhaftiger als alles andere in dieser Welt war, kniete ich mich hinter Marion und streckte die Arme in purer Anbetung empor. Ich umfasste ihren Schoß, ich formte ihn mit meinen Händen und betete ihn gleichsam an. Sie hatte Moe in sich aufgenommen, sie trug ihn, wie auch er sie trug. Die beiden waren in eine andere Dimension aufgestiegen, in der ich sie nur noch bewundern und anbeten konnte.

Moe trug Marion auf seinen Lenden, und sie hielt ihn mit ihren Füßen umschlungen. Er hatte sie lustvoll und kraftvoll gepfählt. Nun brachte er sie wieder zurück zu dem nackten, glänzenden Baumstamm. Mit all seiner Sanftheit legte er sich auf dem Baumstamm nieder. Marion saß nun auf ihm drauf wie eine Reiterin. Moe hielt sie an der Taille, dann bewegten seine großen schwarzen Hände sich und ich sah, wie sie Marions schönen Körper erkundeten. Unter ihrem Gesäß glänzte die Breite seines Schwanzes. Er bewegte sich unter ihr wie ein Erdbeben, und sie schaukelte benommen auf ihm. Ihre prachtvolle Titten sahen ebenso ohnmächtig wie glücklich aus. Diese lautlosen, samtenen Glocken schwangen in ihrer Willenlosigkeit wundervoll dahin. Ihr ganzer Körper weinte vor Schweiß. Aus ihrem weit geöffneten Mund taumelten Schreie, die lustvolle Intensität kaum noch ertragend. Und dann hob der schwarze Gigant sie wieder an, er stand auf und trug Marion mit sich empor. Er legte sie nun auf ihren Rücken ab, blieb dabei in ihr und bumste sie noch für Momente. Er schwang ein und aus mit ruhiger Urkraft, rhythmisch, er schnaubte dabei in seiner ganzen männlichen Wildheit, aller Zivilisation beraubt, während Marion ihm antwortete mit einer erregend fremden Stimme, die aus ihren tiefsten Gründen hallte. Marion lag da wie in einem heißen Fieberschlaf, wie in ein seliges Delirium gestürzt, mit den Händen blind nach Halt suchend, während ihr Körper bebte.

Moe stand breitbeinig da, sein gewaltiger Schwanz fickte sie in fast gleichmütigem Takt. Ich sah, wie das Innere ihrer Schamlippen sich weit nach außen stülpte, wie dieser ‚Über-Phall' sie dehnte, als seien sie aus Gummi. Dann aber zog er sich aus Marions Schoß zurück. In seliger Erschöpfung ließ sie langsam Arme und Beine zu Boden sinken, er schien sie erfüllt zu haben bis in Brust und Kehle.

Jetzt machte er ihre Füße erneut zu den Objekten seiner Leidenschaft. Er fasste sie, naschte sie, liebkoste sie in maßlos liebevoller Gier mit seinen Lippen, mit seiner Zunge, seinem ganzen Mund. Marion gab sich diesem Spiel hin. Erneut bereit zu einem Höhepunkt griff sie sich zwischen die Beine und rieb sich in radikaler Zärtlichkeit, bis die rhythmische Klage ihres Atems erhört wurde und sich in einem letzten, alles erschöpfenden, gesanghaften Laut verkrampfte und erlöste.

Moe führte Marions Füße zusammen, als wären es Hände. Er führte sie so zusammen, dass sie seinen Schwanz umarmten. Moe war fixiert auf die Schönheit ihrer Füße und befriedigte sich daran. Er schob seinen kolossalen Schwanz zwischen ihnen hindurch mit einer Inbrunst, die nur er verstand. Er fand seinen ganz eigenen Reiz daran, genoss ihn, gab sich ihm ganz hin.

»Das ist so gut!«, sang er rauschhaft, und es dauerte nicht lange, da stimmte er aus tiefster Seele einen Schrei an, der heraufzog und durch seine Brust dröhnte, als ließe er den Boden beben, den Dschungel, und der sich in einem langen, erschöpfenden Laut befreite. Der schwarze Gigant bäumte sich getroffen auf. Es packte ihn wie ein kolossaler Krampf. Sein riesiger Lustmuskel reagierte heftig. Er zuckte auf, dann, wie die klebrige Schleuderzunge einer Echse, schoss der Samen hervor. Er schwappte mit explosiver Kraft heraus. Klatschte wie Schläge auf Marions Titten nieder. Der Samen schlug in einem schweren, gekrümmten Bogen auf sie, er brach aus Moe heraus und über Marion herein. Dieser krampfartige Schwall wiederholte sich in Sekunden drei oder vier Mal. Marion hatte eine gewaltige Quelle entdeckt und erntete nun die Flut. Es war für jeden von uns der absolute Reiz, wie Moe angespannt aufgerichtet dastand und auf Marions schöne Haut abspritzte. Wie er alles aus sich herausholte, um es ihr zu geben. Es war eine hundertfache, eine sagenhafte Menge, sie entsprach der Mächtigkeit seines Schwanzes. Es war eine solche Menge, dass Marions ganzer Körper damit bedeckt war. Es lag Brutalität und zugleich Segen darin. Es klatschte nass auf Marion, von ihrem Hals bis herab unter ihren Nabel, wo der Orgasmus endete, er machte ihren Schoß zu einem wahren Flussbett seines Samens. Es kostete ihn die letzte Kraft. Im Gesicht gezeichnet von einer Art glücklicher Qual, sank Moe nun in sich zusammen wie ein platter Autoreifen. Nun der tief vertraute, der innige Freund unserer ehelichen Liebe, schrumpfte er hin, umarmte dabei Marions Füße und legte sein Gesicht auf diese Fixpunkte seiner Begierde. Dann schloss er die Augen in tiefer, zufriedener Erschöpfung. Es sah aus, als wäre er langsam und glücklich gestorben.

Marion sah ihm zu und lächelte. Sie streichelte ihn liebevoll. Es war eine Berührung, die uns miteinander verband, es war die größte Nähe, ein völliges Einverständnis, ein Gefühl von grenzenlosem Vertrauen und eine Harmonie, ein Einklang, der geradezu vibrierend in der Luft lag – es war, als hätte Naturgewalt eine Kugel erschaffen, die nun durch die Zärtlichkeit der Hände vollkommen geglättet wurde.

Wir waren von Worten noch weit entfernt. Marion lag da in gestillter Atemlosigkeit. Sie hatte ein ganz eigenes Lächeln. Sie blieb in einem Zustand, der nicht von dieser Welt war. So sah sie mich an. Eine vertraute Ewigkeit lang. Irgendwann hob sie ihre besudelten Brüste an. Wölbte sie in lustvoller, heißer, geiler Erschöpfung. Wo die Brüste in ihrer satten und zarten Schwere zur Seite neigten, mit bis zur Wundheit geschwollenen Spitzen, da rann Moes Samen herab. Er fiel herab und tropfte auf die Erde, als würde etwas keimen und wachsen wollen, als würde diese Fruchtbarkeit der Wildnis neue Kraft geben.

Fasziniert betrachtete ich diesen zähen, aber rinnenden Erguss auf dem Körper meiner Frau. So stand ich vor ihr und rieb mich. Ich zögerte es heraus. Weidete mich an dem Anblick. Badete in dem Eindruck, der sich in mich eingebrannt hatte. Marion, die Moes ganze Stärke und den ganzen Drang seiner Begierde in sich aufgenommen hatte, das war ultimativ. Sie hatte sich von diesem afrikanischen Riesenschwanz so restlos ficken lassen, dass es dazu keine Steigerung gab. Ein ekstatischer Akt, großartig und kostbar und ein überragendes Glück für jeden von uns. So gab ich schließlich meinen Saft dazu. Ich kam mit einer solchen Intensität und Kraft, dass es mich fast vom Boden hob. Ich spritzte ab auf die stark atmenden Brüste meiner Frau, und blieb stehen bis zur letzten Zuckung. Dann sank ich abwärts auf die Knie. Marion lächelte. Sie legte auch mir die zärtliche Hand ins Haar. Marion lag da und lächelte in satter Erschöpfung. Sie wirkte wie nach einer Geburt. Unsere tiefste Fantasie war zur Welt gebracht. Konnten wir damit leben?

Warm und vertrauensvoll hielt Marion meinen Blick. Und sie begann, mit ihren Fingern ihre Haut zu streicheln. Sie war so sinnlich und wundervoll, sie lag erfüllt da, in einer geradezu göttlichen Natürlichkeit. Sie lag da in ihrer ganzen Hingabe und Wärme, sie schien alles zu umarmen. So strahlte sie tief aus sich heraus etwas Wunderbares aus. Lächelnd, mit ihren streichelnden, kreisenden Fingern rührte sie mein Sperma in das Sperma von Moe, sie vermengte es und verteilte alles auf sich. Sie bestrich sich mit unserer sämigen Fruchtbarkeit, sie genoss es in tiefer, weicher Selbstvergessenheit. Dann wurde sie intensiver und rieb sich nun mit ihren Handflächen ein, bis ihr kompletter Rumpf in Sperma glänzte. Sie lag auf dem glatten Stamm in einem Sonnenstrahl, und ihr Körper war süßer, lebendiger Glanz. Marion lag da wie in Zucker gegossen. Mit diesem Glanz hatte sie eine neue Vollkommenheit für mich erreicht. Nie zuvor hatte ich sie so schön gesehen. Und dass ich dabei auf Knien vor ihr war, das war reine Anbetung. Ich hatte vorher nicht gewusst, ob es so sein würde. Aber es war so. Und es war stärker, als es sich erträumen ließ.

17

Am nächsten Morgen erwachten wir, noch im Schlaf einander ganz nah. Wir begrüßten uns mit einer stillen, verschlafenen Zärtlichkeit und Innigkeit.

Irgendwann schlüpfte Marion aus dem Bett und ging kurz duschen. Als sie wiederkam, lag ich mit aufgestütztem Kopf im Bett und sah zu ihr. Mit weichen, schweigsamen Schritten kam sie auf mich zu. Ich setzte mich auf die Bettkante, um meine Frau in meine Arme zu nehmen, umfasste ihre Taille und legte meinen Kopf an sie. Marion lächelte. Sie blieb vor meiner Seite des Betts stehen, und sie umarmte meinen Kopf und legte ihr Gesicht in mein Haar. Ich schloss meine Arme und Hände stärker um ihre Taille. Wir hielten uns liebevoll fest. Irgendwann trat sie einen Schritt zurück, als wollte sie mir ihren Anblick schenken, und sie öffnete den weißen Bademantel und ließ ihn bereitwillig fallen. Ich sah sie an. Ihren reich geformten Körper. Ihr Schoß schien mir größer, wärmer und fraulicher zu sein als jemals zuvor. Ich sah die vollendete Frau. Ihre Schönheit hatte sich erfüllt an der Fantasie, die wir gewagt hatten, Wirklichkeit werden zu lassen. Eine herrliche Vollkommene sah ich in ihr. Der ‚Sünden-Phall‘, dem sie sich hingegeben hatte, er hatte sie auseinandergenommen und neu zusammengesetzt. Ich spürte, dass Marion etwas von ihrer Unschuld verloren hatte – und ich mit ihr – aber ich spürte auch, dass sie mir dadurch noch kostbarer geworden war. Sie hatte an Erfahrung gewonnen. Und das strahlte sie aus. Sie war jetzt die vollkommene Frau. Es war, als hätte ihre Schönheit sich gefunden. Es war, als hätte ihr Reiz, den ich nie ganz hatte begreifen können, sich an der Wirklichkeit bestätigt. Ich konnte das Gefühl greifen und in Worte fassen. Als könnte ich meine Frau nun erst fassen.

So streckte ich meine beiden Hände nach ihr aus. Ich berührte sie und spürte, dass sie in ihrer Nacktheit jetzt noch bedeutungsvoller und begehrenswerter für mich war. Nun hatte diese wundervolle Sündigkeit, die in Marions Nacktheit lag, ein umso stärkeres Gewicht. Ich empfand ein neues Maß ihres unglaublichen Reizes, ihrer göttlichen Begehrbarkeit und betete sie umso mehr an. Ich fühlte mich noch stärker mit ihr verbunden. Diesen ‚Sünden-Phall' zu erfahren, hatte uns nicht gespalten. Ich spürte nur den glücklichen Zustand von Spannung, die durch das entstand, was geschehen war.

In dieser Spannung war der Reiz, mit Marion Sex zu haben, unwiderstehlich. Ich streichelte über ihre Haut. Ich küsste ihren Körper. Ich legte meine Lippen geöffnet an ihre übervollen Brüste, als würde ich von dieser drallen Zärtlichkeit trinken können. Marion wurde von ihrem eigenen Lächeln durchströmt, so wie sie am Tag zuvor lächelnd der Berührung unseres Freundes zugestimmt hatte und ihn aufgenommen hatte in ihre Aura, ihre frauliche Wärme. In einer Art sanfter, zärtlicher Weisheit hatte sie Moe das Heiligste betreten lassen und ihn in unsere Intimität eingelassen.

Nun ließ sie sich langsam in meine Hände fallen. Sank zu mir herunter und ich zog sie zu mir ins Bett. Wir begannen, einander begierig zu nehmen, voll von neuem, gestärktem Hunger und Durst. Wir durchlebten das Ereignis des vergangenen Tages erneut in unseren Gedanken und erlebten, wie reich es unser Liebesleben machte. Wir sprachen jetzt nicht darüber. All das lag nur in unserer Bewegung und unserer Berührung. Unsere Gedanken waren zu einem einzigen verbunden. Wir hatten eine neue Stufe erreicht: Erst hatten wir gelernt, uns beim Sex alles zu sagen, um uns zu verstehen, und jetzt verstanden wir uns schweigend. Wir würden noch reden, aber nicht jetzt. Jetzt wollten wir nur spüren, was die neue Erfahrung mit uns machte. Und sie war stark. Sie war so stark, als wäre unserem Körper eine neue Art gegeben worden, sich zu bewegen.

Der Zustand von Spannung, der durch das Ereignis des vergangenen Tages entstanden war, bewegte uns, ließ uns nicht in Ruhe. Wir spürten ihn den ganzen Tag. Es war ein schönes, ein bereicherndes und erfüllendes Gefühl. Es bewegte uns anders als die Unruhe des Vortages, beherrschte uns aber ebenso sehr, dass die Verrichtungen des Alltags genauso nebensächlich an uns vorübergingen. Das Ereignis unserer Dreieinigkeit durchstrahlte uns geradezu.

Als am Abend das klare Licht der Sonne in glühende Farben zerbrach und es war, als würde unser klarer Verstand in einzelne warme Emotionen auseinanderfallen, da erwachte in Marion und mir wieder die Lust. Als ich am Schreibtisch saß, kam sie mit nackten Füßen zu mir geschlichen.

»Zeig es mir«, sagte sie anschmiegsam, »zeig mir dieses Bild von Moe und mir.«

Sie meinte das Bild, das ich gemacht hatte, als Moe sie an dem See aus dem Wasser trug, sie nackt auf seinen starken schwarzen Armen trug und unter ihrem Schoß Moes kolossaler Schwanz baumelte.

»Ich kann gar nicht glauben, dass ich den in mir hatte, so ein großes Ding, ganz und gar in mir drin«, sagte sie.

»Dieser riesige afrikanische Schwanz ... Wie hast du den bloß weggesteckt?«, meinte ich ungläubig und bewunderte sie.

Sie zuckte die Schultern und erklärte lakonisch lächelnd: »Die Geheimnisse einer Frau sind tief ...«

Wir sahen uns mit brennendem Blick ins Gesicht. »Wie ist es jetzt? Kannst du noch spüren, dass dieses Ding dich gefickt hat?«, wollte ich wissen.

»Ja, ich spür ihn noch in mir. War wohl doch eine Nummer zu groß und zu stark für mich. Aber ich wollte ihn unbedingt spüren, ihn in mir haben. Und die Dehnbarkeit meiner Scheide hat mich angenehm überrascht ...«

»Ich hab ja gesagt, du schaffst es«, meinte ich.

»Ohne dich hätte ich es nie geschafft, mein Engel. Du warst bei mir. Deine Lust und dein Wunsch und deine Liebe, die haben mich getragen und mir die Kraft gegeben!«

Da spürte ich es wieder: dieses Spannungsfeld von Lust und Liebe. Dass es ohne Liebe diese atemlose Lust nicht gegeben hätte und ohne Lust nicht dieses Bewusstsein und starkes Empfinden von Liebe. Ich spürte, wie beides sich bedingte und verstärkte. Diese scheinbaren Gegensätze reizten sich aneinander.

Ich spürte die Erregung wie elektrischen Strom durch meinen Körper fließen. Es war ein todsicherer Reiz. Diese obsessive Lust, Marions Schönheit im ultimativen Kontrast mit dunkler Haut zu erleben. Ich sah sie vor mir, sah, mit welcher Hingabe sie ihren schönen Körper hatte von dem anderen Mann nehmen lassen, und all das, was ich in ihr spürte, ihre Zärtlichkeit und Wärme, ihre Leidenschaft und Kraft, wurde durch dieses Übermaß an Akt noch plastischer für mich. Mein obsessiver Sinn für die Schönheit meiner Frau war durch diesen exotischen Fremdfick brutal befriedigt worden.

»Es war so stark«, sagte ich und meinte es in jeder Art und Weise.

Marion nickte verstehend und streichelte mich in völliger Liebe. Vielleicht auch so, als würde sie dabei eine Wunde streicheln. »Keine schlechten Gefühle?«, fragte sie in ihrer Sanftheit. »Keine Verletzung oder Eifersucht oder Angst vor Verlust?«

»Nein«, sagte ich lächelnd, »nichts davon.«

»Dieser afrikanische Riesenschwanz hat alles in mir beherrscht und erfüllt. Er hat mich restlos besessen. Du hast es gesehen. Du hast mich schreien hören. Er hat mich in meinem tiefsten Innern getroffen und mich ans Licht gerissen. Er hat meine Lust brutal entblößt. Hast du es wirklich ausgehalten, das zu erleben?«

Ich schwieg einen Moment. »Es war das, was ich erleben wollte«, sagte ich, »ich empfand die Dramatik, die darin lag, vielleicht sogar die Tragik. Es war so heftig, und ich war atemlos. Ich war wunderbar schockiert. Es war genau das, was ich einmal erleben wollte. Es war mein tiefster Wunsch.«

Marion lächelte. »Das ist gut«, sagte sie, »das ist gut.« Und nach einer schweigsamen Weile, da sagte sie eindringlich: »Du musst wissen: Du bist für mich alles. Mehr will ich nicht. Du genügst mir. Und jetzt, jetzt bist du für mich noch mehr, als du es jemals warst …«

»Ich weiß. Ich spüre es in dir. Alles ist gut. Mach dir keine Gedanken. Du denkst zu viel an mich.«

Sie erwiderte darauf liebevoll und lustvoll: »Aber das ist der Punkt. An dich zu denken, erregt mich. Es ist mein Kick. Dass du da bist. Dass du zusiehst. Ich will dir in die Augen sehen dabei. So, wie du mir in die Augen sehen willst.«

»Ja, das ist es«, gestand ich, »das ist etwas, wo wir uns im Absoluten miteinander verbinden. Als würden die Blicke sich begegnen in Gestalt von Flammen und als würde man verschmelzen dabei.«

Marion ließ ihre Finger spielerisch über mein Gesicht gleiten. »Als ich mich von Moe nehmen ließ, da hoffte ich, dass es recht heftig sei mit ihm. Ich hoffte, dass er nicht zu sanft wäre und mich richtig bumsen würde, bis ich stöhne und schwitze und schreie und bis ich nicht mehr kann. Vielleicht, weil ich es gebraucht hab, so einen starken, extremen Fick, vielleicht, weil mein Körper so eine Härte einmal hat spüren wollen, um sich und seine Grenzen zu entdecken. Aber vor allem, damit ich dir in meiner tiefsten Hingabe begegnen konnte. Nur damit du mich erleben kannst, wenn ich mich völlig erschöpfe …«

Ich hörte ihr zu und konnte nicht mehr atmen dabei. Das, was mich erregte, packte mich so stark. Ich konnte nichts sagen.

»Und, siehst du etwas?«, fuhr sie fort. »Jetzt geht es um Sex, und wir können darüber reden, ohne Sex dabei zu haben. Wir haben uns wieder ein Stück weiterentwickelt!«

»Ja«, sagte ich und sah ihr nach, wie sie mit ihren schönen, breiten Schultern und ihren großen, nackten Füßen davonschlich. Ich blieb noch eine kleine Weile am Schreibtisch sitzen. Über die Dämmerung da draußen kam nun rasch die Dunkelheit.

Mit einem Mal rief Marion aus dem Schlafzimmer nach mir. Ich ging hinüber und trat ein in ein dunkles, fast unbekanntes, brennendes Licht. Marion hatte das ganze Zimmer mit edlen, langstieligen Kerzen geschmückt. Der Glanz dieses filigranen Feuers war traumhaft. Er hatte tiefe Romantik und etwas fast Spirituelles. So hatte Marion mich noch nie empfangen. Sie trug ein langes, weißes Dessous, einen hauchdünnen und durchsichtigen Stoff, der an der Taille eng war. Die Atmosphäre war ebenso feierlich wie verführerisch. Mir war klar, dass es darum ging, uns selbst zu feiern.

»Nun lass uns mal zusammen eintauchen in uns selbst!«, schnurrte Marion. Sie streifte das sexy Unterhemdchen wie eine

Feder von sich. Auf ihrer glatten, warmen Haut spiegelte sich dieser dämmrige Glanz der Kerzen. Er spiegelte sich in ihrem Blick und in ihrem Blond und auf der satt ausgewölbten Fülle ihrer Brüste, die mich prangend und liebevoll ansahen, mit einer heiligen Lust zu leben. Dieser Glanz spiegelte sich im ganzen machtvollen Ausdruck ihrer sinnlichen Sanftheit. In diesem Licht hatte ich meine Frau noch nie gesehen. Sie war unbeschreiblich schön. Seit Ebenholz und Elfen-Bein hatte diese Schönheit einen neuen, erfrischten und verstärkten Glanz. Meine Frau zeigte mir ihre ganze Herrlichkeit. Ich begriff, wie sehr sie das Geschenk war, das das Leben mir machte. Der Blick, der uns nun verband, war das Gefühl von Glück.

Marion schmiegte sich aufs Bett und wandte mir ihren Rücken zu. Die sanfte Muskulatur schimmerte in den weichen Bewegungen des schönen Körpers. »Streichle mich!«, verlangte sie.

Ich hätte nicht widerstehen können, mich ihr zu nähern, und ich legte meine Hände auf sie und glitt mit meinen Fingern gleichsam über eine warme, göttliche Statue. Ich massierte ihren schönen Körper mit Fingerspitzen und konnte mich nicht sattsehen an dem glänzenden Geheimnis ihrer Haut. Marion gab Laute des Wohlgefallens von sich. Ich formte sie mit meinen Fingern und Händen. Es war mir, als würde ihr Körper mir antworten in einem besonderen Ton, einer wundervollen Resonanz. In der Luft lag eine vibrierende Harmonie, ich beschwor sie und spürte auch, dass in ihr etwas nachwirkte. Wir waren allein und waren doch noch verbunden mit Moe. Als beschworen wir wieder den gleichen Einklang herauf. Marion lag da und breitete ihre Glieder immer entspannter aus. Ich streichelte sie intim, berührte sie hypnotisierend, während ich ihre glänzende Schönheit gebannt erlebte.

»Hör nicht damit auf!«, schnurrte sie. »Das ist so gut!«

»Gleich bist du eingeschlafen«, meinte ich verschmitzt.

»Wenn du wüsstest!«, und ihr Arm griff mich am Hals und zog mich auf sich. Wie in einer fließenden Bewegung kam ich aus meinen Kleidern und legte mich auf Marion und drang in sie ein. Ich lag der Länge nach auf Marions warmem Rücken. Es war diese Stellung, die ich so liebte. Ich konnte Marion spüren von den Zehen bis in die blonden Spitzen, konnte sie der Länge nach berühren und ihre schöne Haut und ihre sanfte, warme Muskulatur fühlen, konnte sie mit meinen Händen umfassen, während ihr Schoß sich an meine Lenden drängte. So spürten wir einander, intensiv und innig. Marion ließ mich tief und erfüllend in sich hinein. Ich bewegte mich mit ihr. Sie fasste mich packend ins Haar, während sie sich mit der anderen Hand die Spitze ihrer Vagina bis zur Weißglut rieb. Ich erlebte einen berauschenden Taumel. Was ich berührte und spürte, bewegte mich nun gemeinsam mit meinen Gedanken und Bildern. In mir drehten sich die unglaublichen Eindrücke des vergangenen Tages. Sie schraubten sich aus der Erinnerung empor, und ich hörte dazu Marions ekstatische Stimme, ich hörte ihre tiefen und erfüllten Schreie und ihre bodenlosen Worte. »Er zeigt mir die Grenze dessen, was ich nehmen kann! Er gibt sich mir ganz zu spüren. Ich spüre mich, wie ich mich noch nie gespürt hab, er öffnet die letzten Winkel meines Körpers, er schöpft mich ganz aus!«

Diese unglaubliche Perspektive, sie war der freie Fall. Es hatte sich in mich eingebrannt, meine Frau mit dem schwarzen Mann zu erleben. Zu sehen, wie sie ihren schönen Körper von der schwarzen Kraft durchpflügen ließ und sich dabei in ihrer Hingabe beinahe auflöste, so radikal und absolut ließ sie sich darauf ein. Etwas, das mich nie mehr loslassen würde, ich würde es nie mehr verlieren, ob ich wollte oder nicht. Auf unserem Weg in urgründige, magmatische Gewölbe, in schweflige, berauschende Finsternis, hatten wir jetzt die Tiefe endgültig durchbrochen, ins pure Feuer hinein. Wir hatten das Tabu berührt und gebrochen. Den totalen Kick gespürt. Meine größte Faszination hatte sich befriedigt.

Als unser Verlangen gestillt war, da lagen wir nebeneinander auf dem Bett. Wir hörten dem lautlosen Feuer der Kerzen zu und starrten entspannt in unseren unwirklichen Raum.

»Ich kann noch kaum glauben, dass wir's getan haben«, sprach Marion plötzlich in die Stille.

»Es hat so sein sollen«, sagte ich, »ich denke, es war uns vorbestimmt, weil es der Wunsch von jedem von uns war. Es war eine Anziehung, der wir uns einfach nicht entziehen konnten, eine Art menschlicher Magnetismus. Es hat eben alles zueinandergepasst, wir alle drei. Es war eine Konstellation, ein Übereintreffen, ein Zustimmen aller, eine besondere, zufällige glückliche Fügung. Wir haben uns gegenseitig das erfüllt, was wir tief in uns gewollt haben, was wir begehrt haben …«

Marion sah mich an. Sie war nun aufgestützt auf einen Arm und über mich gebeugt, und ganz schweigend, selbstvergessen und voller Liebe streichelte sie Strähnen meines Haars. Stark wie eine Löwin betrachtete sie mich, mit zufriedener Nachdenklichkeit. Und immer wieder senkte sie ihre Lippen und küsste in tiefer Versunkenheit und Zärtlichkeit meine Stirn, meine Augen, meine Wangen und Lippen.

»Das ist wie ein Traum«, sprach sie in rauchigen, verschleierten Worten, »ich meine dieses Gefühl, dass es zwischen uns nichts Trennendes gibt, nichts hinter unserem Rücken, keine Geheimnisse, nichts nicht Gewagtes oder Zurückgehaltenes … Das ist gut, dass wir so offen sind. Uns alles sagen können, alles gestehen und uns meist einfach wortlos verstehen. Dieses Gefühl von Vertrautheit, dass wir uns gegenseitig so offenbaren in dem, was wir fühlen und wünschen …«

»Ja«, sagte ich, »jetzt wissen wir, dass es so ist.«

»Vielleicht haben wir es auch vorher schon gewusst«, erwiderte sie, »dass wir überleben, was andere Paare trennen würde.«

»Wir müssen es gewusst haben«, stimmte ich ihr zu, »sonst hätten wir es doch niemals gewagt und damit unsere Ehe aufs Spiel gesetzt, glaub ich …«

Später las ich irgendwo, dass Paare, die auf diese Weise Gemeinsames wagen, meist eine besonders stabile und langlebige Partnerschaft haben. Es kam mir vor, als hätten wir die Quadratur des Kreises geschafft. Als hätten wir den Gordischen Knoten durchtrennt, den Schlüssel zu einer schier unlösbaren Aufgabe entdeckt. Wir hatten den natürlichen Gegensatz von Treue und Lust überwunden und waren daran gewachsen. Ich wusste, dass nichts so wichtig war wie die Treue, ich wusste mehr als andere, wie sehr ich in ihr Halt fand. Aber Treue bedeutete eben auch, dass man nie mehr eine neue, frische Lust erleben wird, dass man nie mehr erfahren wird, wie ein unbekannter Mensch sich anfühlt und dass man das Gefühl hat, all das zu verpassen.

Marion und ich aber hatten einen anderen Menschen in unsere Lust aufgenommen, wir hatten einen Gast in unserer Intimität gehabt. Wir spürten nun, dass unsere Liebe daran gereift war. Es hatte unser Band stärker gemacht, es hatte uns ganz in der Tiefe miteinander verbunden.

Marion sagte: »Es hat uns reicher gemacht. Es hat uns Möglichkeiten eröffnet oder Unmöglichkeiten ausgelöscht. Wir haben eine bedingungslose Partnerschaft. Nichts bleibt übrig, das wir nicht teilen. Nichts bleibt unerfüllt, wenn wir nicht wollen. Keine Sehnsucht, die schmerzt, weil sie nicht lebt. Das Gefühl von ungelebtem Leben gibt es nicht mehr. Mein Schatz, du Liebe meines Lebens, wir sind uns in unserer tiefsten Lust begegnet. Ich habe mich hingegeben, ich habe mich begehren und nehmen lassen, und du hast mir zusehen, weil es dein tiefster Wunsch war. Wir haben nicht unsere Augen geschlossen. Wir haben uns dabei angesehen. In diesem Moment sind wir miteinander verschmolzen und eins geworden!«

Marion und ich, wir waren uns am tiefsten Punkt mit offenen Augen begegnet. Es war eine radikale, eine harte und gewagte Offenheit. Wir hatten uns nicht nur eine undenkbare, fast verbotene Fantasie gestanden, sondern wir hatten sie auch zur gemeinsamen Wirklichkeit gemacht. Konnte es eigentlich einen größeren Beweis von Liebe und Treue geben?

»Dich so zu erleben, in deiner totalen Lust und deiner totalen Hingabe …«, sagte ich.

»Dass du es erlebt hast, das war mein Kick. Dass du da bist und mich siehst dabei. Nur dadurch konnte ich mich so hingeben. Meine ganze Lust findet sich nur durch dich. Du in deiner Weise, mich zu sehen, du hast mich verwandelt. Die Heilige und Hure, die hast du in mir entdeckt und gelockt und hervorgeholt. Vorher war da quasi nichts. Vorher, da war das alles begraben, ohne je gelebt zu haben …«

Wir sahen uns an. Sahen, dass wir uns bei diesen Worten der Wahrheit näher waren als je zuvor. Und dann sprach Marion weiter: »Seitdem wir tun, was andere sich verbieten, liebe ich dich noch mehr. Ich sehe dein Vertrauen in mich und in unsere Partnerschaft, wenn du mir deine Fantasien preisgibst. Und ich sehe, wie sehr ich dir vertrauen kann. Ich habe das Gefühl, ich kann dir alles anvertrauen, was da an Wünschen und Begierden in mir ist. Weißt du, was das bedeutet? Es bedeutet, dass ich mit keinem anderen Mann so glücklich sein kann. Ich weiß, du hast manchmal Angst, mich zu verlieren, weil du mich so sehr liebst und vergötterst und dich selbst nicht hoch genug stellst. Das ist ein wenig tragisch. Ich habe dich immer geliebt, und deine Angst, sie war immer ohne Grund. Aber jetzt hab ich so ein Gefühl, dass es wirklich nichts mehr geben kann, was uns noch trennen kann. Seit es Frühling ist, hat sich unsere Beziehung so unfassbar vertieft. Wir haben einander Dinge gesagt, die so geheim waren, dass wir sie selbst nicht wussten.«

»Wir sind zusammen ins Dunkel gegangen«, stimmte ich ihr zu, »in eine Tiefe hinein, in der wir kaum sehen konnten. Und dabei haben wir uns immer an der Hand gehalten.«

»Das hat unser Band so stark gemacht«, sagte sie, »ich weiß jetzt mehr denn je, dass wir zusammengehören und dass wir immer zusammen sein werden. Es ist Gewissheit, dass unsere Beziehung nie dadurch getrennt werden wird, dass ich dem Reiz einer Fantasie nachgeben will und eine neue Erfahrung mache. Dich zu hintergehen oder dich zu verlassen, das wäre so absurd. Ich brauche dich. Du musst da sein. Von dir hängt alles ab!«

»Und ich von dir«, sagte ich ernst.

»Wir sind wie ein Spiegel für einander. Wir bestehen dadurch, dass wir uns sehen«, formulierte sie poetisch, »einer erregt den anderen. Reizt ihn. Lockt ihn heraus. In mir haben so starke Gelüste und Sehnsüchte geschlummert. Du hast sie geweckt. Mir dir gemeinsam kann ich sie wagen. Du machst sie sichtbar in mir, und du begleitest mich, wenn ich ihnen folge. Die Befriedigung, die ich dabei empfinde, hängt ab von dir. Dass du zugesehen hast, wie ich mich von unserem schwarzen Freund nehmen lasse, das war wie der Geist, der das Fleisch belebt. Dass du siehst, wie ich mich hingebe. Und dass es auch deine dunkelste Fantasie befriedigt hat, das war für mich unendlich kostbar. Ich habe deinen Traum von mir erfüllen können, und das macht mich glücklich und reich. Nur durch dich, dass du mich so siehst, dass du diesen unglaublichen Traum von mir in dir hast, entsteht diese Faszination, dieses atemlose Bewusstsein, dass wir das Gleiche wollen ...«

»Unsere Liebe ist so stark«, sagte ich, von Marions Worten elektrisiert, »ohne unsere Liebe wäre unsere Lust eine Hülle ohne Geist. Ich spüre, wie unsere Liebe das Element ist, das sich wie eine Feder anspannt und uns in unserem Verlangen einen wahnwitzigen Antrieb gibt. So eine Art Supermagnetismus, der dadurch wirkt, dass wir in tiefster Liebe das Verbotene gestanden und das Tabu gebrochen haben. Wir haben es gewagt und haben etwas in unsere Intimität eindringen lassen. Wir haben unsere eheliche Unschuld verloren, und das war gut ...«

»Wir hatten immer eine ganz normale sexuelle Beziehung. Wir waren zufrieden. Wir wussten ja nicht, was wir erwarten durften. Ich habe auch nicht geglaubt, dass sich daran noch viel ändern wird. Auch darin waren wir uns gleich, auch ich habe nicht gewagt, etwas Neues anzuregen. Ich war eben glücklich mit dir. Dass wir nun auf diesen verbotenen Pfaden wandeln, macht uns erst zu richtigen Partnern. Ich glaube nicht, dass viele Paare das von sich behaupten können. Irgendetwas bleibt doch immer unerfüllt. Wenn es jetzt noch Unerfülltes gibt, wenn es noch etwas zu entdecken und auszuschöpfen gibt, dann bin ich gespannt auf jeden Tag, den wir noch erleben werden. Bist du bereit?«

»Ich bin bereit für jeden neuen Tag mit dir«, sagte ich ihr, »du machst mich frei, meine Begierde für dich auszuleben. Du machst meine Fantasien zu etwas Wirklichem. Du verstehst all die abenteuerlichen Wünsche und mein Verlangen. Du gibst mir nicht das Gefühl, daran sei etwas Verwerfliches. Du gestehst deine Lust in demselben Maß. Und das ist ungeheuerlich. Das ist eine Erfahrung, die ich für etwas Großes halte. Am liebsten würde ich ein Buch darüber schreiben ...«

»Nur zu, ich bin deine Muse«, sprach sie.

»Nein«, erklärte ich, »du bist viel mehr als das. Von dir stammt jedes Wort, das in mir ist. Von dir stammt jedes Gefühl, aus dem ich bestehe!«

Sie sah mich an. »Ich liebe dich.« Sie sagte es mit dem ganzen Reichtum ihrer Stimme. Ich fühlte einen Abgrund, der nur aus tiefem Glück bestand.

»Und ich liebe dich«, sagte ich und berührte mit der Haut meiner Hand ihr Gesicht.

18

Moe war abgereist, er war nun für viele Monate in seiner afrikanischen Heimat, während der späte Sommer in den frühen Herbst überging. Die üppigen Sommerblumen glühten noch einmal in all ihren Farben auf, und in der ganzen Natur war eine Frucht und Reife zu finden, deren malerisches Bild den satten Eindruck von Fülle und Gewicht hinterließ. Ihre Bestimmung erfüllt, legte sie sich nun langsam zur Ruhe. Am Morgen rann von den Gräsern glitzernder Tau und am Abend, wenn um acht Uhr bereits die Dunkelheit hereinbrach, wurde die Luft frisch und klamm. Es war eine klare, bewusste Zeit, in der man den Wechsel der Jahreszeiten deutlich spürte und wehmütig von der Hitze des Sommers Abschied nahm. Und doch blieb ein Gefühl von Lebendigkeit und Lebenslust, das man ausschöpfen wollte.

Marion und ich, wir entschlossen uns zu einer kleinen Reise. Spontan entschieden wir uns für Paris. Das war schon lange unser Traum. Als wir vier Jahre zuvor unsere Liebe fanden, fuhren wir ebenfalls nach Paris. Wir blieben damals nur einen Tag. Marions erstes Mal in Paris. Wir hatten uns wie alle anderen Paare unterm Eiffelturm geküsst, hatten auf dem Triumphbogen gestanden und waren ehrfürchtig durch Notre-Dame geschritten. Wir hatten gesehen, was man an einem einzigen Tag eben sehen musste. Zeit für die Feinheiten war nicht geblieben. Die wollte ich Marion nun zeigen. Ich selbst versprach mir Inspiration.

Wenige Tage später am Vormittag fuhren wir auf Schienen durch die breite Häuserschlucht zum Gare de l`Est in die Stadt der Liebe. Wir verließen den Bahnhof durchs große Portal und standen da, ließen uns für lange Momente die Stadt um die Ohren rauschen, um zu wissen, dass wir wirklich angekommen waren.

Bei der Suche nach einem Hotel verließen wir uns auf das Glück, aber das stellte sich als ein Fehler heraus. Am Ende fanden wir, nicht weit vom Ostbahnhof weg, in der Rue Sibour nämlich, ein kleines Hotel, dessen auf den ersten Blick akzeptabler Preis sich für die schäbigen Zimmer dann als teuer erwies. Es war dunkel, muffige, abgewohnte Polstermöbel bestückten den Raum, und auf dem Boden hatte man jahrzehntelang einen Teppich auf den vorherigen gelegt. Wenn man die hölzernen Flügel des Fensters aber aufklappte, war es schön. Eine eindrucksvolle Kirche stand auf der anderen Seite der schmalen Straße. Bei uns hinter der Pfalz wäre dieser gotische Dom ein bedeutendes Kulturdenkmal, hier in Paris aber gab es so viele von der Art, dass die Kirche geradezu namenlos war. Wir besuchten sie dennoch. Standen den hohen Fenstern des Chors gegenüber, in deren Mitte ein liebender Christus im tiefen Blau eines gläsernen Himmels stand. Es war ein guter Beginn, um sich treiben zu lassen durch die faszinierende, unwirkliche Schönheit dieser Stadt, deren Straßen uns wie Arme aufnahmen in der Fülle ihrer Eindrücke und Reize. Man konnte so viel erleben, indem man ohne Ziel ging.

Das war das, was ich mit den Feinheiten meinte, und für die man sich irgendwann Zeit nehmen musste, um die Stadt wirklich zu erleben. Das eigentliche Paris, abseits der großen Touristenmagnete. Einen ganz besonderen Ort wollte ich zuerst besuchen. So durchstreiften wir den Jardin du Luxembourg, eine der bedeutenden Parkanlagen der Stadt. Vor der wunderbaren, mit hohen Palmen geschmückten Fassade des Palais lag ein sehr schönes Wasser. Ein großes Rundbecken bildete das Herzstück der Anlage. Wir betrachteten die Kinder am Bassin, die mit eleganten Stöcken alte Segelschiffe en miniature übers Wasser dirigierten. Auf Bänken und einzelnen Stühlen saßen die Menschen in der Sonne, sinnierend, lesend oder im Gespräch. An den Wegen und in hohen, gewaltigen steinernen Kelchen stand die Farbenpracht frühherbstlicher Blumen wie Dahlien und Astern.

Als wir weitergingen, tauchten wir ab in ein ganz anderes Erlebnis. Die Place Denfert Rochereau war unser Ziel. Ein antikes Blechhäuschen in schwarzem Grün, was an sich allein schon etwas Unheimliches hatte. Wir gingen hinein und stiegen sogleich in die Tiefe hinab.

»Die Katakomben!«, eröffnete ich Marion, die das noch nie gesehen hatte. »Die ganze Stadt, die Insel auf der Seine ausgenommen, ist unterhöhlt. Der helle Kalkstein von da unten hat sich oben in Häuser und Brücken verwandelt. Es sind Hunderte von Kilometern, die sich unter der Stadt erstrecken. Einige davon hat man vor zweihundert Jahren mit den Knochen von fünf bis sechs Millionen Skeletten aufgefüllt, um damit eine ganze Reihe kleiner Friedhöfe in der Stadt aufzulösen.«

Marion glaubte mir nicht. Aber dann, in der Tiefe angelangt, sah sie diese Mengen an menschlichen Knochen. Sauber aufgestapelt, manche auch kunstvoll. Mit wahren Mustern, die sich aus dem Wechsel von Schädeln und den Knochen der Extremitäten ergaben.

»Das ist ja schier!«, staunte Marion. Sie betrachtete diesen Ort mit den schönen, melancholisch verschleierten blauen Augen sanfter Nachdenklichkeit. Sie schaute einem der Schädel in die Augen und lächelte zart.

Ich sah sie an, maß sie ab, und machte ein Foto von ihr. Ich spürte, wie es mich reizte. Ich wollte mehr von ihrer Schönheit sehen. Ich wollte Marions nackte Haut. Was mich reizte, war ihre Schönheit und Wärme hier zu sehen, und wie sie im krassen Gegensatz zu dem stand, was am Ende von einem Menschen bleibt. Das faszinierte mich, zog mich in seinen Bann.

Es war kühl in dieser Gruft, und doch brachte ich Marion dazu, ihren Oberkörper zu entkleiden und sich mit verschränkten Armen, die Hände sinnlich an den Schultern gefasst, kunstvoll und mit dunklem, hintergründigen Blick von mir ablichten zu lassen. In ihrer Haut schien Licht zu sein, so viel Leben strahlte sie aus und so viel Wärme. Es drängte mich impulsiv, sie anzufassen, mich mit ihr zu verbinden. Ich spürte den nackten Wunsch, ihre Haut zu fühlen, sie ganz zu berühren und mit ihr zu schlafen.

»So weit gehen wir hier nicht«, entgegnete sie sanft bestimmend und belächelte mein verwegenes Verlangen.

»Dann zeig deine schönen Brüste! «, forderte ich sie heraus. »Ich will sie sehen!« Sie tat es. Zeigte sie zögerlich. Gab sie an diesem schauerlichen Ort frei. Ich fotografierte begierig. Erlebte den Reiz ihrer Brüste in bizarrem, völlig neuem Licht. Marion wölbte ihre vollen, großen Brüste heraus. Das war großartig. Ihre schweren, festen Titten prangten fast in balancierender Art. Sie schienen in ihren vollkommenen Rundungen Gleichgewicht zu halten und zu vibrieren, so schienen sie mir, so viel Leben lag darin.

Der unwiderstehliche Eindruck entstand zweifelsohne aus dem starken Kontrast. Marion ließ ihr Licht über der Totengruft strahlen. Und ich lichtete sie dabei ab. Ihr lockiges Blond und ihre blanke, vom Sommer leicht gebräunte Haut glänzten wunderbar und widersprachen dem kalkigen Angesicht des Todes. Es war, als würde Marion in ihrer Nacktheit und Schönheit sich ihres Lebens hier neu bewusst werden. Es war, als schaute man sich bei diesen knöchernen Gesichtern des endgültigen Endes ins eigene Gesicht und erkannte die Bedeutung des Lebens.

Marion zu erleben war der größte Kontrast, den ich mir vorstellen konnte. Es war das Licht gegen das Nichts, es war der Glanz gegen die Blässe, das Leben gegen den Tod. Marion glühte in ihrer pulsierenden Natürlichkeit, und ich brachte sie dazu, sich an diese Altäre der Schädel und Hauptknochen anzulehnen, und dann zärtlich wie der Hauch eines Geistes und zugleich voller Demut und Staunen über einen der Schädel zu streicheln, während ich sie dabei fotografierte. Sie lehnte sich in zärtlichen, melancholischen Posen daran. Sie erinnerte darin ein wenig auch an diese unschuldige, mädchenhafte Trauer, die diese weißen marmornen Jungfrauen hatten, die man als Skulptur an prächtigen Grabstätten sah. Es waren ganz intime Momente, in denen ich einige wunderschöne Aufnahmen von meiner Frau machte. Gemacht für die relative Ewigkeit …

Längst waren wir hinter der Handvoll von Besuchern zurückgeblieben und nun ganz allein in diesem kilometerlangen Sarg, in dieser Knochengalerie.

»Sieh mal«, sagte Marion, »unsere Schuhspitzen sind ganz weiß.«

»Das ist Kalk«, stellte ich fest und wusste nicht, ob es der Kalk der Knochen oder der Kalk des Bodens war.

»Man kann es nicht sagen«, meinte Marion nachdenklich, »es ist eins …«

»Siehst du«, sagte ich, »wie sich im Tode das Leben an die Natur angleicht. Man kann es nicht mehr trennen. Kalk zu Kalk …« Mit dieser philosophischen Erkenntnis, mit der ein makaberer, stickiger Modergeruch einherging, der sich feucht auf der Haut niederließ, packten wir unsere Sachen und eilten durch diese gruselige Unterwelt, erreichten andere Menschen und stiegen am Ende wieder nach oben empor. Eine alte eiserne Wendeltreppe führte aus gefühlten fünfzig Metern Tiefe geradewegs wieder ins Licht des Tages hinein.

Wir waren im ersten Moment geblendet. Als hätten wir ewig die Sonne nicht gesehen. Traten aus der Tür, gleichsam wie aus einem Sargdeckel, der sich auftat, direkt auf die Straße hinaus. Die Rue Rémy Dumoncel, und doch eine namenlose Gegend. Wir standen leicht verloren da. Schauten auf unsere weißen Schuhspitzen und schauten in den Himmel. Wir fühlten uns, als wäre uns gerade das Leben neu geschenkt worden. Ein intensives Erlebnis. Eine kleine Offenbarung.

Wir schlenderten Hand in Hand die Straße entlang und kamen über die Avenue du Maine wie zufällig zum Tour Montparnasse, dem höchsten Haus der Stadt. Ohne lange zu warten und ohne viel zu bezahlen, konnte man hier fast die Höhe des Eiffelturms erreichen. Eben noch in der Unterwelt, fuhren wir nun mit dem schnellsten Aufzug Europas in achtunddreißig Sekunden über die Stadt bis zum Himmel empor. Es verschlug einem den Atem. Hoch wie ein Vogel sah man bis zum Horizont nur Stadt. Unter uns in schierer Unendlichkeit die hellen Kalksteinhäuser von Paris, auf denen in zarter Schwärze die Patina legendärer Vergangenheit lag. Man schaute auf die Grabkapellen des berühmten Friedhofes von Montparnasse, Häuser en miniature. Wie Träume, wie menschliche Erfindungen ohne eigenen Wuchs, wirkten all die grünen Tupfer von Natur zwischen den Mauern und Straßen. In der atemberaubenden Luft lag der Klang menschlicher Anwesenheit, und man konnte der Existenz, der Klarheit des Bewusstseins nicht ausweichen. Im Spiegel des Todes: das Leben.

19

Wir waren in Paris angekommen. Wir standen da, atmeten es ein und hatten es erreicht. Hier oben ahnten wir noch nicht, dass die Reise für uns am nächsten Tag zu Ende sein sollte, denn wir mussten das Hotel verlassen.

Es war Wochenende. Wir hatten nicht reserviert, und das Hotel war ausgebucht. Und so war es auch bei allen Hotels in der Umgebung, bei denen wir fragten. Wir standen ratlos da, fanden keine neue Unterkunft. Obwohl alles belegt oder aber utopisch teuer war, wollten wir doch um jeden Preis noch bleiben. Doch leider fehlte mir jede Idee.

Da sagte Marion: »Hör mal: Kurz bevor wir uns begegnet sind, warst du doch auch in Paris. Damals hast du bei einem Freund übernachtet, hast du erzählt.«

Ich nickte, sagte aber hoffnungslos: »Das ist allerdings schon fünf Jahre her. Und es war auch nur eine Nacht. Seitdem hatten wir eigentlich keinen Kontakt mehr.«

»Was war das für ein Freund?«

»Er hieß Sangho, ein Schwarzer.«

»Und wie hast du ihn kennengelernt?«

»Das war vor etwa zehn Jahren. Wir kamen an einer Bushaltestelle ins Gespräch. Sangho war damals für einige Zeit in Deutschland. Er wohnte im Haus der Carl-Duisberg-Gesellschaft, um Deutsch zu lernen und um eine Ausbildung als Mechaniker zu machen. Er hat das aber nicht abgeschlossen und ist dann nach Paris gegangen.«

»Wie seid ihr Freunde geworden?«, fragte meine Frau nach.

»Sangho war froh, mal aus dem Haus der Gesellschaft rauszukommen. Ich wohnte in der Nähe. Er besuchte mich in meinem Alleinsein. Er mochte den Sprachunterricht der Gesellschaft nicht. Er lernte lieber in der Wirklichkeit. Irgendwann lernte er auch andere Deutsche kennen. Er ging mit ihnen in die Disco. Er wollte unbedingt, dass ich mitgehe. Aber das war nicht mein Ding. Er mochte es, dort Frauen anzubaggern. Er war auf den Geschmack gekommen. Sangho war damals ein Schürzenjäger. Immer hinter den weißen Frauen her wie der Teufel hinter der armen Seele, wie man so sagt. Naja, ich sah ihn dann nicht mehr. Aber eines Tages meldete er sich. Da war er schon nicht mehr in Deutschland. Und dann gab es einen seltenen, schriftlichen Kontakt. Damals, vor fünf Jahren, war ich dankbar, dass ich bei ihm in Paris eine Gelegenheit zur Übernachtung hatte.«

»Wäre das jetzt keine Idee für uns?«, fragte Marion.

Ich zuckte die Schultern. »Ich weiß nicht, es war keine sehr tiefsinnige Freundschaft. Und außerdem hat er damals in sehr einfachen Verhältnissen gelebt. Also weiß ich nicht, ob die Idee sehr gut ist, solche Beziehungen zu nutzen.«

»Lass es uns versuchen«, drängte Marion, »wir werden sehen, was sich da bietet. Wir können uns dann immer noch dagegenentscheiden.«

So fuhren wir Metro. Erlebten sie ungebremst. Es war wie ein Sog. In nichts anderem drückte sich die Metropolis so stark aus wie in der Metro. Die Menschen bildeten einen Strom aus klaren, kalten Gesichtern, die sich einzeln gegen die Masse abgrenzten, um sich als Individuum zu bewahren. Die Metro presste Millionen von Menschen durch ihre Röhren. Ihre weiß gefliesten Gänge waren kafkaesk, wanden sich grotesk durch die Erde. So wurde der Wechsel in eine andere

Linie zu einer surrealen Bewegung, und die Menschenmenge war da, um einen zu überrollen, sobald man im Geringsten zögerte und stehen blieb.

Wir fuhren in den Norden des Stadtgebietes, wo die Metro auf Stelzen stand, die Fassaden nicht mehr edel waren, die Gesichter aber unmittelbar und das Gedränge groß. Viele Menschen mit brauner und schwarzer Haut lebten hier, erschufen ihre eigene urbane Kultur, man kam sich vor wie in Harlem.

Ich versuchte mich zu orientieren. Mit etwas Glück konnte ich mich erinnern, wo Sangho wohnte. Aber dann fanden wir ihn dort nicht.

»Er wohnt hier nicht mehr«, sagte eine noch eher junge Frau. Sie schien überrascht, dass Leute wie wir nach Sangho fragten. Sie sagte, sie sei eine Cousine von ihm, und sie wusste, wo er sich aufhielt. Es war in der gleichen Gegend, nicht weit entfernt. So fanden wir schließlich die richtige Tür. Sie sah versteckt aus und war schäbig. Es war in einem Hinterhof. Eigentlich wusste ich nicht, warum ich überhaupt anklopfte, und Marion wusste nun, warum ich es für keine gute Idee hielt, Sangho aufzusuchen.

Er aber öffnete uns, als er mich erkannte, mit großer Freude die Tür. Umarmte mich überschwänglich. Ich stellte mir die berechtigte Frage, wie viel Prozent dieser Freude ich dem Anblick meiner Frau verdankte. Ich stellte Marion und Sangho einander vor. Sogleich zog er uns in seine Behausung hinein.

Eigentlich war es nur ein einziges Zimmer. Man kam herein und rechts war ein Schrank, dahinter lag eine Matratze am Boden, dort am Fenster war auch eine Heizung, auf der linken Seite an der Wand stand ein großes Sofa, und in der Ecke war ein enger Eingang zu einer schmalen Toilette mit Dusche. Sangho hatte sich seit meinem letzten Besuch nicht gerade sehr verbessert.

Er sei »im Handel«, sagte er auf meine Frage. Und der Begriff schimmerte vor Bedeutung. Ich wusste, er war nicht der Typ, der auf Fragen präzise Antworten gab. Aber selten hatte er eine Frage so offengelassen wie diese. Ich fragte nicht weiter nach. Ich wollte mich sowieso bald umdrehen und gehen, wollte meiner Frau nicht die Umstände zumuten, in denen Sangho lebte.

Er aber fand rasch heraus, in welcher Lage wir waren. »Ihr bleibt hier«, sprach er und bestand darauf, »ihr bleibt hier. Und ihr könnt bleiben, solange ihr wollt!«

»Es ist eng hier«, erklärte ich ihm, »wir würden dich nur stören. Wir hätten das Gefühl, dir zur Last zu fallen.«

Er aber wischte die Widerrede mit einer energischen Handbewegung weg. So ließen wir uns schließlich überreden. Mir war nicht wohl dabei. Es war bloß angenehm, als wir dann unser Gepäck abstellen konnten, um uns wieder der Stadt zuzuwenden. Zumindest konnten wir noch in Paris bleiben.

Wir fuhren mit der Metro zurück ins Zentrum. Wir wollten noch so viel sehen. An diesem Tag sollte es unbedingt ein Museum sein. Wir konnten uns nicht entscheiden. Ich war nicht für den Louvre, ich hielt ihn für pure Größe, die einfach viel Zeit kostete und auch nicht für die Orangerie, auch wenn sie mir sehr gefiel. Im Grand Palais, einem überwältigenden Glaskuppelbau aus der Zeit der alten Weltausstellung, zeigte man zur Zeit Georges Braque. Und weiter, im Musée Jacquemart auf dem Boulevard Haussmann nahe den Champs-Elysées gab es eine Bilderausstellung mit dem Titel »Verlangen und Wollust im Viktorianischen Zeitalter«.

»Das passt nicht richtig zueinander«, fand Marion schulterzuckend. Ich stimmte ihr zu. Ich hatte irgendwo das Plakat der Ausstellung gesehen: Es zeigte eine gesittete Nacktheit. Das machte nicht Lust auf mehr. Also entschieden wir uns schließlich für das Musée d`Orsay. Es war sehr beeindruckend, unter der gewaltigen, goldenen Uhr in den ehemaligen Gare d›Orsay einzutreten. Der Zug der Zeit fuhr hier nicht mehr. Er stand still, um der größten Kunst Raum zu geben. Man stand hier Bildern leibhaftig gegenüber, die es in aller Welt abgedruckt gab, deren Reproduktion jeder kannte. Doch hier hingen die wunderbaren Originale. Da gab es die »Sternennacht über der Rhône« von van Gogh oder Gemälde von Cézanne, den Mont Sainte-Victoire, seinen magischen Berg und in vibrierendem Stil jene Äpfel, mit denen er Paris in Erstaunen versetzen wollte, und seine luftigen bläulichen Badenden.

Marion bemerkte, dass die Kunst, die wir sahen, oft von Nacktheit geprägt war. Vielleicht sahen wir es an jenem Tag nur so. Vielleicht waren wir an diesem Tag besonders offen und sensibel dafür. Marions Entdeckung entsprach meinem eigenen Gefühl. Da war die zarte »La toilette« von Bonnard und die ebenso zart hingestreckte Badende von Degas. Die porzellanhafte »Geburt der Venus« von Cabanel und der nackte weiße Marmor der gewaltigen Skulpturen in der Halle.

Wir traten in lustvoller Andacht vor die beiden berühmtesten Gemälde von Édouard Manet, der in den Jahren 1863 und 1865 mit diesen Bildern einen Skandal ausgelöst hatte: »Das Frühstück im Grünen«, eine nackte Dame zwischen zwei eleganten Herren in der Natur, und »Olympia«, die trotz des Dekors ihre nackte Schönheit in vollkommener Nüchternheit und Nähe präsentierte. Und endlich, wie vor einem Gipfel der Klarheit und Deutlichkeit, standen wir dem »Ursprung der Welt« gegenüber. Gustave Courbet hatte den weiblichen Schoß in solcher Präzision dargestellt, dass ich mich fragte, wo die Kunst dabei war.

»Vielleicht liegt die größte Kunst in der Befreiung der Wahrheit«, sagte ich zu Marion, »und nichts anderes hat er getan …«

Nach dem Museum wandelten wir ohne Ziel im Licht des Tages. Es war ein blauer Himmel, eine Sonne, ein schöner Septembertag, ein Nachmittag. Inspiriert von all der Kunst wollten wir uns einfach treiben lassen. Als könnte Wasser uns dabei am besten helfen, gingen wir in Nähe der Bouquinisten, der Tuilerien und des Louvre über eine Brücke und runter zum Ufer der Seine. Wir setzten uns auf den steinernen Rand und schauten auf den breiten grünlich-schiefergrauen Fluss. Über ihm kreisten ungebunden einige Meeresmöwen, die erst in den Siebzigerjahren von der Küste des nur zweihundert Kilometer entfernten Atlantiks ins Land gezogen waren. Wir hörten ihre rauen, salzigen Rufe und den hallenden Klang der Stadt, und das Gefühl war groß und frei.

Wir schlenderten Hand in Hand die Uferkante entlang und betrachteten die herrlichen Wohnschiffe mit ihren dekorativen Decks aus hölzernen Liegen und Terrakottakübeln. Dann setzten wir uns auf eine Bank und lehnten uns lange Zeit zurück. Ich hatte es wieder gefunden: dieses Gefühl, als würde ich mich in Literatur bewegen, als würde ich durch die wahr gewordenen Seiten eines Buches spazieren. Paris war ein Traum in Wirklichkeit. Es war eine magische, inspirierende Stadt, nicht nur für Schriftsteller. Man schöpfte aus dieser einmaligen Fülle und Dichte. Man spürte, wie einem diese Stadt in die Sinne ging. Wie sie einen freimachte im Empfinden und im Denken. Dass man alles für möglich hielt und alles tun konnte. Alles, was man erreichen und erleben wollte, schien möglich zu sein.

Marion hatte ihre langen blonden Locken in den Nacken gelegt, ein sanfter Wind nahm sie auf und durchströmte sie glänzend und fächelte dabei über ihr Gesicht, es glänzte in der späten Sonne, und sie lächelte.

»So ist es schön. Und nun so bleiben. So bleiben dürfen. Und nie mehr wegmüssen«, sagte sie verträumt.

»Ja«, nickte ich.

Irgendwann rafften wir uns auf. Gingen über eine Brücke und liefen, bis wir unter dem filigranen und doch starken, eindrucksvollen Gewölbe des Eiffelturms standen, wo sich im wahrsten Sinne die ganze Welt traf. Von hier nahmen wir dann die Metro, Linie 13 Richtung Saint Denis, und stiegen am Place de Clichy aus.

Die Menschenmasse, die uns hier erwartete, war unvorstellbar. Als wäre es nicht die eigene Bewegung, ließen wir uns im Strom über die Bürgersteige treiben, an den Schaufenstern der Cafés und Bars entlang, und bestaunten die Läden mit den ausgestellten Kisten berauschend frischer Fische und Meeresfrüchte. Das Wasser und Salz des Atlantiks schimmerte noch matt auf ihnen, und sie trugen den Geruch der Tiefe und der Wellen. Frische Doraden und Jakobsmuscheln, die marmorierten Meermandeln und, königlich umrundet von Zitronen, all die Varietäten der Austern, die wie grobe Steine schienen, die man gerade von den Klippen geschlagen hatte.

»Ich habe Hunger!«, klagte Marion.

Es war jetzt früher Abend, blaue Stunde, der Himmel dunkelte und die Lichter gingen allmählich an. Weiter trieben wir in der Menschenmenge den Boulevard de Clichy hoch, über den Place Pigalle, zum Boulevard de Rochechouart. Ich konnte mich nicht erinnern, in meinem Leben irgendwo mehr Fülle an Leben erlebt zu haben als auf diesem Weg. Wir waren von der Menge an Eindrücken wie gelähmt und berauschten uns daran. All die Gesichter, Bewegungen, Lichter und Einblicke drängten sich dicht umeinander und setzten sich immer wieder neu zueinander in Beziehung. Das war elektrisierend. Die Flügel des Moulin Rouge leuchteten auf. Gegenüber flimmerte das billige Licht der vielen Sexshops, die es hier gab. Es war die erregende Niederung des alten und neuen, des ewigen Amüsierviertels. Eine Fülle bloßen Lebens, das einen berührte und einen in seinem Strom mitriss.

Wir waren geradezu atemlos, als wir wieder bei unserer Bleibe ankamen und in dem schäbigen Hinterhof an Sanghos Tür klopften.

Er hatte uns für diesen Abend Couscous versprochen, und ich war überrascht, mit welcher Hingabe er sich um dieses Versprechen gekümmert hatte. Es war köstlich. Er hatte den Couscous wunderbar hinbekommen. Dazu gab es rote Soße und geschnetzeltes Rindfleisch. Aber ich mochte den Couscous auch pur sehr gern.

»Was habt ihr den ganzen Tag gemacht?«, fragte uns Sangho.

»Das Musée d`Orsay. Und uns treiben lassen ...«

»Das ist gut«, lächelte er, »das kann man in dieser Stadt herrlich tun. Diese Stadt hat alle Gesichter. Du kannst alles sehen. Ich kann mir vorstellen, wie sie dich inspiriert ...« Ich nickte selbstvergessen. Sangho wandte sich an Marion: »Als ich Martin damals kennengelernt hab, da war er ein Träumer. Ein totaler Träumer. Er ist den Menschen aus dem Weg gegangen. Und es sah aus, als ob er nie die Tür in diese Welt finden würde.«

»Aber er hat sie gefunden«, sagte Marion und lächelte mich an.

»Oder aber: Ich habe meinen größten Traum gefunden«, entgegnete ich, »und das ist Marion.« Sie fasste meine Hand, wir sahen uns verschworen an.

»Dann seid ihr beide Träumer«, vermutete Sangho.

»Vielleicht ja«, meinte ich, »aber das fühlt sich sehr schön an. Und weißt du, es hat nichts mehr mit den Träumen von damals zu tun. Man träumt nicht davon, dass sich das Leben erfüllt, es hat sich erfüllt. Man träumt nicht davon, das Leben zu spüren, man spürt es. Ich kann dir gar nicht sagen, wie sehr.«

Er sah mich an und sagte: »Das ist gut.« Dann wandte er sich wieder Marion zu. »Ich kann ihn verstehen. Ich kann verstehen, wie er sich fühlt. Ehrlich gesagt: So eine tolle Frau hab ich ihm gar nicht zugetraut.«

Marion lachte. Sie strich sich schwungvoll und verlegen durch die langen blonden Locken. »Naja«, sagte sie bescheiden, »er fand mich, und ich fand ihn. Ich war damals ebenso einsam. Ich war lange verheiratet mit einem Mann, der mich nicht verstand. Er war Inspektor eines Amtes und viel älter als ich. Und leider hat er meine Bedürfnisse nie verstanden. Ich habe Martin gebraucht, um diese Bedürfnisse wiederzufinden. Martin hat so viele Gefühle in mir wieder geweckt. Weißt du, er hat mir wieder Lust gemacht zu leben.« Sangho nickte. Marion vertraute sich ihm weiter an: »Und damit meine ich auch die Lust im engeren Sinne.«

»Deine sexuellen Wünsche«, sprach Sangho aus. Marion nickte still. »Und dabei seht ihr beide so unschuldig aus!«, scherzte er.

Wir lachten verlegen.

»Sieht nur so aus«, bestätigte ich.

»Du bist ein Mann mit Sinnlichkeit, mit Träumen und Fantasie, Martin«, sagte er, »und du bist eine schöne Frau, Marion. Das passt zueinander. Und ihr geht so offen und vertraut miteinander um. Es wäre seltsam, wenn ihr nicht zu eurer Sexualität gefunden hättet.«

Wir nickten und spürten, wie durch diese intimen Worte sich auch eine reizvolle Spannung zwischen uns aufbaute. So blieben wir wie gebannt noch eine Zeit lang sitzen, auf dem Sofa an dem kleinen Tisch, Sangho uns gegenüber auf einem runden ledernen Hocker. Er bewunderte Marion offenen Blickes und machte ihrer Schönheit und ihrem weiblichen Reiz ständig Komplimente. Sein Interesse war einförmig und gerade. Ich sah, wie sehr Marion ihn faszinierte, ihre Schönheit berauschte ihn wie purer Sauerstoff. Ihrem Ausschnitt konnte er nicht widerstehen, den satten Ansätzen ihrer Brüste und der magisch tiefen Spalte dazwischen. Er zog die große Blondine mit seinen Blicken aus, bis sie ganz und gar mit nackten Schultern und prächtigem Busen und skulpturalen Hüften vor seinem inneren Auge stand. Und es erregte mich sehr zu spüren, dass dieser schlichte, aber starke Reiz durchaus gegenseitig war.

Es war nicht sprachliche oder kulturelle Ebene, auf der die beiden sich begegneten. Ich hatte nicht das Gefühl, dass sie sich viel zu sagen hatten und auch nicht, dass sie sich mochten. Aber es war die Faszination, die aus dem Gegensatz eines schwarzen Mannes und einer weißen Frau entstand und die etwas geradezu Unausweichliches, Unentrinnbares hatte. Etwas Beängstigendes war daran, aber auch ein berauschendes Prickeln. Es gab mir starke Reize bis in alle Enden meines Körpers. Wie einen elektrischen Impuls spürte ich mein Verlangen durch all meine Fasern strömen, vibrierend die Beine emporkriechen und betäubend in mir aufsteigen bis ins Hirn, so aufregend und lähmend, dass es mich zwang weiterzudenken. Es war diese Erregung, die ich empfand, wenn ein anderer Mann meine Frau begehrte. Dann sah ich ihren Reiz wie vielfach verstärkt. Er wirkte auf mich überwältigend. Dieses Gefühl, den Reiz meiner Frau mit einem anderen Mann zu teilen, war heftig und übte eine einzigartige, geradezu dämonische Faszination auf mich aus. Es erfüllte mich mit Glück, mich der Kraft dieses tabuisierten Gedankens auszuliefern, ihr wie willenlos zu unterliegen. Ich ließ mich bereitwillig hineinfallen und durchlebte die Bilder meiner Fantasien. Ein verbotenes Wunder, das sich gegen den trüben Gleichlauf des Alltags, seine Nüchternheit und Lustlosigkeit auflehnte. Es geschah nicht oft, aber manchmal geschah es doch, nur die Umstände mussten stimmen und alles zueinander passen.

Bei Sangho war es der Fall, und stärker als je zuvor. Wahrscheinlich hatte unser Gespräch Marion genauso geil gemacht. Ich kannte sie gut genug und musste sie nicht fragen. Zumindest an der Oberfläche aber blieben wir alle nüchtern. Sangho, mein alter, leicht verschlagener Bekannter, der immer unzuverlässig gewesen war und immer nach seiner Lust gelebt hatte, klappte nun das Sofa aus und richtete mit größter Sorgfalt ein Bett für uns her. Dann stand er drüben vor seinem Bett, bot uns den muskulösen Rücken und zog sich aus. Er schlüpfte nackt auf die Matratze, die uns gegenüber am Boden lag. Dann schaltete er die kleine, hautbespannte Lampe aus, die das Zimmer in ein warmes, intimes Licht gesetzt hatte. Etwas später, ich kann es aber nicht beschwören, hörte ich, wie seine Hand rhythmisch seine Bettdecke streifte.

20

Am nächsten Morgen schliefen wir lange aus. Sangho hatte uns gesagt, dass er an diesem Tag nicht arbeiten müsse, es war ja auch Sonntag. Aber ich hatte so ein Gefühl, Sangho konnte über seine Tage frei verfügen. Jedenfalls blieb er liegen. Marion war die Erste, die aufstand. In T-Shirt und Slip ging sie in das Bad, das als schmaler Gang direkt neben dem kleinen Zimmer lag. Es war vielmehr eine baufällige Dusche am Ende eines kleinen Flures, in dessen Mitte eine Kloschüssel stand. Aber wir hatten uns damit einverstanden erklärt und beklagten uns mit keinem Wort.

Wir hörten Marion duschen. Dann rief sie nach einem Handtuch. Ich wollte aufstehen.

»Bleib liegen!«, zischte Sangho und erhob sich hastig. Er griff in den Schrank, der hinter der Tür stand und holte ein Handtuch raus.

Ich sah die Nacktheit seines schwarzen Körpers im Halbdunkel des Zimmers. Ich sah, dass die Entspannung des morgendlichen Erwachens auch bei ihm mit erotischen Gefühlen gemischt war. So war sein Glied halb erigiert. Er schwang es eindrucksvoll vor sich her. Sangho war monstermäßig gut gebaut. Dass er sich damit nicht verstecken musste, nahm er allzu wörtlich, denn in diesem Zustand ging er nun zu meiner Frau ins Bad. Dieser Moment stach mir unwiderstehlich ins Herz. Ich hörte, wie Marion auflachte, überrascht und verschämt, dann schlüpfte sie ins Zimmer, während Sangho uns zurief: »Ich dusche jetzt!«

Marion trocknete sich mit dem Handtuch ab. Dann stieg sie wieder zu mir in das Sofabett. Sie kuschelte sich in ihrer traumhaften Nacktheit an mich und flüsterte ungläubig und atemlos: »Er kam in die Dusche und war ganz nackt!«

»Ich weiß. Er hat sich gar nichts übergezogen, als er aufstand«, sagte ich und streichelte sie sanft.

»Er stand einfach vor mir, als würde ihm das gar nichts ausmachen. Ungeniert …« Ich lächelte und küsste sie. Sie war aufgewühlt. »Ich hatte das Gefühl, der hat doch nur darauf gewartet, sich mir zu zeigen. Der wollte mir unbedingt seinen riesigen schwarzen afrikanischen Schwanz präsentieren und mich damit erschrecken. Nun, das hat er geschafft! Der Anblick war ziemlich beängstigend …«

»Tja, vielleicht hat er wirklich nur drauf gewartet«, erwiderte ich, »jedenfalls ist er deinem Ruf schnell gefolgt …« Ich küsste Marion auf die Brüste, und sie stöhnte unterdrückt auf.

»Was tust du?«, fragte sie leise, aber energisch.

»Du machst mir Lust«, erklärte ich.

Sie fasste mir an den Schwanz und erschrak lächelnd. »Meine Begegnung in der Dusche hat dich ziemlich hart getroffen«, meinte sie, »mein Gott, du hast aber ziemlich schnell reagiert!« Es war einfach nicht zu leugnen. »Nun gut«, sagte sie, und ihr Lächeln sank ins Lustvolle und Kopflose. Dann legte sie sich auf mich und ließ mich in sie gleiten. Wir machten es vorsichtig und still und legten unsere Lippen zum Atmen aufeinander.

Als Sangho aus der Dusche kam, hielten wir ganz ein. Er war noch ganz nackt und schwang seinen halbsteifen Riesenschwanz wieder vor sich her. Es sah fast aus, als würde er gleich in das Sofabett schlüpfen, um bei uns mitzumachen.

Er grinste uns an und meinte: »Lasst euch durch mich nicht stören. Ich gehe jetzt raus, Frühstück für uns holen. Bin bald wieder da! Aber nicht sehr bald …«

Als sich seine Schritte über den Hof entfernten, zog Marion die Bettdecke von uns. Wir liebten uns offen.

»Warst du überrascht, als er eben vor dir stand?«, wollte ich nun wissen.

»Ja. In dem Moment schon. Und doch nein, weil ich seine Begierde schon am Abend gespürt habe. Er hat mir dauernd auf meine Brüste geguckt, und er hatte so einen Drang an sich, mir zu gefallen. Als er dann in der Dusche vor mir stand, war ich mehr von der Situation überrascht als von ihm selbst …« Wir bewegten uns ineinander, spürten uns intensiv.

»Dass er dir seinen schwarzen Schwanz gezeigt hat, empört mich und erregt mich«, erklärte ich mit gespaltener Gefühlslage.

Marion lächelte sanft und neugierig. »Du hast mal gesagt, dass du es wie einen Stich empfindest«, sagte sie.

»Ja«, antwortete ich, »das Gefühl ist wie ein Stich, der mich verletzt, mich anfacht und aufregt, mich erregt bis geradewegs in ein Gefühl von Schwindel hinein. Es hat etwas Totales, etwas ziemlich Bodenloses …«

»Ich würde sagen, ich habe in dem Moment dasselbe empfunden«, gestand Marion, »ich fand es dermaßen dreist, dass er plötzlich vor mir in der Dusche stand. Zugleich hat der Reiz dieser Situation mir augenblicklich den Boden unter den Füßen weggezogen.«

»Du hast im gleichen Moment deine Erregung gespürt?«, wollte ich wissen.

»Ich war in der gleichen Sekunde geil«, gab sie zu und atmete heftig. »Er stand vor mir und starrte mich an …«

»Du hast es genossen?«, fragte ich sie, und es war beinahe eine Feststellung.

»Ja«, gab sie leise zu.

»Sag mir«, wollte ich begierig wissen, »hast du deine Brüste bedeckt, als er so vor dir stand?«

Sie sah mich an und wagte erst nicht zu antworten. »Nein«, gestand sie dann, »es ist ja ein Reflex, dass man sich bedeckt, und ich wollte meine Arme schon hochreißen. Aber dann wollte ich etwas ganz anderes, und ich ließ es sein. Ich habe mich ihm gezeigt. Meine nackte Muschi, meine vollen Brüste, ich habe ihm meinen ganzen Körper nackt präsentiert, frei, wie eine Gabe. Ich habe nichts vor ihm verborgen. Nachdem Sangho mir den ganzen Abend auf den Busen geschaut hatte, wollte ich das. Ich wollte, dass er offen sieht, was er so verstohlen bewundert hat. Als wollte ich ihm zeigen, dass ich nackt wirklich so schön bin, wie er denkt und wie er ständig sagt. Und ehrlich gesagt, ich hab es genossen. Ich hab es genossen als etwas Verbotenes, mit dem Gefühl von freiem Fall. Meine Nacktheit hat sich so gut angefühlt. Es hat mir gefallen …«

»Es hat dir gefallen?«, fragte ich sie gierig.

»Ja«, gab sie atemlos zu, »und ich hab dabei ganz tief eingeatmet. Ich hab Luft geholt, und meine Brüste haben sich gehoben und den verbotenen Blick auf sich genossen …«

Ich schnaufte. Stellte mir vor, wie Marion nackt vor Sangho stand. Stolz, mit ihren erhobenen Brüsten, ihren schönen, satten Titten. Wie sie sich mit steifen, aufgerichteten Nippeln präsentierten. Wie sie vor Sangho prangten und sich in seinem gierigen Blick wanden und es genossen. Es machte sie geil, diesem Kerl ihr Geheimnis zu zeigen, ihre Intimität, ihre Unschuld, ihre Verletzlichkeit. Das gab mir den puren Kick!

Sie sagte: »Es war geil, so vor ihm zu stehen. Er hat mir gezeigt, was er hat, und ich habe ihm gezeigt, was ich habe. Jeder von uns hat den anderen beeindruckt, und jetzt sind wir quitt!«

Ich schnaufte. Sagte: »Diese Begegnung hätte ich wirklich gern erlebt. Aber es war auch ein besonderer Reiz, mir diese Begegnung nur vorzustellen, während ich weiß, dass sie um die Ecke herum wirklich stattfindet. Es erregte mich sehr, dass ihr mit euch allein wart und euch vollkommen nackt begegnet seid …«

So beschrieb meine Frau mir diese Situation noch einmal: »Sangho stand plötzlich da. Er starrte mir auf die Brüste. Ich hob sie an wie aus einem Trotz heraus. Ich wollte nicht hinterm Berg halten damit. Ich wollte ihm die Schönheit zeigen, die er nie besitzen wird. Ich wollte ihn reizen und ihn vielleicht demütigen für die Anmache in seinen Blicken und Sprüchen. Und ich meinerseits hatte nur Augen für seinen überstarken schwarzen Schwanz. Der stand halbsteif von seinem zähen Körper ab. Wenn er mich damit beeindrucken wollte, dann hat er es geschafft. Sein Schwanz, der war so groß und so stark. Ich weiß nicht, ob ich mehr Lust oder mehr Angst empfand. Etwas in mir war richtig abgestoßen …«

Ich fragte sie voller Erregung: »Hat er dir Angst gemacht mit seinem Schwanz?«

Sie keuchte: »Ja. Der war echt groß und stark. Der war so muskulös. Hatte so eine glänzende Brutalität an sich. Als würde jemand seinen trainierten Unterarm anspannen. Dieses Ding würde wohl über meine Kräfte gehen. Ich weiß nicht, ob ich das einfach wegstecken könnte. Ich hab mir vorgestellt, wie es wäre, wenn der in meinen Schoß eindringen will. Und wenn der dann in Fahrt kommt, da werd ich ja schon beim bloßen Gedanken ohnmächtig!«

»Und gleichzeitig mit dieser Angst hattest du auch die Lust, von ihm gefickt zu werden?«, fragte ich gewagt.

Marion antwortete nicht in Worten. Aber sie hauchte atemlos. Verstärkte meine Erregung, und ich nahm sie intensiver. Marion stöhnte getroffen auf. Sie legte ihre Hände um meinen Nacken und bewegte sich in klassischem Rhythmus mit mir. Es war ein schöner, lupenreiner, morgendlicher Sex.

»Es macht mich geil, dass du seinem starken Schwanz begegnet bist«, gestand ich.

»Wie geil macht es dich?«, forderte sie. »Hat es dich so geil gemacht, dass du dir gewünscht hast, es wäre mehr passiert? Sag mir ehrlich: Hast du dir in diesem Moment vorgestellt, dass ich mich von Sangho ficken lasse?«

Jetzt schwang sie sich vollends auf die Woge dieser Lust. Und ich zögerte meine Antwort lustvoll hinaus. Und nun bewegten wir uns noch stärker und tiefer. Nahmen einander energisch. Küssten uns heiß atmend. Ich öffnete meine Lippen wie ein Vampir, um mit Zunge und Zähnen die Flanken ihres Halses zu stimulieren. Irgendwann stöhnte ich: »Ich stelle mir gerade vor, wie du Sex mit ihm hast!«

Sie lachte rau und atemlos. »Ja? Und wie sieht das aus? Sag mir: Was macht er mit mir? Komm, ich will es wissen!«

»Du kniest auf dem Sessel und streckst ihm dein Gesäß entgegen. Er fickt dich von hinten, er fickt dich rhythmisch und stark, er zeigt dir seine ganze Kraft und fickt dich tief, er fickt dich schön aus! Er kann nicht genug von dir kriegen und bearbeitet dich gierig und hart. Seine Stöße durchdringen dich ganz und gar, die schöpfen dich aus. Dieser gierige Kerl fickt dich dermaßen durch! Er gibt dir seinen riesigen schwarzen Schwanz zu spüren. ‚So ist es gut, Sangho', feuere ich ihn an und betrachte euch fasziniert. ‚Pflüg meine Frau richtig durch, Sangho, sie soll deine Geilheit tief in sich spüren!' Und er tut es. Er fickt dich dermaßen durch! Am Ende spritzt er tief in dir ab, und eure schönen Körper legen sich erschöpft aufeinander.« Als ich das sagte, hatte mein Kick seinen Höhepunkt erreicht. Ich brüllte auf, so stark war das Gefühl! Und ich ergoss mich in Marions Schoß.

21

Als wir wieder klar im Kopf waren, lag ich in Marions Armen. Ihre Hände streichelten mein Haar und meinen Nacken. Es war eine ruhige, klare Zärtlichkeit, bis sie mit sanfter, aber bestimmter Stimme zu mir sprach: »Ich liebe dich. Und ich fühle dich. Ich kann alles an dir spüren … Es ist jetzt deine absolute Faszination, dein einziger Gedanke unterm weiten Himmel. Ich weiß, du wirst keine Ruhe haben, bevor du meinen schönen Körper wieder im Extrem erlebt hast. Du wirst keine Ruhe haben, bevor Sangho mich gefickt hat. Und vielleicht ich auch nicht …« Ich schnaubte, aber Marion sagte mit klarer Stimme: »Wehre dich nicht gegen die Wahrheit.«

Es war wie ein Dämon, der dies sanft und beherrschend mit dem Mund meiner Frau sagte. Aber er hatte recht. Ich wusste, dass es so war. Der Reiz war einfach übermächtig. Ich konnte nicht anders und wollte die beiden zusammen sehen.

Marion hauchte mir spielerisch ins Ohr: »Ich fürchte, ich muss mich diesem starken Schwanz stellen. Ich weiß, dass er nicht sanft zu mir sein wird. Er hat nichts Liebevolles, er ist gierig wie ein Löwe. Er wird meinen schönen Körper bearbeiten wie den einer Hure. Er wird mich ficken, bis ich nicht mehr stehen kann. Aber für dich tue ich alles. Nichts gibt mir so viel wie ein Opfer, das ich für dich bringe, mein Engel. Es macht mich geil, und es macht mich glücklich. Und mehr an Gefühl kann es nicht geben. Ich liebe dich so sehr!«

Sie sagte es sinnierend und entschlossen und endlos liebevoll. Ich wollte etwas sagen, aber blieb still. Ich schaute tief in ihre blauen Augen. Versank in ihrer Herrlichkeit. Mein Paradies. Mein Himmel. Mein Glück. Sie kannte mein Verlangen, meine verbotene Neigung, meinen entscheidenden Reiz, und sie akzeptierte es in der maßlosen Kraft ihrer Liebe und ihrem abgrundtiefen Verständnis, das mich dunkel und grenzenlos umschloss.

Als Sangho nach fast einer Stunde in das Zimmer zurückkehrte, war auch ich schließlich geduscht. Dennoch ließen wir die Vorhänge vor den beiden Fenstern. Es war dämmrig im Zimmer. Sangho drehte die Heizung hoch.

»Es ist kalt draußen«, sagte er, »und es regnet. Heute werdet ihr draußen nicht viel Spaß haben. Was habt ihr eigentlich vor?«

Wir frühstückten und überlegten. Die Sonne hatte Paris endgültig verlassen. Wir hörten drinnen, wie der Regen zunahm und wirbelnd auf die blechernen Mülltonnen trommelte.

»Wir könnten uns durchkämpfen«, meinte ich und zählte verschiedene Ziele auf. Marion und Sangho schauten mich nur betreten an. Ich hatte einen vollen Plan. Ich wollte das Pantheon sehen, diesen Ruhmestempel der Kultur. Trockene Grüfte mit den steinernen Überresten großer Namen: Zola, Voltaire und Victor Hugo. Jetzt aber konnte ich mich nicht mehr dafür begeistern. Mir fehlte der Bezug. Auch zum Invalidendom zog es mich nicht hin, ebenso wenig wie zum Père Lachaise, dem größten Friedhof der Stadt und dem berühmtesten der Welt. Irgendwie sagten mir die Toten nichts mehr. Ich hätte in den Namen nur Steine und Vergangenheit gelesen, ohne mich wirklich dafür begeistern zu können. Irgendwie hatte sich die Faszination verschoben.

Sangho hatte inzwischen Tee gemacht, der einen eigenen, sehr eigenartigen Duft verströmte. Ich wollte wissen, ob er das Gebräu aus Haschisch gebrüht hatte.

Er lachte. Meinte dann geheimnisvoll: »Blauer Lotus.«

Das hörte sich schön an. Und es war wieder etwas in dieser Antwort, das nicht wirklich Auskunft gab. Andererseits war es uns egal. Wir waren in Sanghos Welt angekommen. Wir aßen, was er uns brachte, und wir tranken, was er trank. Wir ließen uns sinken im tiefen Vertrauen von Gästen. Dieses Gefühl nahm im Laufe des Vormittages noch zu. Der Geschmack des blauen Lotus durchdrang die Luft, so wie er uns durchdrang.

Sangho zündete sich einen Joint an. »Kein Haschisch«, lächelte er, »auch das ist blauer Lotus.«

Die getrockneten blauen Blüten lösten sich in dichte Luft auf. Dazu war es sehr warm im Zimmer. Ob Absicht oder nicht: Sanghos Heizung lief auf Hochtouren. Die Kleiderordnung war gelockert, seit Marion und Sangho sich in der Dusche begegnet waren. Wir trugen nur noch Slips und Shirts, Marion trug ein dünnes Trägerhemdchen. Das war als Unterwäsche gedacht, weil es sehr dünn und sehr eng war. Ihre Brüste pressten sich gegen den Stoff, sie wölbten sich üppig heraus aus der schlanken Form des Textils. Die Spitzen der Brüste stachen steif wie Korken hervor. Mit diesem unerlaubten Anblick weihten wir Sangho in unsere Intimität ein. Und auch das schien eine Wirkung des blauen Lotus zu sein: dass er einen lustvoll machte. Dass er dieses seltsame, irrationale Gefühl von Vertrauen, von Harmonie und Verbindung auch in eine erotische Richtung verstärkte. Dass in dieser Ruhe, die man fühlte, in dieser geradezu hypnotischen Beruhigung, die Sinne nicht nur wach blieben, sondern sich anspannten und anregten.

Sangho schaute meiner Frau auf die Brüste. Er machte sich keine Mühe, seinen Blick zu tarnen. Er labte seine Augen an Marions schönen, großen Titten. Und wir genossen es. Jeder von uns nahm sich, was ihm daran gefiel. Irgendwann verfing sich Marions Lächeln mit meinem. Der Blick zwischen uns flammte auf. Und dann irgendwann, in einem besonderen Moment war es, begann ich, Marion zu streicheln. Sie lachte zärtlich auf. Ich berührte sie kaum, nur die Härchen auf ihrer Haut, dann die Haut, erst unmerklich und schwerelos, nur mit den Fingerspitzen, dass sie es fast nur ahnte. Sie lächelte in einer Leichtigkeit, die mir zustimmte. Ich streichelte sie am Arm, streichelte ihn sanft empor und herab. Sie nickte vor mit ihrem Kopf, und ich streichelte sie am Hals, den Flanken, im Nacken, und ich kraulte sie in die Dichte ihres Haares hinein. Sie schloss dabei die Augen. Sie ließ sich in die Berührung sinken. Wir hatten das zum Bett entfaltete Sofa nicht verlassen. Hatten vorne auf der Kante fürs Frühstück an dem kleinen Tisch gesessen und Sangho uns gegenüber auf dem runden ledernen Hocker. Jetzt setzten wir uns zurück und lehnten uns an, während Sangho uns bei unserer Streichelei zuschaute. Es war eine Situation in Harmonie und Spannung zugleich.

Sangho folgte uns gebannt auf die Kante des Sofabetts. Er setzte sich zu uns. Marion bemerkte es und öffnete für einen kurzen Blick funkelnd ihre Augen, schloss sie dann traumwandlerisch wieder, umso lächelnder.

Ich liebkoste sie weiter mit meiner Streichelei, und wir genossen es sehr. Dieses Berühren und dieses Spüren von Berührung genoss sich in dem vollen Bewusstsein eines Beobachters. In Marions Schweigen und Lächeln sah ich etwas Atemloses. Und dann, mit einem kurzen Blick, legten sich ihre Arme um mich, sie streifte ihre Hände sanft an mir herab und zog mir dann mein Shirt über den Kopf. Nun bedeckte sie mich mit ihren warmen Händen. Sie streichelte mich so intensiv, dass ich ihre Wärme überall spürte. Dann zog sie an meinem Slip, und ich zog ihn aus, einfach so, wie in einem Lauf, der so natürlich war wie Wasser. Wie ein Fluss von Bewegungen, die in sich eine eigene, unaufhaltsame Natur haben, und im natürlichen Fortgang unserer Berührungen streifte auch sie sich nun den Slip von den Hüften und setzte sich auf mich. Sie nahm mich mit geschlossenen Augen in sich auf. Sie spürte mich in einem sehr langsamen und innigen Ritt. Lautlos herrschte sie über mich. Da war nur das ruhige, rhythmische Kreisen ihres Schoßes. In diesem dämmrigen, warmen Zimmer, das nach unbekanntem blauem Lotus schmeckte, war eine unwirkliche Atmosphäre, die uns trug, uns fing und uns löste. Die uns alles ermöglichte.

Ich schaute Sangho an, der uns betrachtete. Es machte uns nichts aus, dass er uns bei der Liebe sah, er war in unseren innersten Kreis aufgenommen. Und bald war es mir unwiderstehlich, dass ich ihn aufnahm in unser Liebesspiel. Ich rief ihn mit meinen Augen herbei. Er rückte näher zu uns. Und noch näher rief ich ihn. Bis er gierig hinter Marion kniete und ihre wundervolle Wärme spürte und ihre Haut und ihre Haare leibhaftig riechen konnte. Während Marion in ruhigem Rhythmus auf mir saß, sich fast wie eine Schlafwandlerin bewegte, war Sangho so nahe an ihr dran wie ein Löwe an einer träumenden Gazelle.

»Berühr sie«, sagte ich geschmeidig zu ihm. Marions Blick blitzte kurz auf, schloss sich aber sogleich wieder. Sie lächelte.

Sangho zögerte. Marion wandte behutsam den Kopf zu ihm um und sah ihm in die Augen. »Berühr mich«, sagte sie zu ihm sehr sanftmütig und stark, »mach dir keine Gedanken, berühr mich einfach, wenn du es willst. Genieß es, mich zu spüren. Weißt du, ich würde wirklich sehr gern deine Hände auf meiner Haut spüren …«

22

Sangho hob langsam seine Hand, sie war so zaghaft, als würde sie vor Zögern verkrampfen. Dann aber wagte er es. Er legte seine Hand auf die Schulter meiner Frau. Ganz sanft. Und ungläubig. Er berührte ihr blondes Lockenhaar wie etwas Unwirkliches. Er drang in ihren Glanz ein, er überwand ihre Unberührbarkeit und streichelte sie. Seine Finger spannten sich aus und wurden zärtlich. Marion hielt die Augen geschlossen wie in Scham. In ihrer Aufregung spürte sie ihn umso mehr. Sie legte ihre Wange leicht zu seiner starken schwarzhäutigen Hand hin. Und wieder wandte sie sich zu ihm um, blickte noch einmal in seine Augen.

Wunderbar sanft sagte sie: »Das ist schön! Berühr mich weiter. Es ist gut! Berühr mich so, wie du es willst …«

Sangho atmete diese Worte. Sie bestärkten seinen Wunsch und seine Berührung. Und Marions Augen blitzen auf, sie funkelten sinnlich, während Sangho seine Augen nun schließen wollte. Er wollte noch näher kommen, legte sein Gesicht in ihr volles helles Haar und roch es. Dann sprang der Funke seiner Berührung auf ihren Hals über. Er legte seine Lippen darauf, es sah erst aus, als würde er Marion einatmen, und er begann, die glatten Flanken bis ins Erogene zu küssen. Er nahm Marion nun in beide Hände. Er umschloss sie. Und sie ließ es geschehen. Sie gab weiche, sinnliche Laute von sich. Es war aufregend zu sehen, wie Sangho sie reizte, was er mit ihr tat und was diese Berührung in ihr auslöste.

»Das tut mir gut«, schnurrte sie.

»Sag mir: Wie schön ist es, von zwei Männern berührt zu werden?«, wollte ich wissen.

»Es ist genau dreifach so schön wie schön«, erwiderte sie verspielt. Es klang, als habe die Wirkung des blauen Lotus sie voll erreicht. Sie wurde nun lebhafter und fasste zärtlich hinter sich, um ihrerseits Sangho zu berühren und zu streicheln. Die Zärtlichkeit verband uns nun. Es war eine elektrisierende Energie darin, die nicht von dieser Welt war. Eine Stärke, der man sich nur ganz hingeben konnte oder gar nicht. Sie hatte eine Wirkung, die ungeheuer und unvergleichlich war. Es war meine Droge, eine verbotene, exotische Frucht, die nur in meinem Garten wuchs. Dieser bitter schmeckende und bodenlose Rausch, der alles in mir beherrschte. Zu sehen, wie meine Frau einen anderen Mann berührt. Zu sehen, wie sie ihn mit ihrer Wärme umschloss, ihn aufnahm in ihren inneren Kreis und in unsere eheliche Intimität: Das war ein maßloser, kaum zu beschreibender und kaum zu ertragender Reiz.

Gellend erfüllt starrte ich diese Berührung an, endlose Momente genoss ich sie, bis ich begann, mit einem Gefühl von atemloser Anbetung innige Küsse auf die Haut von Marion zu setzen. Dann packte es mich stärker und ich trieb es voran. »Streichle über ihre Brüste«, sagte ich zu Sangho.

Und er tat es. Er schmiegte sich noch intensiver und heißer an den Rücken meiner Frau. Seine Hände glitten über ihren Schoß zur Taille und umfasste sie. Mit einer Zärtlichkeit umspielten seine breiten Hände ihren Nabel, bis er emporstrich, seine Hände langsam und unaufhaltsam hob und schließlich ihre Brüste berührte, sie umfing, sie fest umfasste.

Sangho war nun der Hüter der heiligen Schwere von Marions Brüsten. Ich hatte ihn dazu berufen, ich hatte ihn eingeweiht. Der Anblick brannte in mir! Ich erlebte wieder diesen Moment, der zugleich eine Wunde und eine wunderbare Öffnung war, durch die Impulse neuen Lebens eindrangen. Diesen Moment, der wie ein betäubender Schlag auf mein Hirn wirkte und der aufregender war als alles andere in meiner Welt. Es war gellend, es war der stärkste Reiz, und es war ein flammendes Bild, das ich bei diesem Reiz sah: dass jemand es schaffte, durch eigentlich undurchdringlichen Dschungel hindurch in unsere eheliche Intimität einzudringen und gierig auf die Heiligtümer unserer intimen Beziehung loszustürmen, um diese aus ihrer Unschuld zu reißen und sie in sinnlicher Gier zu entweihen. Diese Symbole meiner sexuellen Geborgenheit, nur mir allein in privatesten Stunden vorbehalten, wurden wild erobert. Diese schamlose, wunderbare Gier stürzte sich auf sie, erstürmte sie, drang ein in den Glanz des Unberührten, des nie Entdeckten und sagenhaft Unschuldigen, das sein Geheimnis nun unwiederbringlich hergeben musste! Darin lag mein Kick.

In Sanghos Händen befanden sich die Brüste meiner Frau. Wo andere nur Schändung und Trauma empfanden, da spürte ich den heißen Stich schärfster Befriedigung, als ich sah, wie diese großen schwarzen Hände zufassten. Wie sie zupackten bei Marions schweren, schönen Brüsten. Diese Hände packten diese birnenhafte Schwere und Reife gierig wie bei einer Ernte. Das riss mich mit.

»So ist es gut. Halt sie. Halt sie fest in deinen Händen«, sagte ich. Meine Stimme sprach nun für diesen Dämon abgrundtiefer Lust, der in mir war.

Sangho hielt sie fest, und der verbotene Reiz steigerte meine Erregung. Ich sah nun, wie er dieses Volumen mit seinen Händen bewegte. Wie es wogte in dem dünnen, seidenen weißen Trägerhemdchen. Unter den schwarzen Händen schlugen die Wogen hoch. Marions Brüste drängten heraus aus dem engen Textil, sie pressten sich dagegen, bäumten sich mit steifen Nippeln auf. Das bewegte meine Erregung nun mehr und mehr. Ich gab mich wieder diesem Kick hin, dem faszinierenden Gefühl des freien Falls, ich taumelte in die Tiefe mit offenen Armen, die Dinge hergaben und noch viel mehr empfingen. Ich wollte jetzt alles. Sagte zu Sangho, dass er Marion das Trägerhemdchen ausziehen sollte. Für einen Augenblick zögernd sah er mich an. Dann, ganz langsam, zog er das Hemdchen über Marions aufgeregte Brüste und über ihren Kopf. Und wieder schaute er mich an. Ich spielte noch eine Rolle, trat aber als williger Betrachter hinter dem Geschehen zurück. Ich erlebte und erlitt es mit einer so befriedigenden Lust, dass es für meine Gefühle keine Richtungen mehr gab, sondern nur noch Stärken. Wir ließen alles hinter uns. Stark wie Glück und Todesstoß zugleich war es, als Sanghos schwarze Pranken die großen weißen Brüste meiner Frau anfassten. Er packte ihre nackt prangenden Glocken fest von hinten, während sie weiter meinen immer härteren Schwanz ritt.

Sie stöhnte getroffen auf. Ja, das war es! Der blanke Reiz, die verbotene Erfüllung. Sie lag in der fesselnden Magie schwarzer Hände auf weißer Haut.

»Das ist schön«, sagte ich, verträumt wie ein Wahnsinniger. »Fass sie an. Beschreib mit deinen Händen ihre Form. Und dann gib ihnen deine«, sagte ich in sexueller Poesie. Ich sah zu, wie er meine Worte in unumkehrbare Tat verwandelte. Und ich fühlte intensiv mit. Ich fühlte, wie er Marion spürte und wie er sie begehrte. Es war eine erneuernde Kraft, unter der all das noch viel stärker wurde, was ich für meine Frau empfand. Es war seine Begierde, die mein Feuer anfachte. Und ich trieb seine Begierde und damit die meine weiter an. »Wie findest du ihre Titten?«, fragte ich ihn.

Er nickte vollmundig zu der birnenhaften Schwere, die er in seinen Händen hielt.

»Sag mir, wie es dir schmeckt! Sag mir, wie es sich anfühlt!«, verlangte ich von ihm.

»Es ist mega!« Sangho war für wenig Worte. Aber dann trieb es ihn, und er wurde für seine Verhältnisse poetisch: »Es ist total schön. Die sind so geil anzufassen. Die sind glatt und warm und prall. Bessere Titten kann es nicht geben. Und die sind fast zu groß, siehst du, ich kann sie mit meinen Händen kaum fassen. Diese Frau hat viel, und sie braucht viel!«

»Diese Frau hat zu viel für einen einzelnen Mann«, erklärte ich.

»Das ist gut«, sagte er, als liefe ihm gleich Marmelade aus dem gierigen Mund, »diese Frau hat genug für alle!«

Ich spürte, wie die Worte uns aufgeilten. Wie sie Sangho und mich und Marion auf eine Welle setzten, die uns mitnahm bis zum Ende der bekannten Welt hin. Diese Worte überwanden den letzten Widerstand, sie öffneten uns für unser Verlangen. Sangho griff in die Vollen, er packte diese traumhaften Brüste.

»Jetzt lass sie nicht mehr los«, sagte ich bestärkend zu ihm, »pack sie dir! Fass sie richtig an. Greif sie und massier sie. Lass meine Frau spüren, dass sie Titten hat!«

Marion stöhnte auf. Sangho bewegte ihre Titten richtig durch. Er massierte sie mit übermächtiger Sanftheit und Eindringlichkeit. Ich sah ihre Schönheit aufgeregt wogen, ich sah sie kreisen in einer festen Berührung schwarzer und weißer Haut. Sie wölbten sich, als sie von Unschuld zur Erfahrung übergingen. Ich weihte Sangho ein in diese Heiligtümer meiner sexuellen Geborgenheit, ich weihte ihn also ein in meine Religion und machte ihn so reich wie mich selbst! Ich lag da und genoss die verbotene Schönheit von etwas Unfasslichem. Marion sah mich an mit lustvoll verschwommenem Blick, den wir hielten.

Nun tauchte sie aus ihrem atemlosen Schweigen empor und erwiderte stöhnend die Schärfe meiner Worte, als sie merkte, wie sehr es unserer Geilheit zugutekam. »Schau es dir an, mein Schatz. Die starken schwarzen Hände erobern mich. Sie nehmen mich. Du träumst das nicht. Also gefällt es dir? Gefällt dir, was du siehst? Sieh dir genau an, was dieser Kerl mit meinen großen weißen Titten macht. Schau genau hin! Na, gefällt es dir?«

Wir lächelten und lachten uns dämonisch an und sprachen in sinnlich verschwommenen Worten. »Gib sie ihm«, sagte ich ihr, »gib unserem schwarzen Freund alles, was du in der Bluse hast! Halt nichts zurück. Atme ein und wölb deine Brüste richtig raus, mein Schatz. Gib ihm alles, was du in der Bluse hast!«

»Er hat alles. Es ist alles schon in seinen Händen!«, stimmte sie ein.

»Und wie ist es? Sag mir: Wie fühlst du dich dabei?«

Sie klagte auf, etwas ging heftig durch ihren Körper. Längst hatte sie sich zwischen die Beine gefasst und rieb sich heftig, während sie noch immer auf mir saß.

»Er tut mir so gut!«, sagte sie ohne Willen und aus vollem Verlangen. »Er tut mir so gut!«

Sangho zischte: »Du geiles Stück! Spür meine Hände! Wie sie dich packen, du verdammtes, geiles Stück!«

Ich merkte, dass er seinen Reiz in scharfen Worten fand und dass es seine Art war, sich zu stimulieren. Ich wusste, dass sein Schwanz jetzt schon groß und hart hinter Marion stand. Ich stellte mir seine schwarze Schwellung vor, die sich von hinten gegen ihr Gesäß und ihre Taille presste. Wahrscheinlich konnte sie ihn längst an sich spüren.

»Sag mir: Willst du seine Haut auf deiner Haut spüren?«, fragte ich Marion nun.

»Ja!«, hauchte ihr offener Mund.

Sangho zog sein Shirt aus und drängte sich mit schwarzer, nackter, aufgeheizter Haut an sie und setzte noch intensiver die Massage ihrer großen, schweren Brüste fort. Er nahm sich noch mehr von ihnen und ich betete seine Gier an. Ich sah, wie er zu ihren Brustspitzen griff. Erst ragten aus seinen kräftigen Händen nur noch diese prallen Krönungen, die ich selten so gesehen hatte, so aufs Äußerste erregt. Dann nahm er die Spitzen mit dem Daumen und dem Zeigefinger. Drückte sie etwas zusammen, rollte sie zwischen den höchsten Gliedern seiner Finger hin und her. Er dehnte sie, als wolle er sie melken. Dann zwirbelte er sie und presste sie zwischen den Fingerkuppen wieder zusammen, dass sie sich wanden. Er vertiefte Marions wunden Punkt. Er reizte sie fast bis aufs Blut. Und der Grat zwischen Lust und Leiden verwischte. Der süße Schmerz der Geilheit drang durch ihren ganzen Körper und brannte sich bis in ihr Herz. Marion klagte getroffen auf. Sie war jetzt hilflos und Sanghos Händen völlig ausgeliefert.

»Mein Gott! Was er mit meinen Titten macht, das geht mir durch und durch! Meine Geilheit, die tut mir schon fast weh!«, stöhnte sie fast ohnmächtig. In ihrem Gesicht ging ein ebenso heftiges wie harmonisches Gefühl hin und her, etwas ebenso Schönes wie Brutales, das sie packte und das sie jetzt fast rhythmisch durchdrang. Ihr Atem wurde laut, aus immer größerer Tiefe stöhnte sie und stieß die heiße Luft ihrer Geilheit aus. Ihre ungehemmte Stimme erregte mich total. Ich hörte sie, und es hatte fast etwas Schwindelerregendes.

»Das ist heftig!«, klagte sie. »Das ist so grausam, wie gut ihr zu mir seid! Das ist gut! Das ist so verdammt gut!«

»Wenn du was anderes behaupten würdest …«, sagte ich.

»… dann würde ich lügen!«, gestand sie.

»Genieß es«, sagte ich zu ihr.

Und Sangho schleuderte wieder scharfe Worte: »Du geiles Stück! Ich mach dich so geil, wie du noch nie warst!« Sein Kopf zischte jetzt wie eine Schlange vor, um immer wieder die Nippel mit seinem rasch züngelnden Mund zu reizen. Er schnappte mit seinen Lippen nach den Nippeln, er leckte mit seiner Zunge nach ihnen, er lutschte sie, er saugte an ihnen, er vernaschte sie in seiner Gier. Er saugte an ihnen und zog an ihnen, und er biss sie leicht mit seinen Zähnen. Marion heulte wollüstig auf. Sie überließ sich völlig seiner Wirkung. Sie gab sich verloren. Es war ihre aufregende Art sich hinzugeben.

Dabei blitzte immer wieder ihr verschwommenes Lächeln auf und unser Blick riss nie ganz ab. Je heftiger unsere Gefühle wurden, desto unbedingter mussten wir uns in die Augen sehen. Es bedeutete unseren Halt. Es versicherte uns, dass wir diesen Schritt miteinander gehen wollten. Aber es bedeutete auch abgründigen Reiz, den wir daran fanden. Nur darum konnte sie sich und ihre Titten so hingeben, weil sie mir zeigen konnte, dass sie es tat. Es steigerte alles.

»Ihr beiden, ihr treibt mich hoch! Ich fühle mich wie ein Heißluftballon, der immer weiter in den Himmel steigt!«, jammerte sie. Unsere Fahrt ging rasend weiter, hinauf in Sphären, in die kaum ein Mensch je gelangt war. Unser Blick erhitzte sich immer mehr, es war wie eine Flamme, die zwischen uns brannte. Und irgendwann, da wagte ich Worte, mit denen ich mich selbst überraschte. Vielleicht um des Kicks willen, des puren Klanges, sagte ich Marion das fast Unsagbare: »Ich will jetzt, dass du dich von ihm ficken lässt!«

Diese Worte waren, als würde ich die Hand öffnen und Maiskörner auf eine heiße Herdplatte fallen lassen. Sie sprangen auf und platzten uns um die Ohren. Ich spürte, wie durch den Blick zwischen Marion und mir ein Stoß ging. Und doch hielt sie ihn. Sie sah mich nur anders an. Offen und wortlos.

Sie sagte lange nichts. Bewegte sich weiter in einem ruhigen, intensiven Rhythmus auf meinen Lenden. In ihrem Ritt sah sie mich an, als sei sie mit diesem Ritt auf der Suche nach Klarheit, nach Antwort.

Und dann fragte sie mich: »Bist du sicher? Willst du wirklich, dass er es tut? Dass er in mir ist und mir seine ganze Stärke zu spüren gibt? Bist du wirklich stark genug dafür?«

Sie fragte es nicht nur um des erregenden Klangs willen. Ich spürte ihre Zweifel. Sie kannte Sangho doch erst seit gestern, und ich hatte ihn nicht gerade als meinen besten Freund beschrieben. Und ich glaubte, wie gesagt, auch nicht, dass er ihr besonders sympathisch war. Aber ich war besessen davon, dass es geschah, ich musste es erleben und hätte meine Seele dafür gegeben. Und Marion hatte selbst schon erkannt, dass es etwas Unausweichliches hatte, und in ihr Schicksal eingewilligt.

»Kannst du dir wirklich vorstellen, dass er gleich in mir sein wird? Willst du ihn wirklich in meinem Schoß?«, fragte sie mich so erregt wie schicksalhaft. »Wäre es gut für dich?«, fragte sie nach und wie um mich zu prüfen, legte sie meine Hände um ihren Schoß. Ich spürte, wie heilig er für mich war.

»Stell es dir vor: Sein starker schwarzer Schwanz ist in mir drin! Er dehnt mich. Er füllt mich aus. Er beherrscht mich. Er ist tiefer in mir drin, als du jemals warst. Er dringt viel tiefer in mich ein. Willst du das wirklich?«

Aber ich sagte: »Ich will diesen Schwanz in dir drin! Tu es für mich!«

Marion lachte kopflos auf. »Also gut. Ich tue es!«

Und nun wandte sie sich mit ihren berauschten Worten zu Sangho um: »Es ist sein Traum. Seine absolute Fantasie. Er will meinen schönen Körper unbedingt mal im Extrem erleben. Er wünscht sich, dass ich mich vor seinen Augen von einem schwarzen Mann ficken lasse!«

Sangho starrte sie an. Sie ölte das Feuer: »Er braucht es. Er ist auf der Suche nach seinem absoluten Kick. Er ist geil darauf, uns beiden zuzusehen und zu erfahren, was dein gewaltiger schwarzer Schwanz mit mir machen wird!«

Sangho lachte auf, war durch Marions heiße Offenheit erst sprachlos, dann kam er klar und war raffiniert. »Will denn nicht jeder von uns das wissen?«, erwiderte er.

Da lachten wir uns an, dämonisch und lauernd. »Wir sind nicht mehr weit davon entfernt, es zu erfahren«, fuhr Sangho seinerseits fort.

»Sind wir nicht?«, reizte Marion in ihrer Hitze. Sie lachte auf und warf ihre Mähne hoch wie ein edles, glänzendes Pferd, das sich aufbäumt und seine Zähmung verweigert, nur um sie umso dramatischer und interessanter zu machen. Dann wieder wurde sie ernst und sah mich an, ihr Blick wurde dunkler, bis ich verstand, dass wir uns in unserem schwärzesten Wunsch entgegenkamen. Wild und atemlos öffnete Marion ihren Mund, und plötzlich wandte sie ihren Kopf zu Sangho um. Sie fasste zurück und packte ihn im Nacken, zog ihn heran und zwang ihn in einen brutalen Kuss. Die beiden verschlangen sich fast. Ihre Zungen wanden sich umeinander, sie gingen tief und heftig, hart. Nichts hielt sie mehr ab. Nichts galt mehr als das. Sie stürzten sich aufeinander wie hungrige Bestien. Als Marion ihn losließ, sank sie weich nach vorne. Sie blickte mich an und lächelte aus Abgründen.

Mir war klar, Marion musste vollkommen die Hure in sich rauslassen, um für diesen Fick bereit zu sein. Sie beugte sich nun zu mir und küsste mich, eindringlich aber liebevoll, und sie schmiegte sich dann mit der Wange an meine Brust. Dabei rutschte mein Schwanz aus ihrer Vagina. Aber das hatte sie gewusst. Sie kauerte jetzt auf allen vieren und streckte Sangho ihre gewölbte, offene Hinterseite zu. Sie wandte sich kurz zu ihm um und sagte: »Mach dir keine Gedanken. Du kannst mich ficken. Er wird stark genug sein. Je fester du gleich in mir bist, desto besser wird es für uns alle sein. Fick dein Ding schön tief in mich rein, fick mich ganz aus!« Sie sprach mit hurendunkler Stimme.

»Baisez-moi!«, forderte sie in einer Sprache, in der sie mir fremd und faszinierend wie nie zuvor erschien. Es war eine unwirkliche Art harter Realität. Etwas Nacktes, das etwas Verschwommenes hatte. Wir kannten uns selbst nicht mehr, wir waren nicht mehr ganz wir selbst, da wir nichts als sexuelle Gier hatten – wir waren Besessene unseres Verlangens. Wir wollten alle das Eine. Es war etwas Pures in uns, und das war der Stoff, der uns zu unserer restlosen Befriedigung führte. Je stärker wir es zu spüren kriegten, desto mehr würde es dem entsprechen, was die abgrundtiefste Wahrheit war. Das war also unser Schicksal.

Marion kauerte mit dem Kopf auf meiner Brust, während ich dalag und Sangho betrachtete. Seinen zähen, gehärteten Körper, der angespannt war und kaum noch aufzuhalten. Seinen stark geäderten, muskulösen Schwanz, der in Marion gleich das Zepter ergriff.

Sangho packte nun ihren satten Schoß, ihre offene Hinterseite, er umarmte sie mit einem Arm und fasste dann an seinen prallen Schwanz, um ihn an dem frisch glänzenden, leicht und sinnlich geöffneten, korallenrosaroten Mund ihrer Scheide anzusetzen. Er versuchte, ihn hineinzudrücken. Ich spürte, wie Marion der Atem stockte und wie ihr Gesicht sich verzog.

»Gott, steh mir bei!«, flehte sie auf. Aber der himmlische Beistand wirkte bei diesem Schwanz nicht. Marion brach den Versuch ab. Sie fasste hinter sich und umfasste Sanghos Schwanz.

»Da war nur Stärke, ich hab nichts als pure, harte, übermäßige Stärke gespürt!«, sagte sie ungläubig, und jetzt hatte sie den Beweis in der Hand.

»Das ist gut«, sagte ich ihr, »diese Stärke ist für dich.«

Sie spürte, wie sehr ich es wollte. Und so wollte sie es auch. Auch wenn sie fürchtete, der Härte der Aufgabe nicht gewachsen zu sein. Dieser afrikanische Schwanz war ihr viel zu stark und zu ungestüm. Sie hatte einen einzigen rohen, brutalen Strang aus Muskeln in der Hand, dessen alleiniger Sinn es war, sie zu ficken.

Sie klagte: »Ich will mich ja gern für deinen ultimativen Wunsch opfern. Aber mit diesem Ding hier scheint die Hölle selbst mich zu bestrafen. Der ist beileibe nichts für kleine Mädchen!«

Mit diesem Tonfall einer sexuell Überforderten erregte sie mich weiter. »Zeig ihm, dass du eine Frau bist. Dass du für ihn geschaffen bist«, trieb ich sie bestärkend an.

»So, wie er geschaffen ist für mich, nicht wahr? Du denkst ja, für mich kann es nicht stark und hart genug sein. Es ist dein absoluter Traum, dass ich mich mit so übergroßen Schwänzen auseinandersetze …«

Marion wusste, wie wenig ich der Vorstellung widerstehen konnte, sie mit diesem afrikanischen Riesending zu erleben. Und sie wusste auch, wie wenig sie es mir versagen konnte. Mit Liebe in der Geste sank Marions Kopf auf meine Brust. Ich streichelte ihr zärtlich das Haar. Ich spürte ihren heißen Atem, spürte darin Furcht und Widerstand und Willigkeit, in die sie sich nun kopfüber fallen ließ.

Ich nickte Sangho zu. »Sie ist soweit. Nimm sie«, sagte ich ihm, als würde das Schicksal sprechen. Mir war klar, dass es sich vollziehen musste. Ich sah Sangho vor Bereitschaft fast bersten, während Marion noch etwas brauchte.

Sie verstärkte ihren Atem, und sie sagte zu mir. »Verlang es von mir, du musst es von mir verlangen. Ich will das Gefühl, dass du mich dazu zwingst!«

So sprach ich: »Ich verlange es!«

Und Marion steigerte sich noch mehr in ihre Atmung hinein. »Dann halt mich«, bat sie, »halt mich dabei ganz fest!«

»Willst du diesen schwarzen Schwanz?«, fragte ich sie. »Willst du, dass er dich fickt?«

Sie sagte es als leises und opfermütiges Bekenntnis, leidend und doch ganz ihr Spiel genießend: »Ja. Ich will es … Ich will, dass dieser riesige schwarze Schwanz mich fickt!«

Ich nickte Sangho endgültig zu. Er setzte seinen überstarken Schwanz wieder an und presste ihn gegen sie.

»Ist da wirklich nur Stärke?«, provozierte ich ihn.

»So ist es!«, schnaubte er aufgegeilt.

»Ich will wissen, wie sehr du sie willst! Ich will wissen, wie stark du für sie bist! Und ich will wissen, wie tief du in ihr sein kannst!«, beschwor ich ihn und trieb ihn an.

»Gleich wird sie diesen schwarzen Schwanz kriegen. Und nichts, gar nichts, wird tiefer in deiner Frau gewesen sein als mein Schwanz! Ich schiebe ihn ihr rein bis er an ihr Herz anklopft und bis nichts mehr aus ihr rausschaut als meine schwarzen Eier!«, frohlockte er wutschnaubend wie ein Stier. Und damit setzte er wieder an und presste seinen Schwanz wieder gegen ihre Enge.

Marion bäumte sich auf. Ich konnte sie kaum niederhalten. Noch weniger zu halten aber war Sangho. Ich spürte, wie sehr er es wollte, dass sich seine Stärke auf Marion übertrug, sie einnahm, sie beherrschte. Er wollte, dass sie ihn ganz und gar zu spüren bekam.

»Er ist so stark«, keuchte sie, »halt mich ganz fest, damit ich nicht entkommen kann. Lass mich starke Arme spüren und zwing mich dazu!«

Ich verstärkte den Griff, mit dem ich sie hielt. Sie konnte sich nicht mehr dagegen wehren, denn ich spürte, sie wehrte sich nicht gegen ihr eigenes Verlangen. Und so kam es nun über sie, dass der schwarze Mann seinen übergroßen, glänzend prallen Schwanz in sie hineintrieb. Marions Mund war aufgerissen. Sie schrie gleichermaßen in Entsetzen und in Erfüllung. Es war die Erfüllung dessen, was sie fürchtete und wünschte und was ebenso ich fürchtete und wünschte.

Sangho drang tief in sie ein. Er drang in sie, bis ihre Körper sich zu einem einzigen zusammengeschlossen hatten. Begierig es zu erfahren, sah ich Marion an. Sie war voll von dem, was ich wissen wollte. Sie sah mir in die Augen wie ein vom Schuss getroffenes Wild. Sie war verkrampft und atmete schwer. »Er ist so groß, so stark!«, stöhnte sie. Aber ich hörte auch, welch erfüllende Kraft sie erfuhr. Ich küsste sie auf die Stirn und hielt sie fest und zärtlich, ich streichelte sie, versuchte, ihr Ruhe zu geben, flüsterte ihr Entspannung zu.

Sie spürte, dass ich sie zum Wesentlichen führen wollte, und schließlich antwortete sie: »Jetzt hab ich alles, was er mir geben kann. Ich hab ihn ganz in mir drin!« Ihr Mund blieb offen, aber ihr Schrei verklang. Sie war für Sanghos schwarze Kraft nicht ganz bereit gewesen. Aber dann spürte ich, wie sie sich fanden. Ich spürte, wie das Pendel der Bewegung in Marion Raum griff. Und wie sie sich dieser Bewegung weitete. Ich spürte, wie sie sich mehr und mehr darauf einließ und wie der Rhythmus sie so durchwirkte, dass der Takt seiner schwarzen Stöße ihr in rasender Erregung aus dem offenen Mund drang.

»Aa! Aa! Aa! Aa! Aa! Aa!«

Marion atmete aus, was in sie eindrang. Die üppigen, lustvollen Rundungen ihres schönen Körpers bewegten sich ganz im Willen dieser Kraft und dieses Aktes.

»So ist es gut. Lass deinen schönen Körper richtig durchficken! Lass ihn schön durchpflügen. Er ist dafür gemacht, es zu erleben. Und das weiß er auch. Er will die Kraft dieses starken schwarzen Schwanzes spüren! Lass deinen schönen, vollen Körper diesen Fick ganz spüren!«, beschwor ich sie so sanft und klar, als würde ich darin ein Naturgesetz zitieren.

Marion schenkte mir ein berauschtes Lächeln. Sie lag nun an meiner Schulter, ohne dass ich sie zur Ruhe zwingen musste. Sie fand sich. Und vertraute mir ihr Genommensein an. Ihre Laute verrieten mir ihr größtes Geheimnis. Ihre tiefste Lust. Ihre verbotenste Fantasie. Wieder begegneten wir uns im dunkelsten Innern unserer selbst. Wir begegneten uns in unserem Kern und verschmolzen miteinander. Es war eine restlose Partnerschaft. Ich sah ihr in die Augen. Sah fasziniert jeden Deut, der sich in ihr regte. Da spürte ich sie extrem: diese unglaubliche Dramatik, meine Frau von einem anderen Mann gefickt zu sehen.

»Was macht dieser starke Schwarze mit meiner Frau? Mein Gott, bumst der sie durch!«, rief ich mir selbst zu und spüre darin das heiße, erfüllende Entsetzen. Ich gab mir den ultimativen Kick, erregte mich an der lustvollen Tragik des gnadenlosen Geschehens. Ich sah Sangho an, der seinen Kopf in den Nacken legte, gepackt von seinem Glück. Er hatte die Augen geschlossen und als sie sich öffneten, da war sein Blick trunken, eingetaucht in die pure, hart funkelnde Lust.

»Spür sie«, sagte ich zu ihm, »spür sie, so wie du sie spüren willst. Gib es ihr zu spüren, wie tief dein Verlangen ist. Zeig es ihr, und gib ihr alles, was du ihr geben willst!« Ich predigte es wie ein Priester lustvoller Unheiligkeit.

Wieder drang Sangho vor, um Marion auszufüllen. Wild kam sie ihm entgegen, konnte nicht genug von ihm bekommen. In einem Augenblick hielten sie dann beide ein. Marion hatte nach hinten gefasst, sie umfasste Sanghos Po und drückte ihn ganz fest an sich, obwohl das zugleich Lust mit Schmerz bedeutete, und Sangho hielt angespannt still, und sie sahen mich beide an, mit so einem Blick von endgültiger Wahrheit. Es war, als wollten wir diesen Moment für die Ewigkeit festhalten. Und mit in Ruhe fallenden Worten und einem Gefühl von Vollkommenheit sagte Marion zu mir:

»Jetzt. Jetzt ist er ganz in mir. Ganz tief drin. Tiefer geht es nicht. Er ist fast zu groß für mich, viel zu stark, aber ich gehe über meine Grenzen, ich entdecke meine Grenzen neu. Sein starker Schwanz dehnt mich, besitzt mich. Aber es ist Schmerz und Lust zugleich, es treibt mich in den Wahnsinn, und ich spüre darin etwas, was mich ganz erfüllt. Mein Körper kann nicht erfüllter sein als jetzt. Ich kann nicht mehr nehmen als jetzt!«

Ich nickte, umarmte liebend ihren Schoß, der neben ihren Brüsten für mich die ganze Unschuld und den ganzen Reiz ihrer Weiblichkeit ausdrückte, und ich spürte, wie sie den starken schwarzen Schwanz in sich empfing. Ich erlebte, wie er sie erfüllte, er hatte seine sexuelle Macht tief in Marions Schönheit versenkt, und es war die größte Befriedigung für jeden von uns.

»So ist es gut«, stöhnte sie auf in atemloser Erwartung, »und jetzt bums mich wieder, schwarzer Mann! Bums mich richtig durch! Zeig mir, was du mir zeigen willst!« Sie verlangte es, stieß es aus wie eine Flamme. Und die Hitze ihrer Worte fachte unsere Geilheit rauschhaft an.

»Ja, so ist es gut«, sagte ich zu Sangho, »geh tief in sie rein! Nimm sie noch stärker. Gib ihr jetzt alles, was du ihr geben willst!«

Und er gab seiner Begierde ungehemmten Ausdruck. Er durchdrang Marion in gierigen Schüben. Ich spürte, wie er ihr aus allen Sinnen zu dringen schien. Er verleibte ihr seine ganze Geilheit rhythmisch ein. Ich spürte seine Stöße durch ihren warmen Körper dringen. Er fickte meine Frau nun so hungrig und so durstig, dass ich glaubte, es müsste sie völlig aufzehren. Ich spürte, wie sie in jeder Faser erzitterte vor seiner unstillbaren Gier. Getrieben von ihrer eigenen Geilheit nahm sie ihn an und unterwarf sich dieser kraftvollen und unbändigen Sexualität. Sie atmete die starken Stöße schreiend aus.

»Aa! Aa! Aa! Aa! Aa! Aa!«

Es war mir danach, das Absolute dieses Moments noch zu verstärken, indem ich Marion begierig zuflüsterte: »Ist es gut? Sag es mir!«

»Ja«, klagte sie, »Ich halte es kaum noch aus! Er fickt mich richtig durch! Dieser starke schwarze Schwanz bumst mich ganz aus! Ich bin gleich soweit.« Sie stöhnte, warf den Kopf in den Nacken, klagte es aufgelöst im Glück ihrer eigenen Geilheit.

Ich trieb uns in Worten weiter an. Wollte wissen: »Sag mir: Ist es anders als mit mir? Sag mir: Wie spürst du ihn?«

Marion in ihrer Genommenheit rang nach Luft und nach Worten. »Ja, es ist anders«, rang sie sich ab, »sein Schwanz ist viel größer als deiner. Viel dicker und länger. Ich spüre ihn so stark und so tief. Er fickt mich so hart und so gut. Er kennt keine Sanftmut und keine Gnade. Er herrscht über mich. Ich bin ihm völlig unterworfen. Er zeigt mir meine Grenzen. Das ist so heftig!«

Mit ihren Worten stachelte sie meine dunkelste Geilheit willig an.

»Sag mir: Ist es gut so? Ist es so, wie du es haben willst? Brauchst du es so hart?«

»Ja, es ist gut! Ich will es so hart! «

Und nun war es, als würde ich mit den Fingerspitzen den endgültigen Boden meiner Finsternis berühren. Ich begegnete mir selbst am tiefsten Punkt, indem ich Marion fragte: »Besorgt er es dir besser als ich? Sag es mir!«

Ihre Augen blitzten auf. Sie las die Farben des Feuers, das in mir brannte. Und dann sagte sie: »Ja, er besorgt es mir richtig! Er ist stärker und härter als du! Und er fickt mich viel besser als du!«

Und die Finsternis unserer Lust krönte sich mit blitzenden und krachenden Sternen wie in einem feierlichen Feuerwerk. In meinem Innern erlebte ich einen nie erlebten Orgasmus. Mein Kick war auf der Spitze.

Und auch Marion war soweit. Sie schrie ihre Lust heraus, ihr Körper verkrampfte sich in einem ungeahnten Höhepunkt!

Doch Sangho kannte noch immer keine Gnade. Er ließ nicht von ihr ab, schenkte ihr keine Ruhe. Er vollstreckte sein Verlangen. Er stieß sie hart und tief. Er läutete ihre Glocken.

»Aa! Aa! Aa! Aa! Aa! Aa!« Marions traumhafte Titten schwangen wild durcheinander. Diese großen, schönen Brüste wirkten wie willenlos und besinnungslos. Und tatsächlich: Sangho war mit Marion wohl nicht liebevoller, als er es sonst bei irgendwelchen Huren der Umgebung wohl war. Es erregte mich, dass es der gleiche derbe, harte Drang war, der diesen Frauen widerfuhr. Dadurch wurde mir ihre Unschuld umso klarer, und das gab mir einen noch größeren Kick. Nun erfuhr meine schöne Frau den gleichen derben, harten Drang, wie ihn die Huren abkriegten. Ich hielt ihren arglosen Schoß umarmt, während sie ihren erhitzten Atem über mir ausstieß und dabei laut war in der gleichen Stärke, in der Sangho sie stieß. Ihre Atemlaute gerieten jetzt außer Kontrolle. Sie schrie bejahend und Sangho stieß sie hart. Ich war total gebannt.

»Aa! Aa! Aa! Aa! Aa! Aa!«

Ihre schweren, liebevollen Brüste wippten mir wie völlig benommen ins Gesicht. Ich spürte diesen Akt an allen Sinnen, ich drang in seine Faszination ein, ich erlebte ihn mit. Ich erlebte die vertraute Frau im harten Kontrast mit schwarzer Kraft. Diese schwarz-weiße Magie war so aufregend und berauschend wie beim ersten Mal, auf eine Art sogar stärker, weil es heftiger war, nichts als pure, gnadenlose, schwarze Potenz. Wir sagten Sangho nichts von Moe, er sollte sich fühlen wie der erste schwarze Mann in Marion. Außerdem war die Erfahrung jetzt anders. Sanghos Sex war aggressiver. Sangho war härter und egoistischer als Moe.

Als ich jedoch spürte, dass Marions Genommenheit nachließ und ihre Schreie austaumelten, mehr als gesättigt, da hielt Sangho eine Überraschung für uns bereit. Es sollte ein ganz neues Erlebnis werden. Er hielt ein und fragte Marion, ob sie seinen Schwanz gern in ihrem Po spüren würde. Das sei etwas Besonderes.

Sie sah ihn an. Sie wusste, was er meinte. Und doch war sie ahnungslos. Sie versuchte wieder, zu Atem zu kommen, geschweige denn zu Worten. Und als sie sie hatte, da antwortete sie: »Nein … Aber ich hab das mal in einem Film gesehen. Nur erlebt hab ich das noch nicht …«

»Du hast es in einem Film gesehen? Und? Hat es dir gefallen?«, wollte der gierige Sangho wissen.

»Es sah hart aus. Und intensiv. Und es hat mich irgendwie sehr erregt«, gestand sie. Man konnte sehen, wie die Idee Marion verführte.

»Dann sollten wir es tun«, forderte Sangho.

Doch Marion war nicht sicher. »Das ist vielleicht ein Vergnügen für sehr erfahrene Frauen. Ich könnte nicht sagen, ob ich das schaffe«, wandte sie ein.

»Hast du nie daran gedacht, dich mal in alle Löcher ficken zu lassen?«, fragte Sangho.

Marion senkte den Blick, verschämt von der Frage und noch ganz fertig von seinem starken Schwanz.

»Also, wenn du Lust dazu hast, dann können wir es tun«, sprach Sangho in einer Art von Sprache, die offener nicht sein konnte.

Marion sah mich an und ich sagte zu ihr: »Nun komm. Lass deinen schönen Körper auch diese neue, starke Erfahrung machen.«

Und Sangho reichte meiner zögerlichen und erschöpften Frau die Hand, um sie mit sich ins Bad zu ziehen. Sie folgte ihm auf willenlosen, schwankenden Beinen, noch benommen von den ungeahnten Höhen, in die er sie getrieben hatte.

Drüben schraubte er den Kopf der Brause vom dünnen Gummischlauch und bestrich das Ende mit etwas Vaseline. Dann führte er ihn ein Stückchen in Marions anale Spalte. Erstaunt über das fremde Gefühl keuchte sie auf. Ganz vorsichtig drehte Sangho den Hahn auf und ließ eine Handvoll Wasser in Marions Anus fließen. Das löste ein paar Minuten später einen Toilettengang aus.

Zurück im Zimmer konzentrierten wir uns auf das, was wir tun wollten. Wir hatten nur Sex im Sinn, und diese Einzigkeit und Nacktheit des Gedankens war Reiz an sich. Das Vorhaben war die Erstbesteigung Marions über ihre Hinterseite, ihre anale Entjungferung durch einen gut gebauten Schwarzen. Ich sah zu, wie meine Frau sich in Pose kniete und Sangho auf allen vieren ihre Hinterseite bot. Sie wölbte sich ihm entgegen. Und er, genauso erregt wie ich, begann, sie zu stimulieren. Mit Vaseline an den Fingern streichelte er ihren analen Zugang. Drang mit den Fingerspitzen spielerisch in sie ein. Er penetrierte sie in Miniatur.

Sie wurde unter ihm geschmeidig. Summte in kleinen Lauten in einer Stimme, die unsicher und überrascht war und angenehm berührt. Sangho machte dies mit viel Geduld, ganz erfahrener Liebhaber, und er machte es gut. Er ließ sie reinkommen in dieses nie erlebte Erlebnis. Mit der anderen Hand rieb er ihren Kitzler, bis sie lustvoll stöhnte. Und als sie an der hinteren Stelle nicht anderes mehr war als heiß und geschmeidig, bereit für das noch nie Gespürte, da stellte er sich in der Hocke über ihr auf. Er setzte seinen hartgeriebenen Schwanz an ihrem Poloch an und versuchte, ihn hineinzudrücken.

Ich erregte mich an der animalischen Pose, und doch war Sangho behutsam und achtete auf sie. Marion hatte die Augen geschlossen und den Mund halb geöffnet. Es war der Ausdruck banger Erwartung. Ich legte mich zu ihr hin, streichelte ihr Gesicht. Nun spürte sie es ganz konkret. Ohne dass ich sah, was geschah, erkannte ich etwas Starkes, das sie erfuhr. Es dauerte an, und sie hielt es aus. An einem Punkt riss sie Augen und Mund auf mit einer sprachlosen Ungläubigkeit. So, als wäre sie aus dem Hinterhalt von einer Kugel getroffen worden. Sie atmete schwer. Sie hatte Angst, und sie hatte Schmerz. Ein afrikanischer Schwanz von vielleicht dreißig Zentimetern Länge und sechs Zentimeter Dicke schob sich gerade in ihr prachtvolles Gesäß. Ihr traumhaftes, unberührtes Hinterteil erlebte fulminant seine sexuelle Eroberung.

»Es tut weh!«, klagte sie und stöhnte unter der Anstrengung. Bei dem Schmerz stockte ihr der Atem, Sangho spürte es und ließ in seinem harten Drang etwas nach.

»Mach es langsamer«, sagte ich zu ihm, »sie ist wirklich noch nie in den Arsch gefickt worden, noch nicht einmal von mir. Das hier ist gerade ganz neu für sie. Es ist echt ziemlich brutal für sie!«

Und Sangho gab sich Mühe. Marion hielt den Mund aufgerissen. Der Schweiß rann ihr am Gesicht herab. Irgendwann aber sagte sie in gepressten Worten: »Jetzt. Jetzt ist er in mir!«

Sangho füllte mit seinem starken Schwanz Marions traumhaften Hintern aus, das war unglaublich und gut. Ein weiteres

Mal gab sie Unschuld hin, um zur Erfahrung überzugehen. Ein weiteres Mal war sie darin Heilige und Hure für mich, angebetet bis zum Wahnsinn.

»Wie ist es?«, fragte ich sie. »Sag mir, was du fühlst, mein Schatz, und wie es für dich ist?«

»Es ist anders, es ist unbekannt, es tut mir weh, aber vielleicht ist Schmerz auch nicht das richtige Wort, es hat auch Wärme, es hat auch Gutes, ich spüre etwas. Was mich ganz ausfüllt, so wie noch nie, es ist ganz anders. Es ist nicht so wie bei meiner Scheide. Ich spüre, der schwarze Schwanz … er … o Gott … o mein Gott, das ist echt krass … er … er dringt bis in meine Eingeweide in mich ein!«

Ich hielt Marion, hielt sie in meinen Händen und streichelte ihre Stirn und ihre Wangen. Ich konnte ihren ganzen Körper spüren. Was er empfand, was er erlitt und genoss und was er an Aufregendem erlebte. Ich spürte, wie er sich geil hingab und liebend opferte, ich spürte die Grenzen, die dieser schöne Körper überschritt. Und das war faszinierend zu erleben. Ich küsste meine Frau, wir atmeten und spürten einander und versicherten uns sprachlos unserer Liebe.

Gebannt von ihrer neuen Erfahrung, ihrer analen Entjungferung, hatte ich mich unter Marion gelegt. Der Akt wurde für sie nun konkreter und tiefer. Langsam begann Sangho, sich in Marions Hintern zu bewegen. Sie atmete das laut aus. Stöhnte leidvoll genießend mit den Stößen, die er ihr gab. Dabei war ihre Stimme anders. Sie war verhaltener, sie blieb etwas unsicher und gepresst. Nur ihre Liebe zu mir schien auf sie entspannend zu wirken.

Sie sagte: »Er ist tief in mir drin. So wie es dir gefällt …«

Ja, ich wünschte mir, dass er ganz in ihr drin war, und ich konnte spüren, dass es so war. Es erregte mich atemlos, wie sie männliche Macht nun auf andere, neue, erstaunliche Art in sich spürte, tief in ihrem traumhaften Gesäß, das nun auch eine sexuelle Identität hatte.

Marion fand in den Analfick hinein. Sie verstand, ihn halbwegs zu spüren, selbst wenn es überwältigend und beinahe zu stark war. Als sie gerade drin war, da stieß wiederum Sangho die Situation an. Er wollte einen Schritt weitergehen.

»Leg dich richtig unter sie, Martin«, sagte er, »und dring in sie ein!« Er dachte an ihre vakante Spalte.

Marion erschreckte sich bei der Idee. »Ich weiß nicht! Ich weiß nicht, ob ich das schaffe: euch beide in mir zu haben«, hauchte sie ängstlich.

»Du schaffst das«, redete Sangho ihr zu, »es ist sehr intensiv. Du musst es einmal erlebt haben. Du wirst dich dabei fühlen wie noch nie!«

Marion zögerte. Sie sagte: »Ich hab irgendwo mal gehört oder gelesen, dass Pornodarstellerinnen das brauchen, um wirklich befriedigt zu sein …«

»Also siehst du«, meinte Sangho grinsend, »so gut ist es!«

Die Vorstellung hatte mich gepackt. Ich sah diese doppelte, völlige Erfüllung von Marions geheiligtem Schoß vor mir. Ich spürte diese dämonische Faszination, die ich an ihrer ganzen Schönheit fand, und ich konnte dem Gedanken nicht widerstehen, dass wir ihren schönen Körper ausschöpften bis zur Grenze dessen, was sie nehmen konnte. Ich wollte es, denn Marion wollte es selbst. Als ich von unten mit glühender Härte in sie eindrang, da löste sich in ihr ein langer, langsamer Schrei von Überwältigung und Staunen.

»Großer Gott, ihr nehmt mich auseinander! Zwei Schwänze sind einfach zu viel, das schaff ich nicht!« Aber dann, einen ungewissen Moment später, gestand sie verwirrt: »Großer Gott, ihr seid in mir! Jetzt seid ihr in mir drin, tatsächlich alle beide. Ist das geil. Ich hab jetzt alle Männer in mir aufgenommen.

Irgendwie hab ich gerade das Gefühl, das macht mich endgültig zur Hure …« Sie klagte es und schloss ins Tiefste befriedigt die Augen.

Wir waren nun drei Körper in einem zusammengefügten System. Wir spürten uns aufeinander ein, bewegten uns erst ganz behutsam, sanft, dann etwas stärker, bis wir verbunden waren in einem intensiven Rhythmus, und nichts empfanden als diesen gellenden Reiz, der darin bestand, dass Marion unsere gemeinsame Lust spürte und dass wir sie damit mehr ausschöpften und restloser erfüllten als je zuvor.

»Aa! Aa! Aa! Aa! Aa! Aa! «

Marion atmeten unsere harten, sanft rhythmischen Schwänze lauthals aus. Und nun spürte ich, wie sie einen Orgasmus erlebte, der war noch stärker als zuvor. Und wie sie danach noch zu einem weiteren Orgasmus kam, gnadenlos von uns getrieben.

Als sie wieder zu Sinnen kam und ihre Augen öffnete, da hatte sie ein schleierhaftes, benebeltes Lächeln. Sie sah mich beinahe an, als würde sie in süßem Sterben liegen. »Es ist so hart und so gut, euch beide in mir zu spüren«, hauchte sie, »es ist so verdammt intensiv. Es gibt mir alles. Es füllt mich so aus, wie ich es noch nie erlebt hab. Ich spüre die letzten Winkel in meinem Innern, ihr dringt hinein. Ihr füllt mich total aus und ihr schafft mich! Großer Gott, ihr beide nehmt mich gerade so richtig in die Mangel!«

Es waren Wellen, die jeder von uns auslöste und empfing. Es war eine harte, flammende Triole. Wir trieben sie auf die Spitze. Es dauerte nicht lange bis jeder von uns auf den Höhepunkt dieser Wellen kam. Sangho und ich, fast in dem gleichen Moment, spritzten in Marion ab. Wir bebten tief in ihr! Dabei hielten wir uns aneinander fest, packten uns, als würde es uns zu zerreißen drohen, klammerten uns aneinander, als würde es uns in den astronomischen Raum schleudern, zu einer geradezu kosmischen Erfahrung. Wir erlebten eine nie erlebte Kraft, die uns packte und an uns riss. Aber diese Kraft: Das waren wir selbst!

23

Nach dieser Nummer hatten wir einen Drang nach außen. Es hatte aufgehört zu regnen. Wir gingen raus aus der Wohnung und traten auf die Straße hinaus. Wir atmeten durch und kühlten ab. Und spürten beim Gehen das berauschende, reiche Geheimnis, das uns verband. Wenn unsere Blicke sich trafen, dann lächelten wir still und verschworen. Wir gingen nahe aneinander. Spürten den eigenen und den anderen Körper, waren voll von aufgewühltem, verwirrendem Leben.

Ich sah Marion aus einer neuen Perspektive, sie wirkte umso attraktiver auf mich, mit ihrer neuen Erfahrung, die ihr das gute Gefühl gab und sogar das Gefühl von Stolz. Wie viele andere Frauen auf dieser Straße hatten etwas so Heftiges und Intensives erlebt? Aus ihren verschwitzten Strähnen warf sie kesse Blicke, stieß Atemstöße aus und mit ihren Beinen machte sie sogar einen übermütigen Knicks beim Gehen.

Grinsend kiekste sie uns ihre Aufregung zu: »Du lieber Himmel, was ist mit mir? Was habt ihr mit mir gemacht? Meine Knie, die zittern!« Und für einen Augenblick übertrieb sie den wackligen Gang. Dann, nur um des Kicks willen, gab sie sich eine hurenhafte Antwort: »Ihr habt mich ganz schön auf die Hörner genommen, ihr beiden! Ihr habt mir ziemlich die Beine weggebumst!« Und sie schnaufte und fuhr sich durchs Haar mit einer Geste der Verlegenheit, der leicht gespielten Scham ihrer eigenen Geilheit gegenüber.

Wir lachten auf. Wir gingen weiter, den ansteigenden Weg zu Montmartre empor, dann die unverwechselbaren Treppen mit ihrer legendären Poesie. Es war Sonntag in Paris. Und rasch stellten wir fest, dass der Hügel überlaufen war von purer Menschenmenge. Irgendein Fest fand statt. Der Flair des Montmartre feierte sich wieder mal selbst. Der übliche Besucherstrom verdichtete sich ins Unerträgliche. Neben den Touristen mischten jetzt auch die Einheimischen und Leute aus anderen Vierteln mit. Ich ging voran, zog Marion an der Hand hinter mir her, sie wiederum streckte ihren Arm nach hinten aus, den Sangho ergriff, damit wir uns nicht verloren. So gingen wir durch die engen Kopfsteingassen. Durch eine absurde Mischung neuer Souvenir-Shops und alter Weinschenken kamen wir zum Place du Tertre, wo die Porträtmaler saßen und Leute im Stile des Genießers, und endlich an der weißen Kirche angelangt, gab es diese Absperrungen und diese Partyzelte aus Plastik, vor denen in der Pose eines hoch kommunikativen Savoir-vivre die Weinschmecker standen. Originale und eigentlich sympathische Leute, die galant und geistreich redeten. Aber all das war zu viel, vor allem für Marion und Sangho und mich. Montmartre sah aus, als hätte es sich ad absurdum geführt. Mit seinem Betrieb und seiner Menschenmasse war es uns fremd, es schreckte uns sogar ab.

Irgendwie war es so, dass wir von dieser Welt nichts mehr wissen wollten. Wir gingen. Flüchteten uns zurück. Tauchten wieder ein in dieses dämmrige Zimmer und in den warmen Dunst des blauen Lotus. Wir hatten Luft geschnappt, gerade genug, und nun tauchten wir wieder ein. Wie Entdecker auf See, die an nichts anderes denken konnten, als zu ihrem Schatzfund in gefährlicher Tiefe zurückzukehren. Wir konnten an nichts anderes denken als wieder intim zu sein und unser dreiseitiges sexuelles Abenteuer auszuleben. Unsere dämonische, nackte Faszination – wir waren darin suchthaft und wunderbar gefangen. Ein Zustand, in dem es nichts anderes gab.

Eine Reinheit. Entstanden aus Kontrast. Schwarz und Weiß, Ebenholz und Elfen-Bein, Begierde und Hingabe, Kraft und Schönheit. Starke, bedingungslose Anziehung. Hier prallten die reinen Gegensätze in brennender Erregung aufeinander. Hier war nichts gelebt außer der reinen Geilheit. Purer Sex. Hart und erregend und erfüllend bis in die dunkelsten Winkel unseres Innersten hinein. Es gab keine Scham mehr, keine gefühlte oder gesetzte Grenze dessen, was man erleben durfte. Jeder von uns nahm sich von dem Erlebnis das, was er haben wollte. Das hatte etwas Klares, etwas Absolutes. Etwas Vollkommenes wie ein Dreieck, das aus drei gleichen Schenkeln besteht. Es war die perfekte Verbindung. Sie beschenkte uns mit Ersehntem, sie erfüllte den verbotenen Wunsch. Wir ließen die Zügel locker und ließen sie los. Wir gaben uns ganz hin. Wir reizten uns aneinander und reizten es aus, schöpften die Erfahrung restlos aus. Wir lächelten uns an als die leibhaftigen Dämonen unserer Lust. Es waren wahre Gesichter, die sich einander zeigten. In einer Wortlosigkeit, die sich verstand, zogen wir unsere Kleider aus und tauchten wieder nieder auf das zum Bett entfaltete Sofa.

24

Als Sangho und ich über die schöne Marion kommen wollten, entzog sich diese aber.

»Nicht alle beide«, gab sie zur Antwort.

»Was meinst du?«, fragten wir sie.

»Naja, sonst krieg ich wieder die volle Ladung, ihr wisst schon«, erklärte sie, »nein, jetzt geb ich mich nur einem von euch hin! Der andere muss zuschauen. Ich will, dass es sich zwischen euch entscheidet. Auf männliche Art. Ich will, dass ihr um mich kämpft!«

Sangho und ich, wir schauten uns verwundert an. Dann

verstanden wie einigermaßen und stimmten in Marions Spiel ein. Es war eine ihrer Fantasien, eine ihrer Lüste, und Marion lehnte sich nun in ihrer Erregung zurück und begann sich die reizende Stelle ihrer Vagina zu reiben. Sie schlug einen imaginären Gong an, und Sangho und ich, nackt wie wir waren, fassten uns an den Schultern wie antike Ringer und begannen ein Muskelspiel. Erst nur in der Ruhe sicherer Stärke. Unsere Kräfte stemmten sich gegeneinander. Sangho war mir weit überlegen, doch er hielt sich zurück. Dann kämpften wir mit mehr Mühe und Eifer. Unsere Kräfte bogen sich. Die Arme packten sich, bis wir ein einziges verschlungenes Kraftpaket waren.

Das gefiel Marion. Sie reizte sich daran, folgte dem lustvollen Ruf ihrer Scheide und lag mit gespreizten Beinen da und rieb sich. Sie geilte sich auf am Anblick unserer vor Anstrengung schimmernden Körper. Und dann trieb sie ihr Spiel auf die Spitze. Sie kriegte ihren Kick durch Rollenspiel. Sie spielte die bangende Ehefrau und flehte mit theatralischer Stimme und Miene das Schicksal an.

»Martin, um Himmels willen! Streng dich an! Du musst diesen Wilden besiegen!« Sie steigerte sich hinein und feuerte mich entsetzt an. »Stell dir vor, was dieser bananenfressende Gorilla sonst mit mir tut!«

Sangho fletschte die Zähne. Marion reizte ihn. Er trollte sich hinter mich und legte mir seinen Arm um den Hals, dass ich kaum noch Luft bekam. So standen wir nebeneinander, und es kam zu einem imposanten Schwanzvergleich.

»Oh mein Gott!«, entsetzte sich meine Frau. »Der Unterschied ist der Hammer! So brutal!« Und sie zeterte weiter. »So ein riesiges Ding! Tu mir das nicht an, Liebling! Dem wär ich nicht gewachsen! Ringe diesen bösen Wilden nieder! Stell dir doch vor, was er mit mir tut!«

Ich stellte es mir vor und nichts erregte mich mehr. Es trieb in mir die Lust an der Niederlage empor. Und nach kaum einer weiteren Minute hatte ich den Kampf verloren. Marion sah mich entgeistert an. Wir genossen diese zum Drama gesteigerte Lust. Spürten, wie sie aus der Tiefe der Erde emporströmte und zitternd in die Füße stieg und die Beine emporstreifte und vibrierend wie elektrische Kraft sich des ganzen Körpers lähmend bemächtigte.

Ich hatte den Kampf verloren. Meine Frau musste sich nun von diesem brutalen Wilden ficken lassen. Und er war nicht gnädig. Mit einem ledernen Gürtel fesselte er mich auf den Polsterstuhl in der Mitte des Raumes. Diese Position erlaubte es mir nun, Marion in der Perspektive des Zuschauers zu erleben. In meiner Rolle war ich dazu verdammt, mit ansehen zu müssen, wie meine Gattin sich einem urwüchsigen Wilden hingeben musste.

Sie wich entsetzt zurück. Er näherte sich ihr. Sie floh vor ihm um den kleinen Tisch. Da zog er aus dem Schrank eine geschliffene Machete und hielt sie mir an den Hals. Wir wussten jedoch, dass dies nur eine Fortsetzung des Kampftheaters war, und stimmten ein. Das Spiel hatte einen messerscharfen Reiz, es ließ uns in Rollen schlüpfen, in faszinierende, fantastische, erregende Rollen. Diese Magie, die im Wandel der Person lag, öffnete uns.

Im dunklen Reiz dieses Spiels stand Marion nun still. Sie stand in pantomimischer Hilflosigkeit da. Sie bewegte sich nicht. Nur ihr Blick wurde mit einem Mal fester. Und sie fasste mit ihren Händen überkreuz an ihrem dünnen Shirt an, das sie noch auf der Haut trug. Sie zog es sich langsam über den Rumpf und über den Kopf. Sie machte sich nackt im Angesicht archaischer Begierde. Dann stand sie da, völlig bar. In ihrem entblößten Anblick war sie vollkommene Hingabe.

Sie sah uns an. Die Augen hatten in das Schicksal eingewilligt. Sie war bereit, sich für mich zu opfern.

»Was tust du, Liebste?«, rief ich ihr zu. »Weißt du nicht, was dieser Wilde mit dir tun wird? Lauf weiter!«

Aber sie stand nur da. In erschütternder Schönheit und in erschütternder Bereitschaft. In einer Art fatalistischer Entschlossenheit und Stärke. »Lass ihn los, du Ungeheuer, und du kannst mit mir tun, was du willst! Mich und meinen Körper, ich gebe mich dir völlig hin!«, erklärte sie.

»Nein«, rief ich, »tu das nicht! Lass dir das nicht antun!«

Doch sie blieb. Wie zur Verstärkung ihres Opfers nahm sie nun ihre Arme zurück und legte ihre Hände aufs Gesäß. Sie atmete tief ein und hob dabei ihre schweren Brüste an, sie standen prächtig vom Körper ab. Fast bleich im Dämmerlicht des Raumes, waren sie in ihrer verletzlichen Reinheit entblößt und präsentiert. Sie prangten und symbolisierten jenen unschuldigen Ausdruck von Stolz, den jemand hat, der bereit ist, für seine Sache in Gefangenschaft zu gehen. Aufrechten Hauptes stand sie da. Es war packend, wie sie diese Gestalt annahm, wie sie mit Haut und Haaren darin aufging. Ich sah, wie dieses Rollenspiel sie anmachte. Sie stand in den Flammen der eigenen Geilheit. Ich spielte ihr weiter die Worte zu. »Was tust du, Liebste? Lauf! Lauf vor ihm davon!«, rief ich ihr zu. »Lass es nicht zu, was er mit dir tun will!«, flehte ich.

Doch sie blieb. Ihre Rolle war die Gemahlin eines Naturforschers in der Tiefe des äquatorialen Dschungels. Im finsteren Gewölbe der wuchernden Bäume war eine halbmenschliche, rohe Bestie herangestürmt, eine übermächtige, brüllende Kreatur, die den Forscher in seine Gewalt gebracht hatte und ihn nun bedrohte.

In dieser Situation entschloss sich die Gemahlin, das zu geben, was außergewöhnlich und kostbar war und was sie geben konnte: ihre Schönheit. Sie war bereit, diese weiße, seidene Schönheit hinzugeben, um ihren Gatten aus der Gewalt der Bestie zu befreien. Ihn auszulösen.

Und der Wilde ging darauf ein. Er nahm das kostbare Opfer an, er wollte die weiße Frau. Die Klinge des Buschschwertes an meinem Hals lockerte sich. Ich sah den Wilden gebannt vor Begierde. Er starrte die Nackte an, die sich ihm in erschütternder Schönheit darbot, in einer Unschuld und Fülle, die zu dieser wilden Finsternis in einem atemberaubenden Kontrast stand. Sie wirkte wie pures Licht, strahlend und perlmuttern weiß und diesem Ort völlig ausgeliefert. In stolzem Opfermut. Ich stellte mir die sexuelle Urgewalt dieses Wilden vor und rief meiner Gemahlin wieder zu. Aber sie blieb entschlossen.

Sie sprach: »Ich tue es. Ich gebe, was ich geben kann, um dich zu retten. Erkenne es als ein Geschenk der Liebe …«

Wir erlebten das vollkommene Pathos einer antiken griechischen Tragödie. Die Tragik der ausweglosen Situation, wir fanden unseren erotischen Reiz darin, wir trieben diese Tragik erotisch auf die Spitze. Wir spürten eine atemlose Spannung, die umso stärker war, da es um die Gegensätze der Macht der Liebe und der Kraft der Geilheit ging. Diese Kräfte wirkten äußerlich gegeneinander, bauten sich innerlich aber zu einer neuen, unglaublichen, alles befriedigenden Kraft auf.

»Mein Liebster, ich will mich für dich hingeben. Ich werde die Gewalt dieses Monsters in Lust umwandeln und dich damit retten«, sprach die Gemahlin weiter.

»Tu das nicht«, rief ich und wand mich entsetzt in der Liane, von der ich umschlungen war, »du weißt nicht, welche Kräfte du entfesselst! Du wirst ihm nicht gewachsen sein!«

In diesem Moment jedoch schritt der Wilde auf sie zu. Er maß seinen Blick an ihrem. Tapfer und bangend stand sie da und wünschte sich, es nicht mehr zu empfinden, was mit ihr geschehen würde. Der Wilde sah sie an ohne das geringste Blinzeln, er durchdrang sie, er besaß sie. Er griff mit seinen behaarten Pranken brutal in ihre sinnlich langen, lockig blonden Haare und zog ihren Kopf einen Moment zum Rücken, dass ihre großen Brüste sich umso mehr wölbten. Sie presste dabei ihre Lippen aufeinander, und dann entwich ihr mit gepresster Stimme: »Mein Gott!«

Doch an diesem Ort endete Gott und nur die Natur, schöpferisch und zerstörerisch, herrschte noch über das Leben.

Der »bananenfressende Gorilla« rächte sich nun bitter an Marion. Er griff zu einem Bündel Bananen und riss es in zwei Teile. Jedes Teil band er nun mit einer Schnur an eine Titte meiner Frau. Sie blieb stehen in ihrem trotzigen Stolz. Wölbte ihre prächtigen Brüste heraus, sie prangten in ihrer weißen Unschuld vor dem Schwarzen wie ein rotes Tuch. Nun zurrte er die Schnüre mit den Bananenbündeln an ihren steif geschwollenen, geil gewordenen Brustwarzen fest und ließ die Gewichte langsam sinken. Meine Frau klagte auf. Sie wehrte sich gegen den schmerzhaften Zug an den Brüsten und hielt dagegen. Sie stemmte die Arme in die Hüften und trug die Gewichte. Sie stand da und unterdrückte ihr Stöhnen, während ihre stolzen Brüste die Last trugen, die sie erniedrigten und nach unten zogen. Sie dehnten sich, bis sie eine prall gefüllte Spannung hatten. Ihre ganze Nacktheit und Verletzlichkeit kam in der erogenen Tortur zum Ausdruck. Es war eine Faszination, sie anzusehen. Man spürte die schmerzhafte, erregende Spannung in diesen Brüsten und erlebte sie intensiv. Man spürte, wie elektrisierender Schmerz über die gequetschten Knospen durch den ganzen Körper ging und meine Frau festhielt und lähmte, weil er pure Geilheit war. Sie war verwirrt und schwankte auf dem scharfen Grat zwischen Lust und Leiden und erlebte, wie Lust und Leiden ihr Einssein fanden.

Sangho, ganz in seiner Rolle, betrachtete sie mit dem Instinkt eines sprachlosen Wilden, er grinste sie an, und dann brachte er die Gewichte an den Brüsten meiner Frau zum Schwingen. Ich starte wie hypnotisiert auf das brutale Pendel. Die prangenden, traumhaften Titten meiner Frau, wie sie gegen die bananensüße Tortur kämpften und in ihrer provokanten Unschuld nach Erfahrung verlangten – nun erhielten sie ihre Lektion. Marion ließ einen fast singenden Laut ihres Schmerzes hören.

Ich rief: »Du verfluchte Bestie! Was machst du mit den schönen Brüsten meiner Frau?! Verdammter Wilder, du schändest sie!«

Als meine Frau das brutale Bananenpendel endlich hinter sich hatte, hatte sie bereits so schwer geatmet und geklagt, dass ihr der Schweiß auf der Stirn stand und dass ihre verkniffenen Augen sich tränend öffneten. Doch der Wilde fuhr fort, ihre entblößte Schönheit zu erobern. Er fuhr fort, sie zu erobern, sie zu entweihen, sie zu besitzen. Er stieß meine Frau auf den Rand des Sofas. Sie saß da und er begann, seinen halbsteifen Schwanz zwischen ihre Titten zu schieben. Meine Frau bekam einen brutalen Tittenfick. Auch das hatten ihre großen, reinen Glocken noch nicht erlebt. Auch hier klagte sie auf und atmete schwer. Der schwarze Schwanz erniedrigte sie, benutzte sie hart. Er gab diesen Brüsten ihre ganze Attraktivität zu spüren. Und vielleicht so etwas wie verbotene Bestimmung. Auch hier fügte sie sich stolz in die Tortur. Ließ sie über sich ergehen. Erfuhr sie mit dem Gefühl des Leidens als neue atemlose Erfahrung. Dann zog der Wilde meine Frau empor, sie stand vor ihm, angstvoll und ungewiss. Und plötzlich kickte er sie mit dem Fuß in die Kniekehle, dass sie jäh auf den Boden sank. Dort zwang er sie auf alle viere. Er unterwarf sie. Er gab eindrucksvoll den Sieger, der kein Pardon kannte und der das mit ihr machen würde, was er wollte.

Meine Frau stimmte klagend in ihr Schicksal ein und kroch auf allen vieren neben ihm her, der mit der Hand ihre Haare zog. Er ließ sie vor sich hinknien. Ich sah sie vor der rohen, brutalen, herrscherischen Stärke seines Schwanzes kauern. In dieser demütigenden Lage hielt er sie eine Zeit. Ein wilder Stolz, eine reizvolle Art von Hochmut, tropfte ihm aus dem Mund, als er mich immer wieder ansah, wie ich gefesselt dasaß, dem Drama zuschauen müssend. Dann zwang er meine Frau, sein Ding zu berühren. Sie sollte es streicheln. Marion sah nun zu ihm auf. Die ängstliche Empörung ihres Blickes erregte mich. Ich wollte ihr zurufen, sie solle das nicht tun, doch ich blieb still und konnte kaum erwarten, dass sie es tat. Ich fühlte die einzelnen Schläge meines Herzens, als wollte es stehen bleiben, damit der Moment in seiner Faszination erstarren würde. Im freien Fall bodenloser Erregung konnte ich nun meine Hand befreien und begann, mich zu reiben. Ich sah meine Frau vor diesem Schwarzen knien, der sie zwang, seinen Schwanz zu streicheln. Wie sie sich scheute, ganz unerfahrene Gattin des Forschers. Sie musste sich überwinden, ihre Kultur, ihre seidenen Kleider und ihr weißes Tafelgeschirr vergessen und sich in tiefe, archaische Natur sinken lassen. Man spürte, wie sie sich gegen ihn sträubte, dann aber, wie sie einwilligte in etwas, was sie als Pflicht oder als Schicksal betrachtete. Und wie sie es dann zögerlich tat.

Ihre elegante Hand fasste diesen rohen, überstarken Schwanz an. Ihre ganze Unschuld und Anmut und Sanftheit kamen in diesem Moment zum Ausdruck. Ich sah das unglaubliche Maß ihrer Schönheit und den überragenden, natürlichen Stolz, den diese Schönheit ausstrahlte. Sie streichelte diesen großen schwarzen Schwanz, der sich halbsteif anspannte und dessen Stärke sie mit ihren Händen immer ernsthafter und zärtlicher beschwor. Dann sollte sie den Schwanz in ihren Mund nehmen. Sie schluckte, und sie tat es. Fasste mit ihren sinnlich vollen Lippen die vulgär gerundete Eichel und nahm sie in den Mund auf. Sie schluckte daran, nahm ihn ganz auf und begann, ihn richtig zu lutschen. Dabei schaute sie zu ihm auf. Ihr Anblick bannte mich nun total. Wie sie ihm diente. Wie sie auf ihren Knien vor diesem gierigen, rohen Schwarzen war, in Demut vor der Macht seiner phallischen Kraft. Sich ihm unterwarf und sich ihm zuwandte und ihn aufnahm, gleichermaßen erniedrigt und demütig und in ihrer Sanftmut nicht von dieser Welt. Eine Göttin, die mit der Stärke eines wilden Tieres in Umarmung lag.

Jener Sex, der sich im Kopf abspielte, hatte hier bereits einen Höhepunkt. Es hatte etwas Überwältigendes, Marion im Moment ihrer intensivsten und innigsten Hingabe zu sehen. Wie sie da kniete mit ihren schönen, stolzen, breiten Schultern und Sanghos Liebesmuskel lutschte, der immer angespannter, lang und breit und in urwüchsig starker Äderung, brutaler Muskulösität ihre Lippen dehnte und ihren Mund und ihren Rachen bis tief in die Kehle hinein eroberte. Wie sie darin an Bewegung und Rhythmus gewann. Und wie dabei ihre schönen, vollen Brüste vor und zurück schwangen. In so einem Takt, in einem Maß, das vollkommene Hingabe ausdrückte. In diesem Moment war sie wieder das, was die meisten Frauen niemals waren: Heilige und Hure. Sie aber war beides zur gleichen Zeit. Sie, in der Gänze ihrer Hingabe, erreichte wieder diesen unglaublichen Punkt. Opfermütig alles gebend war sie heiligengleich und hurenhaft und von völligem, erfüllendem Zauber für mich. Ich konnte mich kaum sattsehen an diesem Anblick, war so davon gebannt.

Marions heilig große Brüste wippten voller Demut vor und zurück, während sie ihren Mund so weit öffnete wie in einem Schrei, und Sangho mit seinem schwarzen Schwanz in ihrem

Rachen war. Er sang beinahe, so verwöhnt war er von dieser intensiven und innigen Hingabe meiner Frau. Und dann, als man schon glaubte, dass sein Erguss gleich in ihre Kehle zucken würde und dass er sie zwingen würde, seinen ganzen Samen hinunterschlucken, zu trinken bis zum letzten Tropfen, da fasste er sie an den Schultern und stieß sie von sich weg. In seiner Geilheit richtete er sich gekrümmt auf, das Gesicht verzerrt, der Blick brennend und voller Gier – ein schwarzer Dämon. Wieder packte er sie und zwang sie. Er stieß sie nieder auf den runden, ledernen Hocker. Bäuchlings lag sie darauf, wie auf ein Rad gespannt.

»Mein Gott, Schatz, tu es nicht«, rief ich wieder meiner Frau zu, »er ist zu stark für dich! Dieser Schwanz ist viel zu groß! Das schaffst du nicht!«

Doch der Wilde kam nun über sie. Sein gewandter, konzentrierter Körper sah aus wie ein Hai, er war ein einziger räuberischer Wille. Weil er so brutal mit ihr umging, hatte sie Schmerzen, als er in sie eindrang. Seine Stärke tat ihr nur weh. Ihr Mund riss auf, aber dieser Schrei blieb ohne Lust oder Erfüllung.

Er ließ von ihr ab und überließ es nun ihr, sich seinen starken Schwanz einzuverleiben. Am Arm zog er sie mit sich die Schritte zum Sofa. Dort legte er sich längs auf die Lehne. Seine Extremitäten hingen gedehnt herab. Sein harter Schwanz aber, von ihrer liebevollen Art fatal heraufbeschworen, stand ab. Er ragte auf und sah aus wie etwas Widernatürliches, etwas Bedrohliches und Monströses. Wie etwas Hässliches, was ihre Schönheit entweihen würde. Doch genau danach sehnten wir uns in diesem Moment.

Marion versuchte aufzusteigen. Aber dieser Schwanz war einfach zu groß. Darum zog Marion, um auf ihn draufzukommen, dunkle Stilettos an, die wir fürs Vergnügen auf diese Reise mitgenommen hatten und vielleicht für einen eleganten Abend. Jetzt waren diese hochhackigen Schuhe von schreiendem Reiz! Sie zog sie an. Das lederne Band schmaler Riemchen fesselte die schönen Füße hinter den Zehen, auch an den Fersen waren solche Riemchen, aber sehr lang, und Marion kreuzte sie über dem Knöchel und band sie das Bein hoch und verschnürte sie über den Waden. Es waren solche Schuhe, die einem den Schwanz schlagartig hart machten.

Marion spreizte den Fußrücken und die Zehen, sodass die ganze filigrane und sehnige und muskulöse Skulptur ihres Fußes zutage trat und dass ihr ganzer Körper sich über die Beine hinaus anspannte und seine Wölbungen verstärkte. So stand sie nun da, nackt auf ihrem spitzen Sockel offener, hochhackiger Schuhe, und forderte damit alle Kraft heraus, die es nur gab. Sie war jetzt bereit, abgrundtief gefickt zu werden.

Mit einem langen Blick sah Marion mir in die Augen. »Jetzt wird er mich gleich ficken«, sagte sie mit selbstvergessener Stimme, »wir können nichts dagegen tun.« Unsere Worte trieben unseren abgründigen Reiz auf die Spitze. Sie brachten die siedende Faszination in uns zum Klingen und beschworen eine Undenkbarkeit, die nicht mehr abzuwenden war. Die warme weiße Schönheit, die sich von harter schwarzer Begierde entweihen lässt, jeder von uns fuhr darauf ab und fand seinen ultimativen Kick. Wir alle hatten den freien Fall. Er vibrierte in der Stimme Marions.

»Gleich wird er mich ficken«, sagte sie erneut, »Du musst dabei zusehen, und du kannst nichts tun. Du bist gezwungen zuzusehen, wie er mich fickt. Er wird mit seinem viel zu starken Schwanz in mich eindringen und mich völlig besitzen. Die schwarze Kraft wird ganz in mir herrschen. Und am Ende wird er in mir abspritzen, ganz tief, er wird mich füllen mit seinem heißen Samen!«

Wir sahen einander an mit schicksalhaftem Blick und einer Dramatik, die uns mit ihrer puren, unverfälschten Geilheit den Atem nahm.

»Er ist zu stark für dich! Mach es nicht!«, rief ich, als ich sah, wie sie mit ihren gestreckten Beinen nun versuchte, auf diesen großen schwarzen Schwanz aufzusteigen. Sie setzte ihn fatalistisch an ihre Enge an und versuchte, ihn hineinzudrücken, ihr Atem stand geschmerzt still. Sie war angestrengt und bang, sie hatte mit dem Ding ihre Mühe. Ich starrte in ihr Gesicht und in ihre Augen, erkannte jede Regung darin und sah nun, wie dieser erschreckende, starke, begierige Schwanz, der dick war und der in seiner prallen Erektion so stark geädert glänzte, langsam und mühsam in sie eindrang. Ich sah, wie sie ihn ganz in sich kriegte. Sie verleibte ihn sich mit den fast schmerzhaft offenen Lippen ihrer Vagina ein.

»Mein Gott, er spießt mich auf! Dieses starke Ding pfählt mich!«, klagte sie mit offenem Mund und verkniffenen Augen. Ihr Ausdruck war fatalistisch und entsetzt, als dann auch der Rest in sie eindrang. Sie riss dabei den Mund auf und tat einen langen, lautlosen Schrei, während sie ihren Kopf in den Nacken legte, überwältigt von übermäßiger Stärke. Sie ließ sie sich auf den Schwanz niedersinken, als wiche damit alle Hoffnung aus ihr. Sie gab sich ihm ganz hin.

Als Marion ihren Kopf wieder hob, sah sie mich an und sagte in ihrer Überwältigung: »Er ist so verdammt groß und stark! Er spaltet mich! Aber er wird uns nicht trennen können. Er geht so tief in mich rein! Es fühlt sich an, als stößt er bis an mein Herz. Aber er erreicht es nicht, er geht nicht hinein! Ich liebe dich, mein Engel!« Es war wie ein letzter Ruf nach Freiheit und Liebe.

Wir spürten, wie die Rollen uns Worte gaben. Wie diese Worte uns anstachelten. Wie wir unseren Reiz darin fanden, absoluten Kick, indem Lust und Liebe sich spiegelten, sich ansahen und aneinander steigerten – ihr Spannungsfeld erzeugte einen astronomischen Kick!

Marion begann, diesen ultimativen Schwanz zu reiten. Erst bewegungslos, dann in fast bewusstlosem Taumel, dann langsam intensiver und dann rhythmisch. Ihr schöner und durchdrungener Körper begann, in dem dämmrigen Zimmer zu glänzen. Ihre Haut wurde wärmer und feucht. Die Lust der Körper verlangte Kraft. Wie erschöpft legte sie immer wieder den Kopf in den Nacken, schloss die Augen wie in einem zu starken Traum, während ihre vollen blonden Locken Sanghos Beine streichelten. Ihre großen, runden, birnenförmig schönen Brüste schwangen hart auf und ab, während sie den Schwanz in sich zu haben schien bis hoch in ihre Brüste. Er pflügte sie tief und erfüllend durch. Sie öffnete wieder die Augen und sah zu mir hin, strahlte mich an in berauschender Liebe, während sie ihren traumhaften Körper fast brutal über den schwarzen Hammerschwanz trieb.

In diesem Akt war nichts Romantisches. Es war Sex von einer Nacktheit und Härte, die ich noch nicht gesehen hatte. Porno kam mir dagegen fast wie Kitsch vor oder wie Verklärung. Alle Romantik war nun abgefallen und dieser Akt war pur. Er hatte nichts wirklich Sinnliches, und seine Schönheit lag in der entfesselten Kraft sich anziehender Gegensätze. Er lag in Körpern, die gierig aufeinanderprallten und in ihrer tiefen Vereinigung dramatisch miteinander kämpften. Sanghos zäher, muskulöser Körper und Marions reich geformter Körper, ihre satte Fraulichkeit, waren ineinander verschlungen, als wollte einer den anderen verschlingen. Dieser Akt hatte etwas geradezu Athletisches. Sangho in seiner atemlosen Gier wirkte wie ein sexueller Zehnkämpfer, der in allen Disziplinen siegen wollte.

»Du bist nicht die erste weiße Stute, die ich zugeritten hab«, erklärte er kampfeslustig und zwang Marion in eine andere Position. Sie lag nun auf der Seite da, während Sangho hinter ihr kauerte und sie so derb und beharrlich stieß, dass ihre lustwunden Brustspitzen atemlos auf der Fülle ihrer Brüste kreisten. Dabei forderte er ihren Blick. Er starrte sie an mit harten Augen. Er wollte, dass sie jetzt seine ganze Stärke kannte. Er wollte, dass sie ihn als Mann verstand.

»Mein Gott, du bist so stark! Du schaffst mich!«, jammerte Marion an einem Punkt, »ich bin jetzt schon fertig! Ich kann nicht mehr!«

Doch Sangho sagte: »Das ist erst der Anfang. Ich werde dich richtig zureiten! Ich werde es dir geben, bis du ganz mein geworden bist!«

Er lebte seine ganze Lust aus. Ständig wechselte er die Stellung, packte die arme Marion und zwang sie in eine andere Position, in der sie sich seiner sexuellen Begierde und Stärke zu unterwerfen hatte und in der er sie kraftvoll stieß. Er packte sie und stellte sie auf ihren spitzen Schuhen an den Türrahmen. Sie hielt das Holz fest, widerwillig und stolz. Ihre Zehen, Sehnen, Fußrücken spannten sich auf den scharfen Absätzen erotisch an, ihre schönen Beine glänzten in Muskulatur, ihr volles Gesäß rundete sich heraus, diese breiten, urgründigen Hügel schwangen in den Pass der Taille, ihr breiter Rücken baute sich auf, er spannte sich an bis in die Schulterflügel und den Nacken empor. Marions fraulich starker Körper mit seinen großen, festen Naturbrüsten wölbte sich im Stand als etwas Vollkommenes und Verlangendes. Ihre üppige Schönheit kehrte sich rundend heraus, der ganze Reiz dieser Frau schrie uns förmlich an, als wolle er verzweifelt Antwort auf sich finden.

Und Sangho gab diese Antwort. Spiegelgleich entsprach er ihrem Reiz mit seiner Geilheit. Gab sie ihr gnadenlos zu spüren. Er packte Marion am Gesäß und beugte sich zu einem gefräßigen Kuss über ihre Hinterbacken. Dann streifte er mit gierigen Händen an ihr empor und griff von hinten die Oberweite. Er umfasste Marions schöne, schwere Titten, er packte sie in ihrer satt dahängenden Festigkeit, er nahm sie sich. Er packte fest und brutal zu. Und diese großen Titten klagten auf vor Ängstlichkeit und Schmerz und unterwarfen sich zugleich lustvoll dieser Herrschaft. Dann setzte Sangho wieder seinen Schwanz an Marions Enge an. Wieder stemmte er ihr seine harte Schwellung ganz in den Schoß. Marion stand mit prall gewölbtem Gesäß am Türrahmen, ihre schönen, prächtigen Beine stellten sich auseinander, angespannt in ihrer sanften Muskulatur, und sie stemmte die spitzen Absätze ihrer Schuhe in den Boden. Und Sangho stieß sich so tief und heiß in sie hinein, als wolle er mit dieser Frau verschmelzen.

Marion schrie auf. Dieser afrikanische Schwanz war zu stark und zu gierig! Er durchwirkte sie aus Leibeskräften. Im Takt seiner muskulösen Stöße schwangen ihre Brüste vor sich hin, unterwarfen sich in ihrer zärtlichen Schwere der Bewegung und schwangen gleichermaßen benommen und bewusst, so, als lauschten sie der Kraft, die sie hervorgerufen hatte, die sie erobert hatte und die sie nun besaß. Ihre schönen Glocken, groß und rein, sie schwangen mit all ihrer Schwere, sie hatten den vollen Schwung, und Marion läutete aus vollem Halse.

»Aa! Aa! Aa! Aa! Aa! Aa!«

Meine Frau empfing die Antwort auf ihre Schönheit. Sangho war besessen von ihrem Reiz. Er griff in Marions langes blondes Haar hinein wie in Zügel und geriet in Bewegung wie eine Art Naturgewalt. Dabei traten seine Muskel aus seinem Körper heraus. Seine Stärke glänzte vor Schweiß. Ich starrte ihn gebannt an, diesen magischen Kampf von weißer Schönheit und schwarzer Kraft. Marion war die helle Schöne aus dem Himmel und Sangho ein begieriger Satyr. Sie packten einander mit der Stärke von Dämonen. Es war ein grandioser, entfesselter Akt, elementar und stark, voll harter Kontur und mythischer Schönheit. Ich sah zwei Gestalten, die alles gaben, und die sich in ihrem Sinn fanden und erschöpften. So, als sei es ihre tiefere Bestimmung, litt Marion nun lustvolle Not. Sie schien mehr zu kriegen, als sie nehmen konnte. Der schwarze Satyr langte zu, und sie schien dieser Kraft nicht lange gewachsen zu sein. In ihrem roten, schreienden Gesicht entglitten jetzt die letzten Züge, sie ging vollkommen auf in rhythmischer Bewegtheit und Anstrengung. In ihrer Not fasste sie mit ihren Armen dann nach hinten, um Sanghos Stärke abzufangen. Aber Sangho packte ihre Arme. Er hielt sie brutal fest und zog sich schwungvoll nach vorne, nur um sie noch härter stoßen zu können. Marion sollte ihn spüren, wie sie nur konnte. Völlig entblößte Kraft drang in sie. In Marions taumelndem Blick brannte Sanghos ganze Heftigkeit. Wir starrten uns flammend in die Augen. Meine Erregung wollte jetzt laut schreien.

Ich wollte von ihr wissen: »Sag mir: Was tut er mit dir?«

Wieder reizten uns die Worte, machten uns umso offener und geiler und verschmolzen uns miteinander. Unser Blick brannte. Es war der pure, lebendige Kick. Und als würde sie fast die Sinne verlieren, rang sie sich die Antwort ab. »Gott steh mir bei! Das geht echt tief. Er ist ganz in mir drin. Und er ist so hart in mir. Das ist so verdammt heftig, wie er mich durchfickt. So stark hab ich es noch nie gekriegt!«, keuchte sie in höchster Lust und Ekstase.

In ihrer Klage klang sie erfüllt. Ich sah, dass sie genau das bekam, was sie brauchte. Sie atmete in einem Ton, den sie radikal und rhythmisch von sich gab. Sie steigerte sich hinein in eine Art glückliche Hysterie des Genommenseins.

»Aa! Aa! Aa! Aa! Aa! Aa!«

Zu diesem Glück gehörten die Worte und die Blicke, die uns verbanden. Auge in Auge hielten wir uns fest, und Marion genoss es bodenlos, sich hinzugeben, sie ließ sich fallen und fallen und fallen – sie ließ die ganze Hure in sich frei.

»Dieser harte, starke schwarze Schwanz«, stieß sie zwischen ihrem lustvollen Stöhnen atemlos aus, »er fickt mich total durch! Er besorgt es mir! Schau es dir an, mein Schatz! Er besorgt es mir richtig, dieser Mistkerl!« Sie fauchte es. Und bleckte die Zähne gegen den hinter ihr stehenden Sangho. »So ist es gut«, herrschte sie ihn unterlegen an und trieb die Hitze ihrer Hysterie wie wahnsinnig auf die Spitze: »Zeig meinem Mann, was dein starker Schwanz mit mir tut! Zeig ihm, wie sehr du mich besitzt und was es mit mir macht!«

Ich starrte sie an, diese göttliche Hure, fasziniert bis ins Mark. Und wie ich dachte, wir hätten den Gipfel erreicht, da setzte sie noch eins drauf. Sie stöckelte taumelnd zu mir hinüber und legte mir die Arme um die Schultern und ihre Hände um meinen Kopf. Während ich gefesselt dasaß, stand Marion angelehnt an mich und wölbte Sangho mit gespreizten, straffen Beinen ihre Hinterseite hin. Und so, wie er sie an dem Türrahmen genommen hatte, genauso nahm er sie nun wieder. Genauso sehnlich und brutal.

»Aa! Aa! Aa! Aa! Aa! Aa!«

Marion atmete ihre Schreie über mir aus. Ich spürte, dass Sangho sie ganz und gar durchdrang, durch Mark und Bein. Ich spürte die lustvollen Erschütterungen in ihrem schönen Körper. Mit jedem Stoß, der in sie reinging, schwangen ihre Brüste in mein Gesicht, groß, schwer und seidig weich, mit willenloser Sanftheit. Sangho läutete die schönen, klaren Glocken meiner Frau so laut, wie ich sie nie gehört hatte. Es war so stark.

»Sieh dir an, was dieser starke schwarze Schwanz mit mir macht! Spüre es! Jeder Stoß, der geht mir durch und durch! Er fickt mich hart aus! Er gibt es mir richtig!« Sie genoss es jammernd. Sie erlebte sich in irrer Seligkeit. Und sprach wie im Delirium: »Er fickt mich! Er geht so tief in mich rein! So, wie du es am meisten liebst. Er fickt mich tief und hart. Und du bist dabei. Du erlebst, was er mit mir tut. Dass du mich so siehst, ist so unglaublich. Es macht mich so bodenlos geil, dass ich in Ohnmacht fallen könnte. Ich gebe meine Seele dafür!«

Sie klagte das so atemlos wie eine Wahnsinnige, es waren Worte in freiem Fall. Die rhythmischen Stöße atmeten sie in bejahenden Schreien aus.

»Aa! Aa! Aa! Aa! Aa! Aa!«

Auf meiner Haut spürte ich diese heiße, gehetzte, rasend beglückte Luft aus ihrem Mund und ihren Schweiß wie Tränen, die auf meine Haut herabflossen. Ich spürte die ganze erregende Tragik darin. Ich spürte, wie sehr es uns erschütterte und uns reizte, uns in unseren dunkelsten, tiefsten Wünschen erfüllte. Ich spürte, wie sehr es unsere Unschuld zerfetzte, um in uns zu dringen, weil etwas Verborgenes und Verbotenes danach verlangt hatte. Die dunkle Seite erfüllte sich nun ihre Sehnsucht. Sie erlebte fulminant ihren Kick!

In einem Taumel reiner Geilheit lag Marion dann rücklings auf der Matratze. Sie lag unter dem afrikanischen Hammer und ließ sich brutal bearbeiten. Ich sah, wie hart sie im Nehmen war und wie hart er im Geben. Sangho war ganz über sie gebeugt und ihre Waden lagen auf seinen Schultern, ihre schönen Füße ragten in die Luft und baumelten wie wehrlos im Takt der Bewegung. Dieser zähe, muskulöse Schwarze stützte sich auf seinen Armen ab und stieß sie. Er rammte ihr seine schwarze Härte tief in den Schoß. Er pflügte sie durch mit seiner ganzen Naturgewalt und Kraft. Heiß, wuchtig und mächtig wie eine aufgeheizte Dampflok trieb er seinen schwarzen Kolben in sie rein, es war beinahe ein Gleichlauf, etwas das hart und brutal wirkte und zugleich tief natürlich. Der schwarze Kolben versank stampfend in Marions schönem Schoß. Marion lag mit erstickten Stoßseufzern unter dieser gierigen, alles verzehrenden männlichen Geilheit und ließ sich brutal bearbeiten. Es war ihr wahrlich schwarz vor Augen, sie wirkte am Rande des Bewusstseins. Sanghos Geilheit raste, war nichts als entfesselte Naturgewalt. Als läge eine natürliche Fügung darin, ein archaischer Wille, dem man sich fügen musste.

Zwischen der überwältigenden schwarzen Kraft und der weißen Schönheit war eine magische Entsprechung, die sich fand. Etwas wie ein Schicksal eben oder eine Bestimmung, die sich in Marion erfüllte. So wie der Körper einen Schatten formt und trägt, so schien dieses Schwarz meinem blonden Vollweib bestimmt zu sein. Sie hatte diesen harten Fick gebraucht.

Sangho starrte sie besessen an. Er fletschte seine Zähne wie ein tollwütiges Tier. Marions ganze Schönheit schien ihn rasend zu machen. Ihre blanken Reize schienen ihn in eine Art lüsterne Wut zu versetzen, als er endlich bekam, was stets zu gut für ihn gewesen war, unerreichbar. Seine ganze unerfüllte Sehnsucht, Mengen unbefriedigter Wollust schienen zum Ausdruck zu kommen. Nun sollte die vollkommene Frau ihn in seiner ganzen zürnenden Kraft spüren. Marion starrte ihn spiegelgleich an, mit flammendem Blick, provokant und in so rauschhafter Wut, als ob auch sie auf eine Situation gewartet hätte, in der nichts sein sollte als die reine, harte, hitzige Geilheit.

»Fick mich, schwarzer Mann!«, fauchte sie ihn an. »Fick mich richtig durch! Komm schon: Mach mich fertig!«, zischte sie in heißer Hysterie. Ihre Stimme kam aus einer Tiefe, die allem Verstand verschlossen war. Und dann sah sie mir wieder in die Augen. Abgründe, die sich zueinander öffneten. Es war ein Rausch. Marions Blick war wie unter entflammten Absinth, so starrte sie mich an, während der schwarze Kolben sie weiter durchwirkte und ihr die letzte Spur des Verstandes nahm.

Sie starrte mich an und rief mir dabei zu: »Sieh hin, mein Engel! Sieh es dir an! Sieh, wie sehr du es liebst, mich mit dem großen schwarzen Schwanz zu sehen! Wenn er mich total ausfickt! Wenn er mich so tief und hart bumst! Und wie geil und glücklich es mich macht, wenn du mich so siehst!«

Es war die bodenlose Stimme einer liebenden Hure, die da sprach, einer gefallenen Frau, die die Arme ausbreitete und sich, da aller fester Boden längst verlassen war, nur noch von lodernder Hitze tragen ließ. Aus ihrem weit aufgerissenen Mund taumelten die Schreie orgasmischer Lust. Sie schrie sich die dunkle, verbotene Seele aus dem Leib. Ich war mir sicher, wir würden dafür in der Hölle schmoren. Aber das war ohne Schrecken, denn in der Hölle konnte es nicht heißer sein als hier und jetzt. Wir konnten nicht tiefer fallen und nicht aufregender. Es war mein eigener Dämon, der hier sein Glück feierte. Mein Verlangen, Marion beim harten Sex mit einem Schwarzen zu sehen, wurde erfüllt in einer unbeschreiblichen Stärke. Sanghos Stöße wurden zu Schwingungen ihrer provokanten Rundungen. Seine unerschöpfliche Begierde, diese ganze Geilheit, die er nun an Marion auslebte, formte sich in eine Wucht, die ihren Atem in puren Laut verwandelte, in abgrundtiefe, markerschütternd lustvolle Stoßseufzer und Schreie.

»Aa! Aa! Aa! Aa! Aa! Aa!«

Es war der Laut einer radikalen, restlosen Erfüllung, den ich hörte und der mich in Taumel versetzte. Die dunkle Befriedigung, als ich Marion sah, wie sie ihren schönen Körper durchpflügen ließ, sich richtig bumsen ließ und dabei alle

Härte verlangte, die Sangho ihr geben konnte. Ich sah, wie sie sich von dem überstarken Schwanz dieses Schwarzen brutal von einem Orgasmus zum nächsten bumsen ließ.

Dieser Akt wirkte so elementar, er hatte in seiner Derbheit etwas so Naturhaftes, dass es tatsächlich so war, als hätte Marion ihre Bestimmung darin gefunden. In dem harten und doch fließenden Zusammenspiel der beiden Körper lag vollkommene Entsprechung. Marion gab ihren schönen Körper dem archaischen Mann, nackter, radikaler und härter als zuvor.

Und wieder stürzte er sich auf sie, mit Zähnen und Klauen und seinem hammerharten Schwanz, der es ihr gab. Ich verbrannte in wahrer Begeisterung.

»Lass sie deinen starken Schwanz richtig spüren«, herrschte ich Sangho an, »fick sie! Fick sie richtig durch! Gib es ihr! Gib es ihr noch härter!«, verlangte ich von ihm. Ich kochte, mein heißes Öl schwappte jetzt über und ergoss sich ins Feuer. Es hielt mich nicht, es packte mich, als ich sah, wie hart Marion es wollte und wie bereit sie dafür war. Es ergriff mich so, dass ich Sangho packen wollte, damit er sie noch stärker nahm. Hätte ich eine Peitsche gehabt, dann hätte ich ihn mit Schlägen angetrieben! Wir waren alle nicht mehr bei Sinnen. Sangho raste wie ein Berserker. Er legte Marion bäuchlings über die Sofalehne und nahm sie erneut. Es war ihre Lust, sich willenlos bearbeiten zu lassen.

»Aa! Aa! Aa! Aa! Aa! Aa!«

Und als sie dann, nicht mehr stehen könnend, auf allen vieren auf der Matratze kniete, war er in einer Herrscherpose hinter ihr und blickte sie verachtend an und packte mit gekreuzten Armen ihre Schultern. Dann stieß er sie so tief und so hart, dass lustvoller Schmerz wie Funken durch ihren Blick flog. Die Augen aufgerissen und berauscht von sexuellem Entsetzen wandte sie sich um und blickte ihm in die Augen, als würde solch erschrockener und flehender Blick ihn aufhalten können. Er aber stierte sie nur an, in seinem Blick sah sie nur die pure, unbarmherzige Geilheit. Er rammte sich besessen in sie hinein. Er fletschte die Zähne wie wütend, und dann grinsend, weil es ihm Spaß machte, sie schreien zu lassen. Weil ihre Schreie ihm antworteten, während er sie trieb bis ins Extrem. Es war Exzess, es war harte, völlige Erfüllung.

»So ist es gut«, rief ich Sangho zu und war nun so gierig wie er selbst, fast kannibalisch vor Lust. »Gut so! Besorg es ihr! Gib es ihr richtig! Gib es ihr, wie du nur kannst! Lass ihre Titten schwingen und mach sie satt mit deinem Schwanz!«

»Aa! Aa! Aa! Aa! Aa! Aa!«

Marion schrie im Rhythmus ihres überhitzten Atems.

Sie war über ihrer Grenze, sie konnte längst nicht mehr, sie war total fertig. Aber sie wehrte sich mit letzter Kraft dagegen und rief mit ihrer Stimme, die im Delirium lag: »Na, komm schon! Ich hab noch nicht genug! Fick mich, du schwarzer Teufel, fick mich doch, wenn du noch kannst!«

Da packte er sie mit der Faust in den Haaren und brüllte: »Spür mich, du weiße Hure! Spür mich und vergiss mich nie mehr wieder!«, und rammte ihr seinen afrikanischen Riesenschwanz weiter rhythmisch in den Leib.

»Aa! Aa! Aa! Aa! Aa! Aa!«

Es waren bodenlose Schreie. Ich trieb ihn dabei willig an. »Ihr seid so gut«, rief ich aus, »ihr seid so verdammt gut!« Ich rieb mich dabei mit der befreiten Hand. Aber der Reiz war zu stark, und ich hielt es nicht lange aus. Es traf mich, und ich ergoss mich sogleich in einem infernalischen Schwall über mich selbst. Und dann war es Sangho, den es packte. Seine Muskeln spannten sich an und er bog sich und schrie wie vor Schmerz, so stark kam es ihm. Er rammte seinen Schwanz noch einmal tief in Marion hinein, ganz in die warme, sanfte

Tiefe ihres schönen Körpers. Er hielt sich an ihr fest, als es ihn packte. Ich sah ihn im Krampf seines epochalen Orgasmus vibrieren! Ich fühlte mit ihm und beteiligte meinen Willen.

»So ist es gut«, sagte ich inständig, »spritz tief in ihr ab!« Ich wiederholte es, denn meine Geilheit fand kein Ende. »So ist es gut. Spritz tief in ihr ab! Pump sie voll mit deinem heißen Saft!«

Sanghos ganzer Körper spannte sich an wie in Gewalt, und es war, als würde es ihn schier zerreißen, so hart und tief ergoss er sich in meine Frau. Ich sah die kraftvollen Adern seines Liebesmuskels, die in ihre Vagina drängten, sie verkrampften sich eindrucksvoll. Übermäßig stark erfüllte sich nun Sanghos Begierde. Er erlebte es, als würde er sich darin vollkommen aufgeben. Ich genoss diese Erfüllung wie dämonische Musik, ich gönnte Sangho jeden Tropfen des lähmenden Glücks, tief in meiner Frau zu sein!

Und dann ließ er von ihr ab. Taumelte nach hinten weg, bis er aus eigener Kraft wieder auf seinen Beinen stand. Marion sank nieder und rollte sich auf ihren Rücken. Sie lag da wie hingeworfen. Überwältigt und ungläubig und fast furchtsam schaute sie zu Sangho auf. Aus dem verbissenen, gierigen Blecken seiner Zähne entstand nun ein hartes Lächeln, ein hochmütiger und triumphaler Ausdruck von Männlichkeit. Ich wartete darauf, dass er sich auf die Brust trommelte. Marion lag da wie eine Unterlegene. Sie lag auf ihren Schultern da wie ein entkräfteter Gegner. Ihr schwarzer Bezwinger stand aufgerichtet da, in fast roher Haltung, und schaute auf sie nieder.

In ihrer Erschöpfung schnaufte sie, und ihr Atem taumelte dahin. »Du hast mich fertiggemacht, du schwarzer Mistkerl!«, sagte sie mit wankendem Blick hinauf in sein Gesicht. Sie sagte es mit hurenhafter Stimme und klagendem Laut.

Sangho ließ sie einfach liegen, von seiner ungebändigten

Männlichkeit hingeworfen und von ihren eigenen starken, brutalen Eruptionen. Er sah sie nur regungslos an, wandte sich gelassen um und ging befriedigt zum Klo.

Marion sank in sich zusammen. Dieser Schwanz und seine unerschöpfliche Begierde hatten sie total geschafft. Sie war vollkommen fertig, und ich hätte wohl längst ein Handtuch in den Ring werfen sollen, ich hatte Marion am Rande der Besinnungslosigkeit gesehen.

»Mein Gott, hat der Kerl mich gefickt!«, sagte sie erschreckt und wie erschlagen. »Dem kam es nur darauf an, es mir richtig zu geben. Der wollte mich kaputtficken, und das hat er auch gemacht!«, sagte sie so nackt und verloren, dass ich die Hure in ihr hörte. Es schockte mich, sie so zu hören, und es war meine Begierde, dass sie so sprach.

Und ich fragte sie, wie sie sich fühlte. Die Frage war überflüssig. Aber dann meinte sie: »Wie ein Karton, in den man eine rasende Boa constrictor gesteckt hat. Oder wie eine Insel nach einem Erdbeben … Ich bin am Ende. Total fertig!«

Ihr schöner Körper glänzte feucht und erfahren. Marion lag da in der tiefsten und erfülltesten Sünde. Ich sah, wie hart in diesem Anblick ihre Schönheit glänzte. Mein skulpturales Vollweib lag am Boden, unwiderstehlich in einer ästhetischen Art völliger Erschöpfung. Ich betrachtete ihren Körper und sah, dass sie Sanghos Samen jetzt nicht mehr halten konnte. Die gallerte Masse quoll endlos aus ihrem warmen Schoß heraus – ein glänzender, opulenter, maßloser Quell.

Marion schien jeden Tropfen, den er zu geben gehabt hatte, aufgefangen zu haben. Sie sah aus, als hätte sie alles bekommen, was sie gewollt hatte. Und ich hatte alles gesehen, was ich gewollt hatte. Dieser Rausch hielt an, er drehte sich in unseren Köpfen und hatte den Drang, dass wir in undenkbaren Worten zueinander sprachen.

»Mein Gott, hat der dich gebumst. Mein Gott, hast du dich bumsen lassen!«, sagte ich ihr fast atemlos und sprachlos die Worte meines Kicks. »Das war radikal!«

Sie seufzte: »Meine Beine zittern. Ich glaub, ich könnte jetzt nicht stehen. Der hat mir tatsächlich die Beine weggebumst!« Und dann hängte sie ihren Worten nachdenklich an: »Irgendwie hab ich es erlebt, weil ich es gebraucht hab. Vielleicht hatte ich eine scheiß Lust drauf. Irgendwann war ich so geil, dass ich an nichts anderes gedacht hab, als dass dieser notgeile schwarze Mistkerl es mir genauso besorgt, wie er es getan hat. Auch wenn der Gedanke mich etwas erschreckt. Sei's drum, das war's. Wir haben's wirklich getan. Und jetzt bin ich total fertig. Mehr geht nicht. Mehr geht wirklich nicht!«

Und weiter hörte ich die Hure in ihr. Und weiter schwebte ich im Bodenlosen meiner dunklen Begierde, und der gierige Dämon in mir genoss seine verwirklichte Befriedigung.

»Ein großer schwarzer Schwanz, der es mir richtig besorgt. Es war genauso, wie du es liebst, nicht wahr?«, fragte sie und ihr Blick schien vor Liebe fast um Zustimmung zu betteln. Sie hatte sich meiner Lust geopfert, sie hatte alles für mich getan.

»Ja, so ist es«, nickte ich, »und mehr geht nicht. Ihr wart einfach gigantisch!«

Sie schmiegte sich nun mehr in ihre Rückenlage. Entspannte sich und lächelte mich erschöpft an. »Es war gut, dass er mich so hart gefickt hat. Dass du gesehen hast, was dieser starke Schwanz mit mir macht. Das war deine Faszination, das, was du erleben wolltest, dein tiefster und lustvollster Wunsch. Den musste ich dir erfüllen. Und wenn es mich den Verstand kosten würde, egal. Ich wollte mich so zeigen, wie du mich mal sehen wolltest: in einem puren, ungeschönten Fick ohne echte Gefühle. Am Ende hat der schwarze Kerl tief in mir abgespritzt, wie du es dir gewünscht hast. So wolltest du mich mal erleben. Du vergötterst meinen schönen Körper und wolltest ihn mal im Extrem erleben. Und ich hab mich diesem Wunsch hingegeben. Ich hab mich geopfert, das war mein Kick. Das hat mich total erfüllt. Das war für dich, mein Engel, das war mein Körper, mein Opfer, meine Hingabe, meine Lust – alles für dich!«

Ich spürte in ihren Worten dieses schiere Maß an Liebe. Es war das Gleiche, was ich für sie empfand. Es war ein überwältigendes Gefühl.

Sanghos Samen quoll weiter aus meiner Frau heraus, eine satte Menge, denn der Schwarze hatte sie brutal vollgepumpt. Das Sperma rann zäh und unaufhörlich aus ihrer weit geöffneten, geröteten Scheide. Ich betrachtete gebannt die Fülle und den dicken, nassen Glanz auf ihrer Haut. Es hatte so einen Ausdruck von Fruchtbarkeit, so eine tiefe Natürlichkeit und eine urgründige Bestimmung und Bejahung, wie der Samen aus ihrem Schoß rann, fast etwas Beglückendes. Marion hatte den schwarzen Mann, seine Stärke und Fruchtbarkeit tief in sich empfangen. Er hatte sie reich gefüllt. Ich sah den satten, erfüllten Ausdruck meiner Frau. Ihr schöner, gierig besiegter und lustvoll erschöpfter Körper genoss sein Bad im frischen, wunderbar duftenden Schweiß.

Diesen Eindruck genoss ich eine lange Zeit. Als wollte ich mir darüber im Klaren werden. Meine obsessive Bewunderung für die Schönheit meiner Frau hatte ihren Höhepunkt erlebt, ihre Krönung, ihre ultimative Erfüllung. Sie war am Siedepunkt angelangt. Marion lag im Halbdunkel dieses schäbigen Zimmers und mir wurde bei diesem Eindruck klar, dass sie mit diesem Fick für mich noch vollkommener geworden war. Nun hatte ihre Schönheit den letzten Rest Sinn für mich erhalten. Marion hatte recht: Ich hatte danach gesucht, sie einmal so zu erleben. Da dachte ich wieder an den König Kandaules. Seine Suche wäre hier zu Ende gewesen, er hätte gefunden, nach was er gesucht hatte. Durch diesen exzessiven Fremdfick wäre sein obsessiver Sinn für die Schönheit seiner Frau für alle Zeiten befriedigt worden. Ja, ich hatte die Schönheit Marions bis zum Exzess erlebt.

Wie seine Königin streckte sie nun ihre Hand nach mir aus, liebevoll und gelassen, in einer fast herrschaftlichen Geste. »Ich will dich jetzt spüren«, sagte sie.

Ich befreite mich von meinen ledernen Fesseln. Es zog mich ebenso sehr zu ihr hin. Ich machte mich locker los und legte mich an ihrer Seite nieder. Marion legte mir die Hand ins Haar, so sanft, und streichelte es zärtlich. Sie war voller Liebe.

»Hat er schön in dir abgespritzt?«, fragte ich sie um der Frage willen. »Ja, mein Engel«, antwortete sie zärtlich und erfüllt und mit einem fast überirdischen Lächeln, »er hat ganz in mir abgespritzt … Schön tief in mir drin … Genau wie du es dir gewünscht hast.«

Ein befriedigter Atemzug klang in mir. Ich betrachtete den zäh rinnenden Strom des Spermas ganz nah. Es war wie ein Strom von Lava aus einem lebendigen Vulkan. Ich legte meine Wange an Marions erhitzten Leib, es war aufregend und befriedigend, sie jetzt so hautnah zu spüren, ihren immer noch rinnenden Schweiß und ihre erschöpfte Atmung.

»Deinen schönen Körper so erlebt zu haben, so im Extrem, das hatte etwas Absolutes. Dein schöner Körper hat sich selbst erlebt bis an die Grenze«, sagte ich ihr in der Intimität der Nähe und berührte ihre Haut anbetungsvoll mit meinen Lippen.

Marion lächelte. Sie rekelte sich nun in ihrer Entkräftung. »Ich hab alles gegeben«, gestand sie, »er hat alles genommen, und ich hab alles gegeben …«

»Du warst so gut«, sagte ich fast anbetend.

»Es war gut für mich, weil ich gesehen hab, wie geil es dich macht. Das war mein Antrieb, mich diesem schwarzhäutigen Berserker ganz hinzugeben. Als ich gesehen hab, dass du dich ganz fallenlassen kannst, da konnte ich es auch. Das, was du in mir gesehen hast, das hat mich geil gemacht, und es hat etwas in mir befreit. Wenn ich vor deinen Augen die Hure in mir zeigen kann, dann brennt es in mir vor Reiz, ich kann es dir kaum beschreiben. Dir zu zeigen, wie ich mich nehmen lasse, das gibt mir einfach alles!«

»Ihr wart so stark. Ihr wart so unglaublich. Ich konnte mich kaum sattsehen an euch …«

»Ich weiß«, sagte sie wie eine innere Stimme und lächelte mich an mit dieser Gänze ihres maßlosen Verständnisses. »Irgendwie hab ich nicht mehr so viel mitgekriegt, so kraftvoll hat er mich rangenommen, der hat mich ja in seiner Geilheit fast bewusstlos gebumst«, sagte sie. Sie schnaufte. »Aber ich hab gesehen, dass du bei deinem Orgasmus fast vom Stuhl gefallen bist, so heftig war es für dich. Es hat mich glücklich gemacht, dass es dir so viel gegeben hat …«

Ich küsste sie, spürte, wie vollkommen sie war – Heilige und Hure, in grandioser Union. Diese wahre Frau vereinigte die Extreme, und sie vereinigte sie in einem vollkommenen Gefühl für mich. Das war wunderhaftes Glück. Marion streichelte mich. So unwirklich und sanft, wie ich sie küsste. Und ich spürte darin diesen Wahnsinn, dass wir uns liebten. Nachdem wir in Härte bis an die Grenze gegangen waren und unsere Dämonen befriedigt hatten, berührten wir uns mit Fingerspitzen und gaben uns ein geradezu sakrales Maß an Zärtlichkeit. Wir kamen jetzt zur Ruhe. Berührten uns, als würde uns ein gemeinsamer Traum direkt in einen wundervollen Schlaf tragen. Und versanken dabei in einen langen, schwerelosen Kuss, in dem wir uns zuflüsterten: »Ich liebe dich!«

Weitere erotische Geschichten:

Hannah Stevens
Schön, Geil & Tödlich

Egal, ob mit dem Freund der besten Freundin, dem eigenen Stiefsohn oder einem Unbekannten - nichts kann die schönen, geilen Frauen dieser Geschichten auf der Suche nach der schönsten Sache der Welt aufhalten. Ihre Gier nach prickelnder sexueller Lust ist nahezu unstillbar und man sollte sich ihnen lieber nicht in den Weg stellen. Es bleibt nicht aus, dass sie dadurch in manch prekäre Lage geraten. Schaffen sie es, sich daraus zu befreien, oder werden ihre Triebe sie teuer zu stehen kommen?

Anne Sheldon
Stella Block - Reporterin mit Lust und Leidenschaft

Ihr Job ist geil:
Als Jetset-Reporterin treibt sich Stella Block auf den roten Teppichen der Welt herum.

Um an prickelnde Storys zu kommen, ist sie zu allerhand Opfern bereit.

Dass Stella es zwischendurch mit ihrem verheirateten Boss treibt, gibt ihr einen zusätzlichen Kick.

Als Jack Hufner, ein Playboy alter Schule, das Zeitliche segnet und seinem Sohn ein millionenschweres Erbe hinterlässt, zögert Stella keine Sekunde:

Sie fliegt nach Los Angeles, um sich undercover auf der lasterhaften Ranch umzusehen.

Doch leider darf sie nicht über alles schreiben, was in der Lustgrotte der Ranch passiert.

Denn dort erlebt sie nicht nur, wozu harte Kerle imstande sind - sie kommt auch hinter ein heißes Geheimnis ...

Weitere erotische Geschichten:

Amy Walker - SommerLust

In der heißen Jahreszeit geht's zur Sache!
Eine alleinerziehende Mutter entdeckt ihr Verlangen nach Unterwürfigkeit, eine Frau lebt auf einem Selbstfindungstrip ihre geheimsten Sehnsüchte aus, ein Ehepaar tobt sich im Sommerurlaub aus - was allerdings nicht unbemerkt bleibt, eine Wildforscherin sieht sich zu einem erotischen Ablenkungsmanöver gezwungen, ein neuer Nachbar entpuppt sich als sexy Aufreißer und fantasievoller Verführer.

Welche glühende Sommerfantasie lässt Sie nach Abkühlung lechzen?

Kathy March
Ich unterwerfe mich!

Ich liege gefesselt auf meinem Bett. Meine Augen sind verbunden. Ich warte ... warte, wer von den drei Männern im unteren Stockwerk zu mir kommt. Ich weiß, dass sie gerade auslosen, wer mich als Erster benutzen darf. Und ich weiß, dass sie auch auslosen, wo er mich benutzen darf ... Drei Öffnungen, drei Männer, drei Unterwerfungen.
Es ist ein Spiel mit meinem Körper - aber ich mag dieses Spiel!
In zwölf Kurzgeschichten können wir als Leser von außen mitspielen. Es wird spannend, erotisch und fesselnd!

Tara Silver
Heiße Nächte zu viert

Liza ist glücklich mit ihrem Freund Michael. Gleichzeitig fantasiert sie darüber, wie es anfühlt, von einem zweiten Mann nach allen Regeln der Kunst dominiert zu werden.

Der Kandidat ihrer Wahl ist Kenneth, der mit der rassigen Jessica eine offene Ehe führt. Die beiden erfahrenen Swinger laden Liza und Michael zu einem Wochenende in einer idyllischen Berghütte in den Rocky Mountains ein:

Auch Jessica hat verbotene Fantasien darüber, Michael ohne die Erlaubnis ihres eigenen Doms und Ehemanns zu beherrschen. Ärger scheint vorprogrammiert - aber das, was verboten ist, macht immer am meisten Spaß ...